Axel Schnell:

Wolff.

– Der Kampf um Atlantis –

Erste Notate zu Hartknoch

Verlag Johann Friedrich Hartknoch d. Ä.
gegr. 1762

Rīga, Cēsu iela 27
LV-1012 Rīga
Latvia

Deutsche Erstausgabe
Erscheinungsjahr: 2004

Druck:
Sagatavota iespiešanai SIA „Tapals"
Rīga, Daugavgrīvas iela 36–9
Reģ. apl. Nr. 2-0115
www.tapals.lv

Iespiesta un iesieta a/s „Preses nams"
Rīga, Balasta dambis 3

ISBN 9984–720–54–3

Klaus Kocks:
Zum Geleit

Das zweite Werk im neuen Hartknoch Verlag liegt im Frühjahr 2004 vor. Wieder weht in diesen Tagen ein scharfer Wind der Aufklärung von Osten in die Westminsterdemokratien. Diese Windrichtung gab es schon, als der Königsberger Immanuel Kant den Unabhängigkeitskrieg der Neuenglandstaaten und die Französische Revolution leidenschaftlich begrüßte. Das Jahr 2004 ist, für viele unerwartet, zu einem Kant-Jahr geworden, das nicht nur die Fachwelt feiert, sondern dessen sich auch die breite Presse angenommen hat. Dabei werden die einschlägigen (gleichwohl gewichtigen) Königsberger Sentenzen („Königsberger Klopse" laut Financial Times Deutschland, 11. Februar 2004) populär, die ein klares Licht auf die Kernfragen der Aufklärung und der Säkularisierung werfen. Und es zeigt sich auch, dass an einen wirklichen Fort-Schritt der Menschheit zu glauben trügerisch ist. Die alten Fragen sind die neuen Fragen. Noch immer geht es um dürftig legitimierte Angriffskriege, um Verschränkungen religiöser Vorstellungen mit staatlichen Institutionen, um Mythen und Machtansprüche, um apodiktische Ideologien statt um eine in der menschlichen Vernunft gegründeten Moral. Der ehemalige deutsche Bundesaußenminister Hans-Dietrich Genscher richtet sich im „Tagesspiegel" vom 10. Februar 2004 an den deutschen Bundeskanzler Gerhard Schröder und den amerikanischen Präsidenten George W. Bush mit einem Artikel unter dem Titel „Politikberatung durch Immanuel Kant". In der „Welt" schreibt Wolfgang Kersting unter Bezug auf die Außenpolitik des amerikanischen Präsidenten, der den Irak in putativer Notwehr militärisch gestellt hatte, und nach einem bellizistischen Artikel seines Professoren-Kollegen Volker Gerhardt („Souveränität nach Immanuel Kant") am 11. Februar 2004: „Kant ist nicht Bushs Hofphilosoph." Relevanter und aktueller kann Philosophie nicht sein. Hätte dies der Königsberger geahnt, der als junger Privat-Dozent so verzweifelt um Hörer kämpfte, dass er die politische Debatte 200 Jahre nach seinem Tode alimentiert? Er hätte, hätte ihn daran nicht seine Bescheidenheit gehindert. Er hätte, weil er wusste, dass die Vernunft sich selbst unausweichliche Fragen stellt, die sie zwar nicht abschließend beantworten, aber eben auch nicht abstellen kann. Und er hätte, weil er seine Erfahrungen hatte mit dem Zusammentreffen von staatlicher Zensur und kritischem Denken. Kurzum: das Jahrhundert des Kant und des Hartknoch ist, leider oder zum Glück, noch immer unser Säculum. Sol me vos umbra regit.

Klaus Kocks ist Geschäftsführender Gesellschafter der CATO Sozietät für Kommunikationsberatung GmbH, Horbach/Westerwald (www.cato-sozietaet.de), die mit dem Hartknoch-Verlag assoziiert ist.

Loretta Baudolina:
Vorbemerkung

Nach einer Unzahl von Gelegenheitsarbeiten, Axel Schnell arbeitet als Journalist, legt er nunmehr seinen ersten Roman vor: Wolff. Der Kampf um Atlantis. Schnell hat Literaturwissenschaften studiert und mit einer Arbeit zu Bertolt Brechts Baal promoviert, jenem „Sichausleber und Andreausleber", der sich als Lyriker ausgibt, über den es im Stück aber treffender heißt: „Vor allem: Mörder. Zuvor Varietéschauspieler und Dichter. Dann Karusselbesitzer, Holzfäller, Liebhaber einer Millionärin, Zuchthäusler und Zutreiber". De te fabula narratur.

Zur Verlagsgeschichte liegen mit diesem Band die ersten Notate vor, die künftig eine regelmäßige Fortsetzung erfahren sollen.

Loretta Baudolina ist Lektorin des Verlages Johann Friedrich Hartknoch d. Ä., gegr. 1762, Riga.

TROJA

Irgendwo da draußen ist mein Feind. Ich werde ihn töten, wenn ich ihn finde. Denn ich bin ein Mörder. Der Mann würde langsam sterben. Natürlich hätte ich ihn schneller töten können, aber ich genieße das, und auch die Guten haben ein wenig Spaß verdient. Nein, nichts Ernstes, ich bin kein Psychopath. Ich morde einfach, um die Welt zu retten. Nicht, dass sie es wirklich verdient hätte, aber einer musste es ja tun. Und ich war gerade in der Nähe, als es losging, natürlich mit einer Blondine und viel Sex. Außerdem war ich wahrscheinlich betrunken.

Ich heiße Wolff. Mir gehört eine miese kleine Klitsche, die vielleicht nur meine Mutter freundlicherweise Detektivbüro nennen würde. Leider ist sie nach meiner Geburt abgehauen. Ich war runter, weit runter, als mich ein Auftrag in ein kleines Fischerstädtchen in der Bretagne führte. Eine eifersüchtige Ehefrau war völlig zu Recht der Meinung, dass ihren Mann bei seinen Tauchausflügen eher die Gesänge der Sirenen als das Rauschen der Tiefsee locken. Tatsächlich habe ich ihn erwischt, die Hand an einem Arsch, der eindeutig nicht zu seiner Frau gehörte. Als ich ihm die Fotos zeigte, gönnte ich mir einen der raren Augenblicke, in denen Männer weinen. Natürlich lieben sie alle ihre Frauen und natürlich überleben sie es nicht, wenn ihre Frau sie verlässt. Ich höre so etwas ganz gern.

In diesem Fall deckten sich seine Angaben mit meinen Informationen. Sie verfügte von Haus aus über ein ansehnliches finanzielles Polster. Und er war das, was man als einen verhinderten Heiratsschwindler mit mäßigem Talent zum Hochstapler bezeichnen ließe. Ich ließ ihn eine Weile heulen, bis mich das schöne Gefühl der Rührung überkam. Ich beschloss dem nachzugeben, schließlich bin ich ja auch ganz gern ein guter Mensch; murmelte etwas wie wir Männer müssen doch zusammenhalten gegen die Welt. Was natürlich ausschließlich die Frauen meinte. „Ein Freund, ein guter Freund usw." Wir zwei von der Tankstelle lagen uns in den Armen. Dann ging ich auch gleich zur Zapfsäule und bediente mich auf seine Kosten. Ich habe ihn wirklich lieb gewonnen, besonders dann, als er mir, ein Mann, ein Wort, einen Briefumschlag mit einer beträchtlichen Summe überreichte. Mehr, als die geschäftstüchtige Ehefrau jemals gezahlt hätte. In diesem Augenblick entdeckt jeder sein Herz für die wahrhaft Liebenden.

Ich gab ihm die Negative, ging, nachdem wir Brüderschaft getrunken hatten, in mein Hotel und packte meinen zweiten Film in einen Umschlag, den ich seiner Frau schicken würde. Das ist einfach eine Frage der Aufrichtigkeit. In meinem Gewerbe kommt man ohne Moral nicht weiter. Anschließend gönnte ich mir noch ein paar Tage Urlaub, Geld hatte ich ja jetzt genug. Außerdem konnte ich mich darauf verlassen, dass sich der gerettete Ehemann und Freund weiterhin in meiner Schuld fühlte. So etwas ruft das Beste im Menschen hervor: Dankbarkeit. Ich nehme an, es war die pure Bestechung, als er mir auch noch einen Tauchgang spendierte.

Sie gehörte zu unserer Tauchgruppe. Eine auffällige Erscheinung auf einem miesen Boot in Richtung Kliff. Eine Horde von Idioten in blauschwarzer Pelle erging sich in feuchten Träumen von Hummern, Wracks und einer besseren Welt. Drei Flaschen Rotwein gaben mir das beruhigende Gefühl, jederzeit abtauchen zu können. Die Sonne schien, das Meer dümpelte in unerträglicher Langeweile, und ich entkorkte die erste Flasche auf der Suche nach meinem Platz im Abendland.

„Gibst du mir einen Schluck ab?" Darauf hatte ich schon lange gewartet. Langsam hob ich den Blick in Richtung der Frage und fand heraus, warum seit mehr als fünftausend Jahren Götter, Barkeeper und Psychiater Vollbeschäftigung haben. Sie hatte aus ihren 1,75 Meter etwas gemeißelt, das die Männer mit einer Mischung aus Gier und Angst und ihre Frauen mit purer Mordlust erfüllte. Ihr schwarzer Tauchanzug lag eng an einem Körper, für den ich auch Troja platt gemacht hätte. Das lange blonde Haar schimmerte als Einladung zum Selbstmord in einer ekelhaft mild strahlenden Sonne.

Irgendwie kam sie mir bekannt vor. Ich blätterte in meiner inneren Kartei in der Rubrik untergegangene Reiche, geplünderte Tempel, verwesende Leichen und fette Geier, kam aber nicht so recht weiter. „Trink erst mal", riet der Praktiker in mir, dem ich viel Spaß, Kopfschmerzen und jede Menge Ärger verdanke. Ich beschloss, dass er recht hatte.

„Kann ich noch einen Schluck haben?" bückte sie sich nach der Flasche und gab mir die Gelegenheit für einen großzügigen Blick auf die Hügel des trojanischen Finales. „Danke schön", sagte sie artig und setzte sich. „Wie heißt du eigentlich?"

„Wolff", antwortete ich. „Und wer bist du?"

„Ana", sagte sie und schenkte mir ein Lächeln, für das auch gläubige Christen augenblicklich in Richtung Hölle umgebucht hätten. Ich erkenne den Geruch der Firma sofort. Eines wusste ich, ich brauchte nicht mehr abzutauchen, ich hatte meine Nixe gefunden.

Ich schaute ihr tief in die meerblauen Augen. Es war eindeutig Liebe auf den ersten Blick. Ein schönes Gefühl, das seine höhere Weihe allerdings erst durch augenblicklichen Sex erhält. Sie schien das genauso zu sehen. Als die anderen über Bord gingen, um die Welt unter Wasser zu entdecken, gingen wir auf eine Entdeckungsreise, die auch viel mit dem Zauber der feuchten Tiefe zu tun hatte. Der Kapitän machte sich diskret im Bauch des Schiffes an der Maschine zu schaffen. Der Mann hatte ein Herz für die Liebenden und nahm dankbar den Geldschein, mit dem ich eine so großzügige Haltung belohnte. Später gingen wir noch in ihr Hotelzimmer und holten nach, was uns auf dem Schiff noch gefehlt hatte. Stören konnten wir keinen, das Hotel war in der Vorsaison fast leer. Es war umwerfend mit ihr, und so sollte es auch bleiben.

Allerdings sah es noch nicht so aus, als ich aufwachte. Das Licht des Vollmonds leuchtete hell durch das Fenster. Bestimmt romantisch, aber ich war verkatert, mies gelaunt und wieder ganz bei mir. Sie schlief noch, und ich tat das Naheliegenste, ich durchsuchte ihre Umhängetasche. Schließlich sollte man immer wissen, mit wem man es zu tun hat.

Das ist etwas, worauf man sich bei Frauen verlassen kann. Alles Wichtige transportieren sie in mehr oder minder geräumigen Taschen, als ob sie ständig auf der Flucht wären.

Was ich bei ihr fand, ließ mich glauben, dass dieses Prachtexemplar entweder auf einer besonders gefährlichen Flucht oder auf der Jagd war. Der ins Auge springende Inhalt ihrer Tasche war so beunruhigend, wie es eine schwarze Neunmillimeterkanone mit Schalldämpfer nur sein kann. Das Problem ist, dass an diesen Waffen nicht in großen Buchstaben steht, ob sie den Bösen oder den Guten gehören. Vermutlich würde das aber auch nicht viel ändern.

Dann hörte ich eine Decke rascheln. Im Spiegel beobachtete ich das Levee meiner Schönen. Was ich dort im Mondlicht sah, ließ mich fast wieder glauben, dass ich ein ziemlicher Glückspilz bin. Sie kam auf mich zu, leise Schritte von nackten Füßen auf dem alten Holzfußboden.

Der Optimist in mir, der in so einem Fall gern Neunmillimeterwaffen ignoriert, wollte mir schon gratulieren. Aber so gut kannte ich den notorischen Bruder Leichtfuß schon, dass ich mich bestimmt jetzt nicht schlafen legte und ihn mit einer schwer bewaffneten Frau allein ließ. Schließlich teilen wir beide uns einen Körper. Und einer muss darauf achten, dass unsere breite Brust nicht plötzlich durchlöchert wird.

Als ich mich umdrehte, setzte sie sich nackt mit angezogenen Beinen auf einen Ledersessel. Ihr langes Haar fiel über die schwarze Lehne. Sie musterte mich neugierig.

„Guten Morgen", sagte ich. „Ich habe schon von den Waffen einer Frau gehört. Aber findest du nicht, dass du das ein bisschen zu wörtlich nimmst?"

„Nein. Heutzutage kann eine Frau doch gar nicht vorsichtig genug sein. Besonders ..."

„Besonders?"

„Besonders, wenn zwei Killer hinter ihr her sind."

Na Klasse, das hatte mir noch gefehlt. Entweder hatte der blonde Engel, mit dem ich das Bett geteilt hatte, einen Knall, log oder hatte Recht. Und das wäre mit Sicherheit das Schlimmste. Ich stehe nicht auf Bonnie und Clyde, ich will nicht mein Leben im Kugelhagel aushauchen, auch nicht an der Seite einer schönen Frau. Und wenn, dann ist das eine Party, die ich erst jenseits meines hundertsten Geburtstags feiern will. Ich stehe nicht auf Tod, das bringt eine Menge Ärger, besonders, wenn es der eigene ist.

„Ja, dann gehe ich wohl besser", teilte ich meiner Schönen das Ergebnis meiner Überlegungen mit.

„Du würdest mich allein lassen?"

„Sieh mal, wir kennen uns doch kaum. Wir sind uns nichts schuldig."

Was ich verschwieg, war die Tatsache, dass ich keine Lust hatte herauszufinden, ob sie eine schöne Lügnerin war, oder bald eine schöne Leiche sein würde.

Die Antwort gefiel ihr nicht. Ihre Augen verengten sich zu schmalen Schlitzen.

„Gib mir wenigstens meine Waffe wieder."

Ich hatte noch weniger Lust herauszufinden, ob sie nicht eine Irre war, die gern Männer nach Liebesnächten umbringt.

„Ich gebe sie heute Nachmittag unten an der Rezeption für dich ab oder vielleicht auch erst morgen", schlug ich vor.

Sie straffte sich wie ein Raubtier, das gleich springen will. Bevor sie es tun konnte, drehte sich langsam der Türgriff. Dann ging alles blitzschnell. Zwei Männer in schwarzen Lederjacken stürmten mit gezogenen Waffen in den Raum. Sie sahen meine Schöne und starben. Zwei Schüsse – die Kugeln trafen sie mitten in die Stirn. Die Männer machten einen Sprung rückwärts ins Jenseits.

„Gut", sagte sie. „Du schießt sehr gut."

Da hatte sie recht. Wenn ich auch finde, dass der Tod eine Menge Ärger einbringt. Das gilt auch für den von anderen, zumindest, wenn man sie gerade umgebracht hat. Allerdings sorge ich im Zweifelsfall lieber dafür, dass die anderen ins Gras beißen. Das hier war nicht gerade das, was ich mir unter einem kleinen Urlaubsflirt vorgestellt hatte.

„Wer bist du?"

„Ich bin Ana. Das habe ich dir doch schon gesagt."

„Und wer sind die?"

Sie stand auf und ging zu den Leichen. Ihre Brüste schaukelten leicht, als sie sich über die Toten beugte. Ich sagte Adieu zu ihren Reizen und achtete darauf, dass sie nicht nach den Revolvern der Toten griff. Es ist immer schön zu wissen, dass es höhere Werte als Sex gibt. Und da sagen die Frauen immer, Männer hätten nur das Eine im Kopf.

Sie machte sich an den Leichen zu schaffen, stieß einen kleinen Triumphschrei aus, als sie fand, was sie suchte und gab mir wortlos eine kleine flache Scheibe mit einer Anstecknadel.

„Sieht aus wie ein Hakenkreuz."

„Das ist eins", sagte sie triumphierend.

„Was wollten die von dir?"

„Sie glauben, ich hätte etwas, das ihnen gehört."

„Und hast du?"

„Nein, aber die sind verdammt hartnäckig, wenn sie so etwas glauben."

„Gibt es noch mehr davon?“

„Eine ganze Menge.“

Verdammt, das roch so richtig nach Ärger. Es ist schon sehr belastend, überhaupt jemanden umzubringen. Aber diese beiden Leichen konnten offenbar noch ganz andere Probleme bescheren, als eine unerfreuliche Begegnung mit der örtlichen Gendarmerie.

Obwohl es schon schwierig genug sein dürfte zu erklären, warum zwei so lebendige Menschen mit zwei so auffällig toten in einem Zimmer waren. Zumal, wenn die Lebendigen auch noch eine Kanone mit Schalldämpfer hatten und schossen, als wären sie Buffalo Bill persönlich.

Ich schaute mir die Toten genauer an. Ihre Gesichter wirkten so erstaunt, als ob sie noch immer nicht richtig fassen könnten, wie plötzlich dieses Loch zwischen ihre Augen gekommen war. Sie hatten kurz geschorene Haare und waren wahrscheinlich schon kein besonders schöner Anblick, als sie noch am Leben waren.

„Ich ziehe mich jetzt an“, unterbrach der Engel im Zimmer meine Betrachtungen. Meinetwegen. Sie verzog sich in eine Ecke des Zimmers.

Ich sammelte die Knarren ein und durchsuchte die Leichen ziemlich grob. Irgendwie mochte ich die beiden nicht. Wortlos steckte ich das Bündel Geld und die zwei belgischen Pässe ein, die ich in den Jackentaschen fand. Einer der unbegabten Ex-Killer hatte ein Foto meiner Belle de Nuit bei sich. Der andere trug ein Bild von einem Mann bei sich, den ich nicht kannte. Er hatte aber auch ein Foto von einem Mann, den ich sehr gut kannte, nämlich von mir. Ich wurde das Gefühl nicht los, dass hier alles ganz entschieden gegen mich lief. Ich sollte recht behalten.

„Du bist tot“, hörte ich eine Stimme hinter mir sagen, der es nicht an Überzeugungskraft fehlte. Ich spürte ziemlich viel kalten Stahl in meinem Rücken.

„Dummer Anfängerfehler“, sagte die Stimme aus meiner ganz persönlichen Unterwelt. Ich wusste nicht genau, wen er meinte und erfuhr es auch nie. „Wo ist die blonde Nutte“, wollte er wenig einfühlsam wissen. Er konnte sie aus dem Winkel, in dem er stand nicht sehen, und ich konnte nur hoffen, dass sie etwas auf dem Kasten hatte. Sie hatte. Ich sah eine schnelle Bewegung aus dem Augenwinkel.

Dann hörte ich ein unendlich kummervolles Röcheln hinter meinem nackten Rücken. Augenblicklich erwartete ich wieder das Beste für die Zukunft. Ich drehte mich um.

Ein Mann mit einem langen Ledermantel sank langsam in den Armen meiner Schönen zu Boden. Aus seiner durchschnittenen Kehle schoss das Blut. Meine Nixe trat gleichgültig beiseite und ließ ihn mit dem Rest seines Problems allein. Krachend landete er auf dem Boden und zuckte mit den Beinen. Dann war alles still.

Nachdenklich betrachtete ich, wie meine Schöne ihr Messer am Hemd des Toten abwischte.

„Sag nie Nutte zu einer Lady", kicherte sie vergnügt.

Ich konnte nicht behaupten, dass diese Art von Heiterkeit sehr entspannend auf mich wirkte.

Sie hatte sich eine schwarze Lederhose und ein schwarzes T-Shirt angezogen. Beides hob sich auffallend vom mittlerweile eher roten Grundton des Bodens und ihrer Arme ab. Sie ging ins Bad und wusch sich.

Ich hob die Schrotflinte mit dem abgesägtem Lauf auf. Das hätte leicht ins Auge gehen können.

„Wir hauen erst einmal ab, sprechen können wir nachher", schlug sie vor.

Grundsätzlich war ich damit einverstanden. Wer wusste schon, ob nicht noch mehr draußen warteten und nicht alle konnten solche Pechvögel sein. Ich zog die Jeans an, nahm das T-Shirt und mein legeres Freizeitjackett. Es war meine Lieblingsjacke, die ich immer dann anzog, wenn ich wunderbar entspannt einen draufmachen konnte. Das war wohl jetzt vorbei.

Wir warfen noch ein paar Sachen und natürlich alle Waffen in eine Reisetasche. Dann gingen wir in den Flur.

„Willst du nicht noch Spuren verwischen, Leichen beseitigen oder so", wollte ich nur rein routinehalber wissen. Etwas in mir ahnte, dass das nicht ihre Art war.

„Wir sind doch nicht im Film", freute sie sich. „Hier sind die Leichen das Problem dessen, der sie findet."

Ich sah das zwar anders. Aber andererseits hätten wir eine ganze Putzkolonne gebraucht, um wieder Ordnung zu schaffen.

„Ich bin sicher, du wirst mir das alles erklären“, gab ich einer ziemlich sinnlosen Hoffnung Ausdruck.

„Sicher“, versprach mein Engel. Ich glaubte ihr kein Wort.

Langsam gingen wir die Treppen hinunter, beide mit gezogenen Waffen. Aber in dem Hotel lebte keiner mehr, auf den wir noch schießen konnten. Hinter dem Tresen der Rezeption ragten zwei Beine hervor. Dahinter lag der alte Nachtportier. Sie hatten ihm die Kehle durchgeschnitten. Wir verließen das Haus und überließen es seinen vier stummen Bewohnern. Draußen auf der Straße war auch keiner mehr, den wir noch umbringen mussten. Mir war das ganz Recht, mein Bedarf für heute war vollkommen gedeckt.

Dann tat meine Blauäugige etwas sehr Überraschendes. Sie setzte sich einfach auf die Hoteltreppe und wartete.

„Sag mal, wollten wir nicht verschwinden?“

„Wir werden abgeholt. Hab' ein bisschen Geduld.“

Dass uns jemand holen würde, konnte ich mir sehr gut vorstellen. Ich hoffte nur, dass der Kerl mit dem Huf nicht wirklich persönlich vorbeikam.

„Er kommt“, verkündete sie. „Wenn er da ist, überlasse alles mir.“

MAGNUM

Ich sah zwei dünne Scheinwerferkegel über die Küstenstraße zittern. Dann rollte der Wagen vor dem Hotel aus. Ein nachtschwarzer Van mit den Bildern einer großen schwarzen Fledermaus, einer Harley und Höllenflammen. Er war also doch persönlich gekommen. Sie ging hinüber zum Wagen, die getönten Scheiben senkten sich ein Stück. Sie sprach mit dem Fahrer. Langsam ging das Fenster weiter herunter.

„Kommt her, steigt ein“, hörte ich die Stimme eines Mannes.

Ich ging auf die andere Seite. Geräuschvoll öffnete sich die Schiebetür. Er stand im Rahmen und das Mondlicht beleuchtete ihn ausgiebig. Der Mann trug schwarzes Leder und auf seinem Kopf wuchs ein Büschel hellblonder Haare. Ich hatte ihn erst vor kurzem auf einem Foto aus der Jacke eines toten Killers gesehen.

„Hallo“, begrüßte er uns. „Ich bin Nietzsche, kommt rein.“

Der Wagen hatte etwas ganz Entscheidendes, eine Bar. Irgendetwas in mir weiß immer ganz genau, wo sie stehen. Ich überließ meinem Scout den Rest, fand einen wunderbaren Malt Whisky. Dann goss ich mir ein Glas ein und ließ mich in einen der pechschwarzen Sitze fallen.

„Abfahrt", rief ich und nahm einen tiefen Schluck der goldgelben Flüssigkeit.

„Wohin willst du?" wollte mein Engel wissen.

„Ich habe nicht den Eindruck, dass das noch eine große Rolle spielt."

„Nein", gab sie mir recht.

„Vielleicht gewöhne ich mich ja schnell daran", tröstete ich mich. „Wir müssen in mein Hotel, ich muss meine Sachen abholen."

„Einverstanden."

Wir fuhren zu meinem Zimmer. Das Hotel war einmal ein Herrensitz gewesen, der in einem riesigen gepflegten Park gelegen hatte, weit weg vom gemeinen Volk. Von den guten Zeiten war nicht viel übrig geblieben. Das Haus war heruntergekommen, der Park zwar immer noch groß, aber verwahrlost. Das gemeine Volk war allerdings noch immer weit weg.

Der Hotelier war der letzte – völlig entgleiste – Spross der einst mächtigen Familie. Ein vor der Zeit gealterter Mann mit Dauerfahne. Er vermietete eigentlich nur, um seinen Fusel zu bezahlen. Dafür sparte er an allem, an heißem Wasser und dem Zimmerservice, den er einer Schwachsinnigen mit schiefem Grinsen in die Hände gelegt hatte. Sie sprach ständig mit sich in einer völlig unbekannten Sprache. Gelegentlich lief ihr dabei ein Sabberfaden über das Kinn.

Es war eigentlich nicht verwunderlich, dass er nur einen einzigen Gast hatte – mich. Und auch bei mir wusste er nicht immer, dass ich bei ihm abgestiegen war. Oft vergaß er es einfach. Und wie ich hieß, war ihm offensichtlich vollkommen egal. Ich hatte ihm schon mehrere Namen genannt, er akzeptierte sie alle.

Es war kaum zu vermuten, dass er mich vermissen würde. Zudem hatte ich im Voraus bezahlt. Den Vermerk hatte er auf das Etikett einer Cognacflasche gekritzelt, die er nie anrührte. Das war seine Art der Buchhaltung. Als ich im Portal stand, wusste ich sofort, dass hier etwas ganz und gar nicht stimmte. Irgendetwas hatte den charmanten heruntergekommenen alten Kasten in eine lauernde Bestie verwandelt. Ich gab meinen beiden Reisegefährten auf der dunklen Straße ins Nichts Zeichen.

Leichtfüßig schritt Ana über den Kies, in jeder Hand hatte sie einen der schwerkalibrigen Revolver. Nietzsche bewegte sich nicht. Als sie die Tür erreichte, zwinkerte sie mir zu. Ohne Vorwarnung sprang sie in die dunkle Vorhalle, deren schwere Vorhänge Tag und Nacht zugezogen waren, rollte sich ab und schoss. Ein Mann schrie vor Schmerz. Dann sprang ich und die Nacht wurde lebendig. Die Geschossspur einer Maschinenpistole fräste sich durch die ehemals gepflegten Möbel im Foyer direkt auf mich zu.

Der Schütze stand oben an der Balustrade. Ich rollte mich unter den Holzboden und drückte mehrmals ab. Plopp, machte es, fünfmal. Ich war der Einzige in diesem Inferno, der noch mit Schalldämpfer arbeitete. Ich kam mir vor wie ein Idiot.

Splitternd brach das Geländer über mir. Mit dumpfen Klatschen landete ein Körper vor meinen Füßen. Bingo! Das Beste war, dass er auch gleich seine Waffe mitgebracht hatte. Ich zog die Leiche an den Füßen zu mir, nahm die Knarre und zog die Reservemagazine aus seinen Manteltaschen. Schon wieder Leder. Ich kam mir langsam falsch angezogen vor, was diese Party anging. Entweder war ich unter Sadisten gelandet oder hatte einen ganz entscheidenden Modetrend verschlafen. Ich entschloss mich, meine Nixe zu fragen, wenn alles hier vorbei war.

Wo war sie eigentlich? Nachdem ich nicht mehr ganz so beschäftigt war, machte ich mir fast ein wenig Sorgen um sie. Ich hätte mir lieber Gedanken um meine Zukunft machen sollen. Plötzlich rollte ein Ei über den Boden, ich warf mich sofort hin. Dann explodierte es. Ein Sofa flog durch die Luft auf mich zu und landete krachend vor meinen Füßen, der Druck nahm mir die Luft.

Als ich wieder halbwegs klar war, fiel mir ein, welche Eier so eine Wirkung haben: Handgranaten. Da oben saß eine gottverdammte Armee. Ich musste hier weg. Wankend kam ich auf die Füße, ein wüstes Klingeln im Ohr. Das hatte mir noch gefehlt. Mit Handicap in den Krieg.

Ich machte mir ein paar ernsthafte Gedanken, aber bedauerlicherweise fiel mir nichts ein. Wenn ich versuchte abzuhauen, war ich eine prima Zielscheibe.

Ich hätte ebenso gut große Leuchtbuchstaben auf meinem Körper tragen können: „He, schießt auf mich." Wenn ich aber blieb, wo ich war, konnte mich jederzeit eine Granate hinwegraffen. Verdammt blöde Lage, und der Malt Whisky lag zu allem Überfluss auch noch im Auto. Indianer hätten jetzt ihren Totengesang angestimmt. Ich hätte das vielleicht auch getan, aber mir fiel einfach kein Lied ein.

Unsere Feinde hatten es da leichter, aber die brauchten ja auch nicht zu singen. Der ganze Raum war erfüllt vom Knattern der automatischen Waffen. Die Geschossgarben kamen von oben und den Seiten.

Überhaupt schien es kein Fleckchen zu geben, von dem nicht auf mich geschossen wurde. Das mag vielleicht egomanisch klingen, aber in so einer Lage hat wahrscheinlich jeder den Eindruck, alle meinen nur ihn.

Ich machte mich so klein wie möglich und wartete bessere Zeiten ab. Vielleicht würde die Kavallerie ja doch noch im letzten Augenblick kommen. Sehr viel Hoffnung hatte ich allerdings nicht. Sogar der notorische Optimist in mir war auf Tauchstation gegangen. Und das will wirklich etwas heißen. Es heißt, dass kurz vor dem Tod noch einmal alle Bilder des Lebens vorbeirauschen. Bei mir kam nichts. Entweder war es noch nicht so weit, oder mein Filmvorführer machte Urlaub.

Bevor ich das herausfinden konnte, riss mich eine gewaltige Explosion direkt über meinem Hirn aus den trüben Gedanken. Wer auch immer auf der Balustrade gestanden hatte, hatte jetzt eine Menge Ärger. Ein dumpfer Aufprall bestätigte meine Meinung. Da musste jemand, dem ich das sehr gönnte, ziemlich weit geflogen und ziemlich unsanft gelandet sein.

Kurze gezielte Feuerstöße von oben ließen die Lichter der feindlichen Mündungsfeuer nach und nach erlöschen. Kein Zweifel, die Kavallerie war doch noch gekommen.

Plötzlich hörte der Lärm auf. Niemand schoss mehr auf mich. Dafür ging urplötzlich das Licht an. Vier Männer lagen mit verrenkten Gliedern zwischen umgekippten Sesseln. Der ganze Raum wirkte, als hätten ihn gigantische Motten aus dem All in der Mache gehabt. Die Treppe sah aus wie nach einem Besuch von Riesentermiten und schwankte bedenklich, als Nietzsche die Stufen herabkam.

Sein langer schwarzer Mantel schleifte über die Treppenstufen. Er trug

Stiefel und hatte den Lauf seiner schwerkalibrigen Waffe lässig über die Schulter gelegt.

Auf dem halben Weg blieb er stehen, warf einen zufriedenen Blick auf das Chaos und stellte mir ziemlich überraschend eine Frage.

„Was ist Glück?“ Das war mit ziemlicher Sicherheit etwas, das alle nicht hatten, die uns in letzter Zeit umbringen wollten.

„Glück ist das Gefühl davon, dass die Macht wächst – dass ein Widerstand überwunden ist.“

Hörte sich gar nicht schlecht an, wenn das sich mit Sicherheit auch einfacher ausdrücken ließe.

„Er liebt das. Eigentlich ist er ein Philosoph“, hörte ich eine mittlerweile vertraute Stimme. Meine Nixe war wieder aufgetaucht, zumindest ihr Oberteil. Sie hing kopfüber im Kamin. Dann verschwand sie kurz ganz und kam rußverschmiert aus der Esse.

„Kamine haben doch immer etwas Gemütliches“, leistete ich meinen Beitrag zum Gespräch. Es wurde auch langsam Zeit, dass ich mal wieder etwas sagte.

„Habt ihr einen Spiegel?“ wollte sie wissen.

Das ist etwas, worauf man sich bei Frauen verlassen kann: Wenn sie nicht mehr in Lebensgefahr sind, wollen sie unbedingt wissen, wie sie aussehen. Das ist ein untrügliches Zeichen dafür, dass das Leben weitergeht. Wir hatten natürlich keinen Spiegel. Sie entdeckte die Tür zu einem kleinen Waschraum und ging darauf zu.

Mein Instinkt sagte mir, dass sie das besser nicht tun sollte. Außerdem hatte ich gesehen, dass unter der Tür ein feines Rinnsal Blut floss. Ich gab ihr und Nietzsche ein Zeichen.

Wir stellten uns im Halbkreis auf und richteten unsere Waffen auf die hölzerne Barriere.

„Komm raus“, sagte einer von uns. „Wir geben dir eine Chance.“

Das war natürlich gelogen. Ich wusste es erst sicher Sekunden später, aber ich ahnte schon vorher, dass es so war.

Langsam bewegte sich die Türklinke. Sofort eröffneten meine Nixe und Nietzsche das Feuer. Ich entschloss mich mitzuschießen. Das war bestimmt nicht besonders fair, aber ich wollte ja auch keinen Preis für

Nettsein gewinnen. Ich war ziemlich übel gelaunt, und ich hatte endlich die Chance, wieder etwas für mein Selbstbewusstsein zu tun, nachdem ich mich für meinen Geschmack in den letzten Minuten zu sehr geduckt hatte. Also schoss ich. Und als das erste Magazin leer war, gönnte ich mir ein neues.

Als wir fertig waren, gab es die Tür nicht mehr und der Mann, der im Waschraum lag, wog bestimmt ein paar Kilo in Blei mehr.

„Glück", ließ sich ein sehr zufriedener Nietzsche hören. „Glück ist nicht Friede, sondern Krieg."

„Wie bist du hereingekommen?" wollte ich wissen.

„Es gibt immer eine Hintertür."

„Lass ihn nicht im Dunkeln", meldete sich meine Nixe, „er ist bestimmt die Wände hochgegangen. Nietzsche kann das sehr gut, fast wie eine Spinne."

„Wie hast du die Jungs erwischt?" deutete ich auf die Leichen.

„Ich kann im Dunkeln sehen", behauptete Nietzsche.

„Quatsch", fauchte meine Schöne. „Er hat Infrarot."

„Hattest du mir nicht erzählt, dass nur zwei Killer hinter dir her sind?"

Nietzsche schüttelte kummervoll den Kopf. „Sie war noch nie sehr gut im Zählen."

„Sind noch mehr da?" fragte ich.

„Ich glaube nicht", sagte Nietzsche. „Und wenn doch, was macht das schon?"

Ich war mir vollkommen sicher, dass ich genau diese Antwort nicht hören wollte. Die Idee, dass das bisherige Blutbad möglicherweise erst der Auftakt zu einer wirklich harten Nummer sein könnte, gefiel mir gar nicht.

Nun gut, ich hatte noch zu packen. Ich stolperte ganz vorsichtig über die schwankende Treppe. Sie ächzte, als hätte sie ihre Würde verloren und wollte nicht mehr getreten werden. Ich enterte mein Zimmer und warf alles in eine Reisetasche. Auf dem Boden der Tasche landete auch meine silbrig glänzende 357er Magnum.

Ich weiß, dass viele einen Trommelrevolver für antiquiert halten, aber ich brauchte die Waffe einfach. Den Revolver hatte ich von einem guten Freund bekommen, der mittlerweile tot war. Die Waffe erinnerte mich an ihn. Vor allen Dingen deswegen, weil er sich diesen Lauf in den Mund geschoben und sich mit der Mgnum das Gehirn rausgeschossen hatte. Er war einfach verdammt deprimiert gewesen, als er die Kurve zur letzten Ausfahrt genommen hatte.

Er hatte Spielschulden und jede Menge Ärger mit Frauen. Beides ist eigentlich eine Grundkonstante im männlichen Dasein seit ungefähr 40 000 Jahren. Mit dem Rad wurde auch gleich das Roulette erfunden. Trotzdem hatten diese Probleme die Fortentwicklung und Vermehrung der Menschheit nie ernsthaft gestört. Warum auch immer ...

Bei ihm war es dadurch dramatischer, weil er auch jede Menge Probleme mit verdammt schlechten Drogen hatte. Das fing mit miesem Alkohol an und endete bei ziemlich zweifelhaftem Koks. Er war trotzdem ein echter Klassemann. Möglicherweise hätten sich seine Probleme mit den Frauen und allem anderen lösen lassen können, aber er hatte einen ganz entscheidenden Fehler gemacht: Mein Freund hatte sich von einer Christensekte heuern lassen, mit null Sex, null Spaß und ziemlich viel Schuld.

Als er das tat, war er schon ziemlich durchgeknallt gewesen. Was seinem Motten zerfressenden Hirn den Rest gegeben hatte, war eine satte Satanserscheinung gewesen. „Du", hatte der Leibhaftige gesagt, „du bist mein lieber Sohn, an dem ich Wohlgefallen habe." Das wusste ich, weil es in seinem Abschiedsbrief gestanden hatte, unterschrieben mit Blut. Bevor er sich erschoss, hatte er sich schon die Pulsadern aufgeschnitten. Bei der Obduktion sollte auch noch Gift gefunden werden. Er war eben schon immer ein sehr gründlicher Mensch gewesen.

Die Waffe hatte er von einem Mexiko-Trip mitgebracht. Er war auf der Suche nach dem Hexer von Carlos Castaneda. Don Juan fand er nicht. Dafür entdeckte er mitten in der Wüste einem zahnlosen alten Irren, der ihm Mescal und die Waffe gab. Ein Hexer sei er, ein Brujo, und viele hundert Jahre alt, hatte der Zahnlose in einem sehr antiquierten Spanisch genuschelt. Er müsse leben, bis er seinem Nachfolger die Waffe des Lichts gegeben habe.

Mein Freund nahm die Knarre aus den knochendürren Händen des Alten. Der starb mit einem glücklichen Lächeln in dieser Minute und entzog sich damit der Mühe, auch nur eine Frage zu beantworten. So hatte es mir jedenfalls mein Freund erzählt, aber er war damals eigentlich auch schon ziemlich durchgeknallt gewesen.

Jedenfalls hatte er mir die Waffe vererbt. Ich nahm sie gern. Sie erinnerte mich an meinen Freund und jedes Mal, wenn ich abdrückte, war es auch ein wenig, als wäre er wieder unter uns.

Es war eine wirklich erstklassig-großkalibrige Knarre. Nicht eines von diesen: Ich-weiß-nicht-ob-ich-wirklich-jemand-umbringen-will-Feuerrohren mit den kleinen Mündungsrohren. Wer auf diesen Abzug drückte, brachte jemand um. Und genau das sollte auch der Sinn eines Revolvers sein. Es gab das richtige und das falsche Ende einer Waffe. Und wer am falschen Ende auftauchte, war eben tot. So ist das mit den Waffen und mit dem Leben. Es gibt Leute, die eine andere Meinung dazu haben, aber die tauchen auch leicht am falschen Ende auf.

Ich weiß nicht, wie all die Jungs das so gesehen hatten, die wir in der letzten Zeit umgebracht hatten. Es spielte auch keine Rolle mehr. Wie auch immer, eins war sicher: Mit dem Packen wäre ich auf jeden Fall schneller vorangekommen, wenn nicht eine Leiche zwischen mir und meinem Rasierzeug im Bad gelegen hätte. Ich drehte den Mann mit der Fußspitze um und entdeckte wieder die flache Scheibe mit dem Hakenkreuz. Ziemlich schlechte Zeiten für einen Clubausflug.

Das erinnerte mich daran, dass auch für mich einmal schlechte Tage kommen konnten. Zum Beispiel dann, wenn die Polizei auftauchte. Die nächste Gendarmeriestation war zwar mehr als 20 Kilometer weit entfernt, aber wir hatten hier schließlich ziemlich viel Lärm gemacht. Da ahnte ich noch nicht, dass es noch viel lauter werden sollte. Es gibt bekanntlich für alles eine Zeit, jetzt war eindeutig die Zeit, um zu verschwinden. Ich ging die Treppe runter und sagte das den beiden. Sie waren einverstanden.

Wir stiegen in den schwarzen Van und fuhren los. Nietzsche legte eine ziemlich seltsame Musik ein. Die Melodie hörte sich an, als würde eine Horde debiler Wilder einen Kammermusikabend geben.

„Was ist das?“

„Nietzsches Lied“, half mir meine Nixe weiter. „Er liebt das.“

„Hört sich vollkommen verrückt an.“

„Das ist es auch, mein Wolff", sagte sie, und ich sah ihre meerblauen Augen näher kommen. Ich gab nach und hatte eine herrliche Zeit, wenn sie auch verdammt kurz war. Der Van stoppte.

„Was ist jetzt schon wieder los?"

„Wir wollen noch zu einer Party", erklärte mir Ana.

„Ihr hattet doch gesagt, dass wir verschwinden."

„Das", sagte Ana. „Das tun wir auch."

Wir stiegen aus. Mondlicht schimmerte auf dem Ozean, wir standen an einer Klippe. Der Van kauerte wie ein lauerndes schwarzes Tier zwischen den Felsen. Nietzsche kam als letzter aus dem Bauch der kleinen Bestie. Über die Schulter trug er das Gewehr, in der Hand hatte er einen kleinen Koffer, sein Mantel war ausgebauscht. Er ging, als würde er plötzlich einen Zentner mehr wiegen.

„Wohin gehen wir?" fragte ich.

„Freunde treffen", antwortete mir meine Schöne. „Nietzsche kommt später nach."

„Und was machst du?" wollte ich wissen.

„Ich gehe unsere Feinde lieben", antwortete Nietzsche und lächelte böse.

Wen und was er auch immer damit meinte, ich wollte bestimmt nicht dazugehören.

DER SCHATTEN DER STEINE

„Komm", reichte mir die Nixe ihre Hand. Sie zog mich sanft am Rand der Klippen lang. Wir gingen nur ein paar Schritte, dann sah ich den uralten Steinkreis. Er war von den Kelten errichtet worden und sah aus wie ein kleines Stonehenge. Druiden hatten hier ihre Götter angerufen. Ein bretonischer Fischer hatte mir nach einigen Gläsern Rotwein erzählt, dass die uralten Heiligtümer unterirdisch miteinander verbunden waren. Die Druiden, Götter und Feen würden dort im tiefen Schlaf liegen, bis das Licht aus der Wüste sie erweckte. Das hätte ihm schon sein Großvater erzählt, und der hätte es von seinem Großvater. Ich hörte so etwas ganz gern.

„Dort wollen wir hin", deutete sie auf den Steinkreis. Sie löste ihr Haar.

Lange goldene Wogen brandeten über schwarzes Leder. Es roch nach Salz, Jod und untergegangenen Reichen.

„Sie erwarten uns."

Wer auch immer dort sein mochte. Ich beschloss, einfach alles auf mich zukommen zu lassen. Es kann wirklich sehr beruhigend sein, wenn man das Gewicht einer Magnum spürt. Wir gingen an den Klippen entlang, der Wind ließ ihre Mähne flattern. Ihre Haare sahen wie ein goldenes Spinnennetz aus, und ich wusste ziemlich gut, wer die Schwarze Witwe war.

Ich tastete nach meiner Waffe und sorgte dafür, dass ich sie möglichst schnell ziehen konnte. Reine Vorsichtsmaßnahme. Dann genoss ich wieder den Blick auf die mondbeschienene Klippe und auf ihren Hintern. Diesem Arsch würde ich bis in die Hölle folgen, dachte ich gut gelaunt. Da ahnte ich noch nicht, dass wir auf dem Weg dorthin waren.

Als wir den Steinkreis erreichten, ging sie in die Mitte des Hochplateaus, hob die Arme und legte ihren Kopf in den Nacken. Dann sagte sie etwas in einer Sprache, die ich noch nie gehört hatte. Sie klang erst abgehackt und barbarisch, wurde dann aber melodisch. Dann sang sie. Langsam schwoll der Wind an. Geräusche kamen aus den Reihen der uralten Steine. Erst ganz leise, dann immer deutlicher. Irgendetwas passierte hier, und ich konnte nur hoffen, dass sich dieses Etwas mit einer Magnum erledigen ließe. Noch unangenehmer, als Leute umzubringen, ist ein Problem, dass sich nicht dadurch lösen lässt, dass man jemanden erschießt. Erfahrungsgemäß sind das die heikelsten Situationen im Leben.

Dann kamen sie aus dem Schatten der Steine. Zwölf weißgekleidete Männer. Langsam schritten über das mondbeschienene Hochplateau an der Steilküste auf uns zu. Der Wind zerrte an ihren langen Gewändern. Es schien fast, als würden sie leuchten. Mein schwarzer Engel beendete seinen Gesang.

„Ich grüße Euch, Gwydion", sagte sie zu dem Mann, der anscheinend der Anführer war. Offenbar hatte sie sich jetzt entschieden, in einer Sprache zu sprechen, die ich auch verstand. Ich fand das rücksichtsvoll. Wie oft sind schon Menschen getötet worden, nur, weil sie sich untereinander nicht verstanden. Ich könnte dazu einiges erzählen, aber ich weiß einfach nicht, ob so etwas überhaupt verjährt.

Der Mann mit dem schlohweißen Bart betrachtete sie wohlwollend. Er erinnerte mich an jemanden und dann fiel es mir auch schlagartig wieder ein. Unten im Ort in der kleinen Buchhandlung hatten sie ein Buch über Druiden. Der Mann sah aus, als käme er direkt vom Titelumschlag.

„Und ich grüße Euch, Ana", entgegnete er. Seine Stimme klang wie die von jemandem, der genau weiß, was er will. „Wer ist er?"

Jetzt war ich im Spiel, und ich hatte nicht die geringste Ahnung, wohin die Kugel bei diesem Hochplateauroulette im Steinkessel rollen würde.

„Er ist der Gesuchte", sagte meine Schöne.

Der Druide musterte mich eindringlich. „Was macht Euch so sicher?"

„Erinnert Euch an die Prophezeiung. Ihr werdet wieder auf der Erde wandeln, und das Reich wird wieder sein, wenn der Wolf aus dem Süden kommt und euch mit seinem Licht berührt."

„Und?" Das hätte ich auch gefragt.

„Er ist Wolff, und er trägt die Waffe des Lichts."

Die Augen des Alten waren so durchdringend, als wollte er mir auf den Grund meiner Seele schauen. Ich kann davon eigentlich nur abraten. Wenn ich in mich hineinlauschte, was sehr, sehr selten geschah, habe ich Stimmen gehört, die wenig vertrauenswürdig waren. Was sie sagten, habe ich nie verstanden. Ich hörte Flammen prasseln und ganz in der Ferne Schreie. Manchmal klang es auch wie ein Erdbeben oder eine gigantische Flut in grauer Vorzeit. Es schien fast so, als hätte ich äonenalte, ziemlich durchgeknallte Untermieter. Und was immer es war, es wandelte zu Recht nicht mehr über den Planeten. Ich hatte mich schon ziemlich früh entschlossen, mich nicht weiter darum zu kümmern. Vielleicht wäre es anders gewesen, wenn ich gewusst hätte, wie ich von ihnen Miete kassieren könnte.

„Er ist durch und durch verdorben", sagte der Alte.

Das hätte ich ihm auch vorher sagen können.

„Aber er ist der Erwählte", beharrte meine Nixe.

Damit hatte ich allerdings nicht gerechnet. Dass ich gelegentlich gesucht wurde, entsprach meiner bisherigen Lebenserfahrung. Der Erwählte war ich allerdings noch nie. Ich liebe solche Neuerungen nicht. Vor allem, wenn ich ungefragt zu einer solchen Rolle komme.

Die Bilanz der letzten Stunden: Ich hatte mich ein wenig verliebt, hatte kurz nach dem Aufstehen zwei Menschen erschossen und war in einen kleinen Krieg geraten. Ich hatte dabei Nietzsche mit der Handgranate philosophieren sehen. Dann wurde ich von einer Blondine in schwarzem Leder in einem alten keltischen Heiligtum Leuten als „der Erwählte“ vorgestellt, die wie Druiden aussahen.

Wenn das hier ein Film wäre, dann würde ich versuchen, dem Drehbuchschreiber aus dem Weg zu gehen. Dieses Skript stammte offensichtlich aus der Feder eines Irren. Irgendwie musste ich das Tempo aus der Sache nehmen. Wenn sich hier alles so weiter entwickelte, würde nach meinen Hochrechnungen spätestens in einer Woche die Welt mit einem ziemlichen Knall explodieren. Das Finale wäre allerdings nicht ganz so schlimm, weil ich mit einiger Sicherheit schon vorher tot wäre. Das war aber allenfalls am Ende der Woche beruhigend. Ich musste jetzt etwas tun.

Mit einer schnellen Bewegung zog ich die Magnum und setzte sie Gwydion an die Schläfe. Ich hätte auch Ana nehmen können. Sie stand genauso nah. Aber das hätte nur ein Verrückter getan.

„Was machst du da?“ zischte meine Schöne.

„Wir spielen jetzt einfach mal nach meinen Regeln. Ich will wissen, was hier los ist.“

„Du wirst es noch erfahren“, behauptete Ana.

Bevor wir Unterhaltung fortsetzen konnten, seufzte Gwydion sehr laut und sehr kummervoll.

„Er hat tatsächlich den Lichtbringer“, stellte er resigniert fest.

Bei den Weißgekleideten entstand eine ziemliche Unruhe. Sie sprachen miteinander sehr laut in einer mir unbekannten Sprache. Offenbar diskutierten sie etwas. Dann kam einer aus der Gruppe auf mich und Gwydion zu.

„Seid Ihr Euch sicher, Ehrwürdiger?“

„Der Lichtbringer hat zu mir gesprochen“, antwortete Gwydion.

„Ist er der Erwählte?“ deutete der Druide auf mich, und er schien es immer noch nicht fassen zu können.

„Er ist erwählt. Wolff ist der Ender“, bestätigte meine Geisel.

„Schluss jetzt“, befahl ich. „Wir hauen ab.“

Langsam ging ich mit Gwydion rückwärts. Mit etwas Glück würde ich schnell ein Auto finden, das ich knacken konnte. Manchmal übernachteten Surfer in der Gegend. Aber soweit sollte es nicht kommen. Hinter mir hörte ich ein metallisches Klicken und spürte, wie sich ein großes Schwarzes Loch in meinem Genick ausbreitete.

„Lass alle Hoffnung fahren", hörte ich eine wohlvertraute Stimme.

„Hallo Nietzsche, wieder zurück? Was machen wir jetzt?" Auf die Antwort von ihm war ich wirklich gespannt.

„Ich schlage vor, du lässt ihn los, und dann sehen wir weiter."

„Das ist keine besonders gute Idee", sagte ich. „Ich hänge ziemlich an ihm. Außerdem sollen Druiden mit einer Magnum am Schädel in manchen Fällen ein gutes Mittel gegen Genickschüsse sein. Es sieht nach einem Patt aus."

„Ja", hörte ich ihn, „aber wir spielen kein Schach."

„Du würdest doch nicht wollen, dass ein Druide umgelegt wird?" Ich hatte kein besonders gutes Gefühl bei dieser Vermutung und sollte recht behalten.

„Sagen wir, Druiden sind mir egal."

„Ana hat mich den Erwählten genannt", versuchte ich einen anderen Weg.

„Sagen wir, auch das ist mir egal." Das hatte ich befürchtet.

„Nietzsche, ich glaube dir nicht."

„Sagen wir, auch das ist mir egal."

Na klasse, dieser Dialog wurde eindeutig eintönig. Mein Gott, es macht wirklich keinen Spaß, so einem Mist zuzuhören. Hier konnte offenbar jeder sagen, was er wollte. Ein Geräusch, auf das ich schon lange gewartet hatte, brachte dann doch noch Bewegung in die erstarrte Lage: Polizeisirenen.

„Ich glaube, Jungs", meldete sich Ana, „ihr solltet euer Gespräch später fortsetzen. Lasst uns abhauen."

Ich fühlte mich einerseits erleichtert, weil mir wirklich nichts mehr eingefallen wäre. Andererseits musste ich mich jetzt mit Ana und Nietzsche einigen. Ich wollte schließlich nicht hier bleiben und das Licht ausmachen, wenn die Bullen ankamen.

„Wie wollt ihr hier wegkommen?"

„Lass das unsere Sorge sein. Komm einfach nur mit und lass den Druiden los", schlug Ana vor.

Ich musste ihr vertrauen, obwohl ich es ungern tat. Andererseits hatte ich keine Lust herauszufinden, ob Nietzsche nicht doch die Wahrheit sagte. Ich hätte mir jedenfalls auch nichts aus Druiden und Erwählten gemacht. Außerdem fiel mir einfach nicht ein, wie ich der Polizei das hier erklären könnte.

„Also, wir gehen", sagte ich. „Wenn du deine Knarre runternimmst, nehme ich meine runter."

„Gleichzeitig", schlug Nietzsche vor. „Ich zähle bis drei."

Langsam ließ er die Mündung meinen Nacken abwärts wandern. Ich zog mit. Es lief glatt. Keiner von uns hatte einen miesen Trick versucht. Das war vermutlich für uns beide neu. Für mich auf jeden Fall. Gwydion ging zu den Druiden, sprach kurz mit ihnen, dann kam er zurück.

„Ich begleite Euch", sagte er zu Ana. „Gebt den anderen, was Ihr für mich vorgesehen hattet."

Ana griff unter ihr Haar. Als die Hand wieder aus den blonden Wogen auftauchte, hielt sie einen schweren Ring.

Gwydion übergab ihn den Druiden. „Nehmt ihn und verwahrt ihn gut. Mit ihm wurde das Bündnis besiegelt. Geht jetzt."

„Ja, Erleuchteter."

Die Druiden verschwanden. Wir verließen den Steinkreis und stiegen in den Van. Es wurde auch Zeit, die Sirenen kamen näher.

Nietzsche legte wieder seine infernalische Musik ein. Ich hörte die Stimme des Sängers „I command the house of the devil". Er klang, als würde er den Leibhaftigen würgen. Während wir die gewundene Straße herabdonnerten, warf ich noch einen Blick zurück. Ich sah blaue und gleißend weiße Säulen aus Licht im Steinkreis. Dann fraß das weiße Licht das blaue. Die anderen schienen es nicht bemerkt zu haben, und ich beschloss, nichts zu sagen. Schließlich waren wir auf der Flucht, und die wären im Stande gewesen, noch einmal umzukehren.

Nietzsche verließ die Küstenstraße und fuhr zu einem kleinen Strand.

„Aussteigen", befahl er.

Wir verließen den Van und gingen zum Meer. Nietzsche gab Signale mit einer Taschenlampe, ein Motor sprang auf dem Wasser an. Ein Schiff tauchte zwischen den Felsen auf. Es sah sehr schnell aus. Ich kannte diese Art Boot aus Filmen, die in Miami spielten.

Sie waren ein Spielzeug für Reiche und beliebt bei Drogenschmugglern, die damit die Küstenwache bei Verfolgungsjagden hoffnungslos deklassierten. Wir wateten auf das Boot zu und gingen über eine Außenleiter an Bord.

„Hinsetzen", sagte der Mann am Ruder. Dann gab er Gas, und es drückte mich in die Sitze. Ein nettes kleines Powerboat. Wir rasten auf das offene Meer zu.

Am Strand stieg ein Feuerball in die Luft. Nietzsche hatte seinen Van entsorgt. Nicht das einzige Problem, das sich in Luft auflösen sollte. Ich sah Flammen am Ortsrand. Dort standen die Hotels, in denen wir eine Menge Tote und jede Menge Fingerabdrücke zurückgelassen hatten. Nietzsche und Ana verwischten ihre Spuren. Außerdem würden die Brände unsere Verfolger beschäftigen. Kein Wunder, dass sie sich so viel Zeit gelassen hatten. Ich hätte vielleicht gleich draufkommen können, aber damals kannten wir uns noch nicht so gut.

Während ich mir noch einen Blick auf das flammende Inferno gönnte, donnerte das Boot weiter auf das offene Meer hinaus. Da ahnte ich noch nicht, dass wir eine sehr abgedrehte Verabredung außerhalb der Dreimeilenzone hatten.

Ich fragte mich gerade, ob ich vielleicht die Enkel der Wikinger und Hunnen getroffen hatte, als mich ein zarter Kuss auf die Wange traf. Ana lächelte mir gewinnend zu.

„Jetzt sitzen wir in einem Boot", scherzte sie mir direkt ins Ohr. „Willkommen an Bord."

„Schnallen Sie sich nicht an. Sie sind sowieso gleich tot. Kapitän Nietzsche und seine Crew wünschen Ihnen viel Spaß auf der Reise ins Nichts", versuchte ich es mit Humor.

„Sehr witzig“, zischte Ana.

„Finde ich auch.“

„Hört auf zu streiten“, meldete sich Nietzsche.

„Wie hört er uns bei dem Motorenlärm?“

„Er kann Lippenlesen“, erklärte Ana.

Ich beschloss, mir das zu merken. Ich lehnte mich entspannt zurück und genoss die Fahrt. Immerhin hatte seit einer ganzen Weile keiner mehr auf mich geschossen. Kurze Zeit später tauchte eine riesige weiße Motorjacht vor uns auf. Unser Boot fuhr darauf zu. Leinen flogen von Bord der Jacht. Wir machten fest.

„Nach dir“, sagte Ana und deutete auf die Leiter.

„Ladys first.“

„Ich bin keine Lady. Jedenfalls nicht so.“

Nietzsche wollte das Ende unseres Gesprächs offenbar nicht abwarten. Er schwang sich auf die erste Sprosse und machte sich an den Aufstieg. Wir kletterten einfach hinterher. An Bord wartete schon ein Mann auf uns. Er trug weiße Handschuhe zu einer weißen Uniform, mit der er auch bei Madame Butterfly Punkte gemacht hätte.

„Schön, Sie zu sehen. Sie werden schon erwartet.“

Als wir uns auf den Weg machten, schaute die Sonne langsam über den Horizont.

„Musst du dich nicht beeilen?“, fragte ich Ana.

„Warum?“

„Ich dachte, Leute wie du müssen im Sarg liegen, wenn es hell wird.“

„Eines Tages wirst du für einen Witz sterben“, prophezeite mir meine blonde Fee.

Vermutlich hatte sie recht. Ich hatte schon immer einen ausgeprägten Sinn für Scherze, die mich Kopf und Kragen kosten konnten. Das war schon als Kind ein echtes Problem. Ich machte einen guten Witz auf Kosten der stärksten Jungens in der Straße und wurde windelweich geprügelt. Trotzdem konnte ich nicht damit aufhören. Jahre später habe ich mir sie dann der Reihe nach vorgeknöpft. Da war ich schon sehr gut, wenn es um wirklich schlimme Dinge geht, die man Menschen antun kann.

Der Uniformierte führte uns über das luxuriöse Deck aus teurem Holz. Die ersten Sonnenstrahlen spiegelten sich auf der silbernen Reling. Es funkelte als hätte die Sonne ein Rendezvous mit einer Schatztruhe. Der Mann in der weißen Uniform hielt vor einer Kabinentür und klopfte an.

„Sie sind da."

Die Tür schwang auf und ein Hüne von einem Mann musterte uns. Er hatte halb lange weiße Haare mit kräftigen schwarzen Strähnen. Auch sein Bart war von den schwarzen Linien gezeichnet. Mit einem strahlenden Lächeln und ausgestreckten Armen ging er auf Ana zu.

„Willkommen an Bord der Avalon", sagte er mit fester Stimme, umarmte meine Schöne und küsste sie auf beide Wangen. „Es ist gut, dich wiederzusehen, meine Tochter."

Ich bemühte mich, mir nichts anmerken zu lassen. Wenn das wörtlich zu nehmen war, wartete auf mich nach der langen Durststrecke, die mein Leben bisher war, doch noch ein Happyend.

Vielleicht hatte ich endlich meine Prinzessin gefunden. Schön, stinkreich und vor allem bereit, gerade mich aus dem Jammertal zu führen. Immerhin hatte sie mich den Erwählten genannt.

Wenn ich die Jacht so ansah, waren die Besitzer weit jenseits der Hundertmillionengrenze zu Hause. Ich hatte mich zwar schon oft geirrt, aber meine Geldgier war davon nie sonderlich beeindruckt gewesen. Sie wollte einfach, dass wir es miteinander sehr nett haben. Und da konnte diese perfekt entwickelte Gier sehr überzeugend sein. So überzeugend, dass ich beschloss, die Ereignisse der Nacht in einem sehr milden Licht zu sehen.

„Kommt rein", lud uns der Hüne mit einer weit ausholenden Bewegung in seine Kabine.

Ein mächtiger Schreibtisch stand genau gegenüber der Tür. An der Wand hingen Bilder, die ich für van Goghs hielt. Es waren auch welche – echte, natürlich. Er winkte uns in eine Ecke mit schweren Ledersesseln.

„Nehmt Platz."

Dann stellte er eine Kiste mit sündhaft teuren Havanna Zigarren auf den Tisch und bot Drinks an.

„Überlass die Drinks mir", sagte Ana.

Sie ging zu einer Hausbar und kam mit vier Gläsern Malt Whisky wieder. Ich erkannte das Etikett der Flasche. Ein „The Macallan" von 1979. Und der stand sehr weit vorn in meiner persönlichen Single-Malt-Skala. Allerdings vertrug sich mein guter Geschmack oft nicht mit meiner schlechten finanziellen Lage.

„Der bringt uns gut über die Zeit nach dem ersten Schreck", verkündete sie und hatte ein paar dicke Pluspunkte bei mir gemacht. Mein Engel verstand etwas von Psychologie. Sie hob ihr Glas, wir taten es ihr nach.

„Auf Avalon und Atlantis", rief sie. „Mögen die Knochen unserer Feinde im Schlamm verrotten."

Eins musste man ihr lassen, sie hatte wirklich Temperament.

„Auf Thule", ließ sich Nietzsche hören. „Und mögen die Dämonen aus ihren Gebeinen Flöten schnitzen."

„Und mögen wir erobern, was vor so langer Zeit verloren ging", ergänzte der Hüne.

Ich türmte das Familienvermögen in Gedanken zu einem Berg aus Geld. Das half mir, ihre Trinksprüche ungerührt mitzuhören. Wer so reich war, konnte sich einiges erlauben, fand ich. Besonders dann, wenn auch ich die Hand aufhalten konnte. Die Geldbergmeditation ist eine wunderschöne Übung zur Toleranzförderung gegenüber Multimillionären.

Ich kann sie nur allen empfehlen, die sich an den Vermögen anderer Leute bereichern wollen. Das geht nur ohne Groll und Neidgefühle.

„Ich denke, wir reden später", sagte unser Gastgeber. „Ihr müsst müde sein, ruht euch aus."

Er läutete nach dem Steward, und der Mann in der blütenweißen Uniform öffnete die Tür.

„Zu den Kabinen, bitte", sagte der Hüne.

Als wir über den Flur gingen, sah ich durch eine offene Tür einen gewaltigen runden Tisch. An der Wand hing ein Banner mit einem Tier, von dem ich nur eine rote Tatze sah. Außerdem entdeckte ich den Griff eines Schwertes. Am Knauf funkelte ein gewaltiger blauer Stein. Einen Moment hatte ich den Eindruck, als würde er mir zublinzeln.

Der Steward öffnete die Türen zu den Kabinen, zuletzt zu meiner. Sie war sehr geräumig. Ein breites Bett wartete auf mich.

„Haben Sie noch einen Wunsch?“ wollte der Weißgekleidete wissen.

„O ja, einen Drink. Den Macallan. Oder besser noch, die ganze Flasche.“

Er zuckte kaum merklich. Nach ein paar Minuten kam er mit dem Single Malt zurück. Ich nahm ihm sofort die Flasche aus der Hand, setzte sie an die Lippen und nahm einen sehr tiefen Schluck.

„Schlafen Sie wohl“, wünschte er.

„Danke.“

Ich suchte die Hausbar und holte mir ein Glas. Wer trinkt schon gern die ganze Zeit Whisky aus der Flasche. Über der Bar hing ein großer Spiegel. Ich sah mich an. Dunkle Haare, eine ganz annehmbare Figur und ein gewinnendes Äußeres. Nur mit meinen Augen stimmte etwas nicht. Sie wirkten nicht so, als würde ich an der Giftküche Welt leiden, sondern als wäre ich für deren Zustand verantwortlich. Jedenfalls hatte mir das einmal jemand gesagt, der mir sehr nahe gestanden hatte. Später hatte er sich mit einer Magnum erschossen. Ich habe übrigens grüne Augen.

Als ich genug von meinem Spiegelbild hatte, setzte ich mich aufs Bett und ließ mich nach hinten fallen. Es war federwölckchenweich. Ich streckte mich lang aus und unternahm den vorsichtigen Versuch, über alles nachzudenken.

Der Einfachheit halber begann ich dort, wo es am einfachsten war: Beim beachtlichen Luxus, der mich umgab. Also: Sie hatten sehr viel Geld, sprachen mit Druiden, betrachteten runtergekommene Privatdetektive als erwählt und brachten sehr professionell sehr viele Leute um, die Hakenkreuze am Revers trugen. Außerdem sprengten sie alles in die Luft, wenn sie ihre Spuren verwischen wollten.

Ich hatte wirklich keine Ahnung, in welche Schublade ich sie stecken sollte. Ebenso wenig wusste ich, welches Spiel hier lief. Die Regeln waren mir völlig unbekannt. Ich bezweifelte auch, dass ich sie an allgemein zugänglichen Orten nachschlagen konnte. So kam ich nicht weiter.

Vielleicht konnte meine Magnum mir weiterhelfen. Ana hatte sie als Waffe des Lichts bezeichnet. Sogar Gwydion sprach vom Lichtbringer, als er die Mündung am Schädel spürte. Da hatte er wirklich keinen Grund, um zu lügen. Ich zog die Waffe und sah sie mir an. Sie sah genauso aus wie sonst. Für mich hatte sich nichts geändert. Ich fragte mich, was die anderen in ihr sahen.

Was hatte Ana zu den Druiden gesagt? Irgendetwas wie: „Ihr werdet wieder auf der Erde wandeln, wenn der Wolff aus dem Süden kommt und euch mit seinem Licht berührt." Anfangen konnte ich damit nichts, aber Ana schien sich sehr sicher zu sein.

Ein leises Geräusch schreckte mich auf. Ich sah, wie sich der Türknopf langsam drehte. Na gut, meine Magnum war ja noch in meiner Hand. Wenn es für mich überhaupt einen guten Augenblick gab, dass jemand ungefragt in mein Zimmer eindrang, dann jetzt.

Ich ließ mich leise aus dem Bett gleiten und legte mich auf den Boden. Ich hörte, wie die Tür aufschwang, nackte Füße tapsten auf dem Boden. Dann hörte ich eine wohlvertraute Stimme.

„Wo steckst du?" wollte meine Nixe wissen.

Ich stand auf. Sie trug ein weißes Gewand mit einem sehr tiefen Dekolletee.

„Was machst du auf dem Boden?"

„Ich mache mir nichts aus weichen Betten. Holz ist genau richtig. Alles andere führt nur zu lästigen Zivilisationskrankheiten wie einem bequemen und beruhigenden Schlaf. Außerdem ist es von hier unten für mich einfacher, andere Leute zu erschießen, als die mich."

„Warum bin ich hier?"

„Du hast noch Hunger und weil der Kühlschrank leer war, hast du an mich als Imbiss gedacht."

„Fast getroffen", strahlte sie. „Ich habe wirklich Appetit auf dich." Sie ließ ihr Gewand von den Schultern gleiten, und ich sah sie erstmals ganz ohne bei Tageslicht. Ich blieb dabei. Dafür hätte ich auch Troja platt gemacht, und ich sagte ihr das auch.

Sie lachte laut und entblößte blütenweiße Zähne. „Vielleicht hast du genau das auch schon getan." Meinetwegen. Meine Nixe kam auf ihren endlos langen Beinen auf mich zu. Die Haare zwischen ihren Schenkeln waren schwarz.

Als sie vor mir stand, begann sie, mein Hemd aufzuknöpfen, dann streifte sie es ab. Ihre schmale Hand wanderte tiefer. Sie öffnete meinen

Gürtel und war kurze Zeit später am Ziel ihrer Wünsche. Ich stieg vollends aus meiner Hose. Ana kniete vor mir nieder.

Sie umfasste mein Geschlecht. Ihre Zunge kam langsam aus ihrem roten Mund, wie eine schüchterne Schlange aus einer Höhle des Paradieses. Dann wuchs das Zungentier und umschlängelte das Haupt des Schaftes in zärtlicher Umarmung. Die Spitzen ihrer Brüste berührten meine Schenkel, und mit jeder Berührung schrieb sie ihren Namen auf meine Haut.

Ich schloss die Augen und stand noch so, als die Schlange und mein Geschlecht in der weichen Höhle Hochzeit feierten. Ana ließ es erst wieder gehen, als ich der Braut geopfert hatte. Mein Glied war immer noch steif. Ana erhob sich, fasste meine Hand und zog mich zum Bett. Wir fielen übereinander her, hungrig und zärtlich mit der sanften Gier der Wölfe. Danach schliefen wir ein. Ihr Kopf lag auf meiner Schulter, und ich sah den schlafenden blonden Sturm, bevor der Schlaf zu mir kam.

Ein zarter Kuss auf meine Wange weckte mich. Ich schaute ins strahlende Gesicht meiner guten Fee.

„Gut geschlafen?"

„Mit dir oder danach?"

Sie lachte laut auf und knuffte mich. „Wir sollten frühstücken."

„Ja", sagte ich. Wir sahen uns an. Sie beugte sich über mich und in ihrem langen Kuss versank die Welt.

DER TRAUM

Viele Stunden später hörten wir ein dezentes Klopfen an der Kabinentür. Als ich öffnete, stand dort eine Flasche Champagner mit zwei Kelchen auf einem silbernen Tablett. Wir tranken sie leer und träumten, ohne einzuschlafen. Später hörte ich ein Lied vom Deck, schlief ein und träumte.

Ein König saß auf einem mächtigen Thron. Sein Haupt zierte ein goldener Reif. In der einen Hand trug er sein Schwert, in der anderen ein Zepter. Von seinem Thron konnte er die gefiederte Schlange sehen. Die Statue stand am Hafen seines Reiches. Schiffe fuhren in alle Himmelsrichtungen. Sie brachten Wissen in alle Welt und wurden verehrt, bis sie Götter waren.

Gütig waren sie und voller Weisheit, bis das Feuer der Erde und das schäumende Meer ihre Güte fraßen.

Denn da waren die anderen, Wesen der schwarzen Nacht. Auch die nannten ihn König. Er neigte sich ihnen zu. Und die Wolfszeit begann, bis der Wolf die Zeiten endete.

„Aber nicht ich vernichtete das Reich, sondern das Schwert", sprach der Mann auf dem Thron. „Auch wenn wir eins sind, bestehe ich darauf, wenn du mich in der Hölle triffst."

Er hob seinen Kopf, und ich sah in sein hassverzerrtes Gesicht, es war meins. Flackerndes, rotes Licht tauchte es in eine dämonische Gloriole.

„Trau nie dem Lichtbringer."

Dann brach der Mann mit meinem Gesicht in ein satanisches Gelächter aus. Er stand auf, verbeugte sich mit einer grotesken Bewegung vor mir.

„Wir sehen uns, Erwählter." Er machte eine Handbewegung und verschwand in aufsteigenden wabernden Nebeln. Sein Gelächter drang durch die Schwaden.

Ich erwachte von einem leisen Aufschrei. Ana deutete auf meine Magnum. Kleine Nebel krochen über die Waffe. Kaum wahrnehmbar. Dann verschwanden sie wieder. Ich war mir nicht sicher, ob ich sie wirklich gesehen hatte. Mir lag eine lustige Bemerkung auf den Lippen, bis ich Ana ins Gesicht sah. Sie wirkte sehr nachdenklich und sehr ernst.

„Was hast du?"

„Es sieht so aus, als ob wir weniger Zeit haben, als wir hofften", sagte sie. Sie legte mir die Arme um den Nacken.

„Küss mich", bat sie. „Und halte mich ganz fest. Mir ist kalt."

Tatsächlich war ihre Haut kühl und blass. Ich hörte ihren Atem an meinem Ohr. Ihre Kälte ließ auch mich frösteln. Sie fraß sich langsam in mich hinein und füllte mich aus. Bis der Spuk vorbei war, hatte ich das Gefühl, in einer eisigen Gruft zu liegen. Bevor mir das Eis die Adern gefror, ging Anas Temperatur schnell nach oben.

„Es ist gut", ihre Stimme klang fest. „Aber jetzt müssen wir uns mit den anderen treffen. Ziehen wir uns an."

Wir verließen die Kabine. Der Mond spiegelte sich auf der spiegelglatten See. Wir gingen zu der Tür, hinter der ich den runden Tisch gesehen hatte.

„Warte hier."

Kurze Zeit später kam sie wieder.

„Komm rein."

Ich ging durch die Tür. Nietzsche, der Druide und der Hüne saßen auf gewaltigen Stühlen. Die Wand, an der ich die rote Tatze und das Schwert gesehen hatte, war hinter einem schweren roten Vorhang verborgen.

„Wir wollten Euch erst später einweihen", sprach der Hüne. „Aber meine Tochter riet zur Eile. Ich kann ihr diesen Wunsch nicht ablehnen, da sie Recht hat. Obwohl ich Euch noch eine Zeit in Frieden gegönnt hätte." Dann sah er den Druiden an.

„Sprecht ihr, Merlin."

Ich hatte eigentlich nichts dagegen, wenn meine Mitmenschen falsche Namen verwenden. Das ist schließlich Privatsache, fördert die Fantasie und nach meiner Meinung verdirbt die allgemeine Ausweispflicht jeden Spaß. Hier lag die Sache anders. Gwydion war mir egal, aber Merlin sagte mir etwas. Ich hörte sehr aufmerksam zu.

„Verzeiht zunächst, dass ich Euch nicht sofort erkannt habe. Aber Ihr erscheint in Rätseln. Eure Tarnungen sind nie leicht zu durchschauen. Wir haben Euch lange gesucht und nicht gefunden."

Ich hätte ihm ganz gern erzählt, dass ich allein in einer Nacht mit Nietzsche und Ana genug Gründe angehäuft hatte, um für ein paar Jahrhunderte zu verschwinden. Vielleicht hatte es sich vorher nicht anders verhalten, und ich war schon länger in schlechter Gesellschaft. Aber ich hatte den Eindruck, dass das hier keiner hören wollte.

„Dürfen wir Eure Waffe sehen?"

Ich holte sie raus und legte sie auf den Tisch. Der Druide sah sie sich aufmerksam an.

„Ihr sagt, Ana, Ihr hättet die Nebel darauf tanzen sehen?"

„Ja, und Ihr wisst, was das heißt."

„Sie haben den Lichtbringer gefunden", sagte der Druide. „Aber es fehlt ihnen noch an Kraft, ihn zu holen. Aber sie hätten ihn hier nicht einmal finden dürfen. Es sei denn ..."

„Es sei denn?“ fragte Ana.

„Sie haben den Ring des Bündnisses, den ich den anderen im heiligen Kreis gab.“

Schlagartig erinnerte ich mich an das weiße und das blaue Licht, das ich bei unserer Abfahrt gehen hatte. Im Nachhinein hatte ich kein sehr gutes Gefühl dabei. Ich überlegte, ob ich meine Beobachtung mitteilen sollte, obwohl das meinen Beliebtheitsgrad mit Sicherheit nicht steigern würde. Soviel wusste ich vom Leben, besonders von meinem. Ich hatte trotzdem den Eindruck, dass sie es wissen sollten. Es war ihre Show, nicht meine. Aber irgendwie war ich in dieses Programm geraten. Und da sie mich reingebracht hatten, konnten sie mich auch wieder rausbringen. Also erzählte ich es ihnen.

Ana fand als Erste die Sprache wieder: „Das hättest du uns sagen müssen.“

„Weißt du, es ist eure Party, ich wurde nicht gefragt, ob ich mitmachen will. Und ganz ehrlich, ich hätte nein gesagt. Ich möchte ein wenig Spaß, und dann gerate ich in einen Krieg. Was ihr auch immer vorhabt, ich will bestimmt nicht dabei sein.“

Der Druide sah mich besorgt an: „Verzeiht, wir waren wieder unhöflich zu Euch. Ihr habt ein Recht, alles zu erfahren.“

Das gefiel mir schon besser: „Ich warte.“

„Doch wo beginnen? Scheinbar erinnert Ihr Euch an nichts“, bemerkte der Hüne.

„Und doch“, sagte ein sehr nachdenklicher Merlin, „hat er die Lichter im heiligen Kreis gesehen, was keiner von uns vermochte. Er ist stärker geworden.“

„Oder wir schwächer“, brummte der Riese. Keiner ging darauf ein.

„Wir führen einen Krieg“, begann Ana unvermittelt. „Von Anbeginn der Zeiten. Wir haben gewonnen und verloren. Die Erde versank in Finsternis, als wir überrannt wurden durch Verrat. Wir waren wenige, und wir waren verzweifelt. Unsere Schiffe kämpften sich durch eine schwarze See, die uns verschlingen wollte. Unser Reich war nicht mehr, die Insel der Götter versunken. Atlantis war versunken. Aber es wird wieder auftauchen: bald. Und wir kämpfen die letzte Schlacht gegen die Dunkelheit.

Wie sie auch ausgeht, der Krieg ist vorbei. Wer gewinnt, dem gehört die Welt."

Ich hatte genug: „Wirklich eine nette kleine Geschichte. Leider sind nette kleine Geschichten heutzutage aus dem Programm genommen worden. Du gehst auf die Straße, und ein Arschloch bringt dich um, einfach so. Der ist nicht einmal böse, sondern einfach mies drauf, weil er Stoff braucht oder Himbeerbonbons. So läuft das. Das sind die Geschichten von heute."

Das klang fast so, als würde mir der Zustand der Welt etwas ausmachen. Ich war wirklich gut in Fahrt.

„Er glaubt dir nicht", bemerkte Nietzsche. „Ana sagt die Wahrheit."

„Sie kann gar nicht die Wahrheit sagen."

„Warum nicht?"

„Weil es in ihrer Geschichte die Guten und die Bösen gibt. So wird das einfach nicht mehr gespielt. Und wenn ihr mich fragt: Das ist noch nie so gespielt worden."

„Was meinst du damit?" wollte Ana wissen.

„Ich meine damit, dass du zu romantisch bist."

Sie machte eine sehr schnelle Bewegung. Ich spürte einen Luftzug an meinem linken Ohr und hörte ein sehr hässliches Geräusch hinter mir. Als ich mich umdrehte, steckte ein Messer in der Kabinentür. Es zitterte noch ein Weilchen nach.

„Ana, du bist unhöflich zu unserem Gast", meldete sich der Hüne. Das fand ich auch.

„Er hat mich beleidigt", fauchte sie.

„Das wollte ich wirklich nicht", erklärte ich betont ruhig. Wer wusste schon, was mein irres Täubchen sonst noch anstellen würde.

Meine Schöne funkelte mich an. „Sag, dass es dir Leid tut."

„Es tut mir Leid."

Das schien ihr zu gefallen. Sie stemmte die Hände in die Hüften und lachte.

„Ich habe mit Absicht vorbeigeworfen."

Wirklich wissen, konnte ich das natürlich nicht. Aber ich entschied mich, ihr zu glauben. Manchmal ist Vertrauen einfach eine schöne Sache.

Besonders, wenn es überhaupt nicht darauf ankommt.

„Ich will Euch etwas zeigen", versuchte es Merlin mit mir. „Ihr werdet Euch erinnern, wenn Ihr mir vertraut."

„Was hat er vor?"

„Er schickt dich zurück durch die Zeit", erklärte Ana.

„Wo steht denn eure feine Zeitmaschine?"

„Die braucht er nicht, er schickt nur deinen Geist zurück", beantwortete Ana meine Frage.

„Ich lasse mich nicht einlullen", beharrte ich. „Hypnose könnt ihr vergessen."

„Ihr werdet bewusst dabei sein", behauptete Merlin.

„Warum sollte ich mich darauf einlassen?"

„Du könntest die Welt retten", versuchte es Ana mit mir.

„Warum sollte ich das tun?"

Nietzsche lachte vergnügt: „Und da gibt es Leute, die sagen, ich wäre ein Nihilist."

DER TOTE FREUND

Ana funkelte Nietzsche zornig an: „Hör auf, zieh ihn da nicht noch tiefer rein. Er wird uns helfen."

„Was macht dich so sicher?" wollte Nietzsche wissen.

„Weil ich etwas habe, das der Wolff haben will."

„Was soll das sein?"

Auf ihre Antwort war ich auch gespannt.

„Erstens bin ich eine Frau, und jeder Wolff braucht seine Wölfin. Zweitens ist er geldgierig. Und drittens weiß ich, wer damals seinen Freund umgebracht hat."

„Er hat sich selbst umgebracht."

„Ja und nein."

„Was heißt das?" wollte ich wissen.

„Wenn ich es dir sage, lässt du dich dann von Merlin zurückführen?"

„Ja."

„Er hatte den Selbstmord geplant, wollte es dann aber nicht mehr tun. Da hat dann einer nachgeholfen", erklärte Ana.

„Warum?“

„Er war im Weg“, sagte Ana. „Er hatte die Waffe gefunden. Seine Aufgabe war damit erfüllt, aber er wollte sie nicht mehr hergeben. Er hatte ihre Macht erkannt und versuchte sie für sich zu nutzen. Dabei geriet er auf die dunkle Seite und ist verrückt geworden. Der Lichtbringer war nicht für ihn bestimmt. Du solltest ihn haben, und du hast ihn auch bekommen.“

„Hat er für euch gearbeitet?“

„Ja und nein. Er hat auch für die Gegenseite gearbeitet und zum Schluss stand er ziemlich allein da. Da war nur noch ein sehr großer Dämon bei ihm.“ Ana zuckte mit den Schultern. Mit dieser Geste hatte sie bestimmt schon einige begraben.

„Wer hat ihn getötet?“

„Ich war es“, sagte Nietzsche. „Er hat mich darum gebeten, und ich habe es getan. Mit Gift und Rasierklinge. Als ich dann später abdrückte, starb einer, der nur so aussah wie dein Freund. Übrigens hätte ich es auch getan, wenn er weniger entgegenkommend gewesen wäre.“

Das glaubte ich ihm aufs Wort. Was mich erstaunte war, wie ruhig ich das alles aufnahm.

„Du hättest ihn nicht wiedererkannt“, meldete sich Ana. „Sein Gesicht war entstellt. Es war nicht mehr sehr viel von ihm übrig, als er starb. Aber es war noch soviel da, dass er dem Alten nicht den Lichtbringer überlassen wollte.“

„Wer ist denn das?“

„Wir wissen es nicht genau. Einer, der zu keiner Seite gehört und sein eigenes Spiel spielt. Welches, das können wir nicht sagen. Aber er ist alt, sehr alt. Vielleicht einer von den großen alten Göttern, die vor dem Anbeginn der Zeiten herrschten. Auf jeden Fall ein sehr unangenehmes Wesen, und dein Freund hat ihn geweckt.“

Ana wirkte unglücklich.

„Woher wisst ihr das alles?“

„Er hat uns das erzählt, während das Gift durch seine Adern raste und das Blut aus ihm strömte“, antwortete Ana. „Das schwemmte das Wesen aus ihm heraus. Wir hörten einen sehr bösen Schrei. Aber wir hatten nicht viel Zeit, uns darum zu kümmern. Wir brauchten sein Testament. Der Lichtbringer muss vom Verwahrer freiwillig übergeben werden. So will es das Gesetz der Waffe. Normalerweise gibt es keine Probleme. Der Verwahrer hat seine Aufgabe erfüllt, wenn der Erwählte auftaucht."

„Und wenn der Erwählte nicht auftaucht?" wollte ich wissen.

„Dann wird der Lichtbringer von Verwahrer zu Verwahrer gereicht, bis der Eine kommt. Das ist über viele Jahrtausende so gewesen. Sie haben gewartet, wir alle haben gewartet: auf dich."

Meine Schöne sah mich erwartungsvoll an. Was sollte ich sagen? Das Gespräch hatte einen sehr hohen Wert auf der nach oben offenen Skala des hellen Wahnsinns verdient. Leider war ich im Augenblick nicht in der Lage, daran auch nur das Mindeste zu ändern.

Ana schaute fragend zu Nietzsche herüber, der nickte. Dann sprach sie.

„Die letzten verständlichen Worte deines Freundes waren: Der schwarze Krake frisst meine Seele. Eine Sache war dabei besonders erstaunlich."

„Was?"

„Als er mit uns redete, muss er schon tot gewesen sein. Ich kenne das Gift, und er war vollkommen ausgeblutet. Zum Schluss gab er nur noch Laute von sich, die eindeutig nicht menschlich waren. Es hörte sich fast an wie eine Sprache. Sie klang alt und ungeheuer böse. Es endete erst, als Nietzsche ihm ins Gesicht schoss."

Ich hatte keine Ahnung, was ich davon halten sollte. Es war einfach zu viel in der Geschichte drin, die sie wie einen Trip mit dem schlechtesten Stoff der Welt aussehen ließ. Zu all den Wundern und Rätseln hatte sich jetzt noch ein sprechender Toter hinzugesellt. Außerdem hatte der Mann, den ich für meinen Freund gehalten hatte, möglicherweise ein Doppelleben geführt. Vielleicht logen Ana und Nietzsche, und ich hatte in einer der vielen trüben Stunden meines Lebens in der Hafenkaschemme die traurige Geschichte über meinen toten Freund erzählt.

Manchmal machte ich das, besonders in besagten Kaschemmen und in Verbindung mit sehr viel Alkohol. Dann hätten die beiden nur lauschen müssen. Genau das sagte ich ihnen auch. Darauf schienen sie gewartet zu haben. Ana zauberte ein kleines Päckchen in ihre Hand.

„Mach es auf!"

Langsam öffnete ich es und entdeckte ein Büchlein. Ich kannte das Heft mit dem Kartonumschlag, es war sein Tagebuch. Es war angesengt und viele Seiten waren rausgerissen worden, aber es hatte ihm gehört. Für ihn war das Schreiben eine Möglichkeit, mit der Welt klar zu kommen. Viel genutzt hatte ihm das allerdings nicht.

Auf der Innenseite des Umschlags entdeckte ich eine seltsame Botschaft, geschrieben in blutroten Lettern: Für A., N. und W.: „Für eine Leiche bin ich doch ganz schön clever."

Ich kannte den Satz, er hatte ihn von Leonhard Cohen geklaut. Wir hatten diese Zeile vor langer Zeit als Code vereinbart. Er sollte bedeuten, dass der andere nicht so tot war, wie es auf den ersten Blick scheinen musste. Vielleicht war er noch am Leben. Zuzutrauen wäre es ihm.

„Was soll das?" wollte ich wissen.

„Keine Ahnung. Wir hatten gehofft, dass du uns das sagen könntest", antwortete Nietzsche.

Ich könnte schon, aber ich würde natürlich nicht. Das war mein erster Trumpf in diesem Spiel. Ich wusste etwas, das sie nicht wussten.

„Nun gut. Bist du überzeugt?" fragte mich Ana.

„Ja."

„Dann musst du jetzt deinen Teil der Abmachung erfüllen", entschied sie. „Merlin, er steht zu Eurer Verfügung."

Na gut, warum nicht? Verglichen mit dem, was ich bisher schon erlebt und gehört hatte, konnte das jetzt auch nicht schlimmer werden. Ich sollte mich täuschen.

„Es wird nicht lange dauern, und doch überspringt Ihr die Abgründe aus Zeit und Raum", erklärte Merlin. „Steht bitte auf und folgt mir. Legt Euch auf den Teppich. Ich bitte Euch, entspannt Euch. Jetzt schließt die Augen und hört mir zu. Konzentriert Euch auf Euren Atem. Spürt, wie er ein und aus geht."

Seine Stimme klang tief und ein wenig metallisch. Ich folgte seinen Anweisungen, atmete bewusst und spürte meinen Körper auf der Unterlage. Er schlummerte mich ein. Ich nahm die Welt nicht mehr besonders ernst. Dann gab er mir den Befehl zurückzugehen.

„Geht nach Atlantis, Ender. Seht Eure Insel."

Ich fiel körperlos durch die Zeit. Erst langsam, dann immer schneller. Gewaltige Reiche brannten, Barbaren überrannten herrliche Städte und gründeten Imperien, die wieder von Barbaren zerstört wurden. Es war Krieg überall. Dann sah ich die Insel. Sie war schön, vollkommen.

„Hebt die linke Hand, wenn Ihr da seid." Meine Finger bewegten sich.

„Was seht Ihr?"

„Eine grüne Insel im blauen Meer. Bauwerke aus weißem Stein, die in der Sonne leuchten. Auf einem Hügel steht ein Palast, freundlich und hell."

„Geht dorthin."

Ich ging in den Palast. Kein Mensch stellte sich mir in den Weg. Ich betrat den Thronsaal und sah den Hafen. Ich erblickte die Statue der gefiederten Schlange. Es war das Bild aus meinem Traum. Dann hörte ich hinter mir eine Stimme.

„Willkommen, Ender. Was verschafft uns die Ehre deines Besuches?"

Ich drehte mich um und sah mich auf dem Thron sitzen. Es war eindeutig die Gestalt aus meinem unerfreulichen Traum.

„Sprich, Bruder. Wir haben nicht mehr viel Zeit, die Wolfszeit naht."

„Trau nie dem Lichtbringer", entgegnete ich ihm.

Er schaute mich erstaunt an. Dann betrachtete er sein Schwert.

„Du hast Recht. Aber wir sind eins, ich muss ihm trauen wie mir selbst."

„Wie läuft es denn in der Hölle?"

Er lachte.

„Dreh dich um und sieh aus dem Fenster."

Alles hatte sich verändert. Der Himmel war in schwarz und blutrot getaucht. Blitze schlugen in die weißen Gebäude ein. Ich hörte Schreie. Dann sah ich Wesen auftauchen, die aus einem Albtraum kommen mussten. Eine Marschkolonne aus Monstrositäten mit Fangarmen und stinkenden Mäulern. Tiermenschen und formlose Wesen hatten ebenfalls in dieser Armee angemustert. Ein hagerer Zauberer mit glühenden Augen schleuderte Bannflüche und öffnete Tore im Nichts, durch die Albträume in die andere Welt strömten. Er saß auf einem gigantischen Wolf. Schwarz gekleidete Männer ritten auf anderen Wölfen neben ihm.

„Sieh ihn dir genau an. Das ist dein Feind."

„Deiner nicht?"

„Ich weiß es nicht mehr. Und du wirst es zu deiner Zeit auch nicht mehr wissen. Das ist das Schicksal der Ender."

„Verfolgen Ender kein Ziel?"

„Doch, aber nur das Eine. Wir wollen es zu einem Ende bringen – wie, das ist uns egal, fürchte ich. Es muss hinterher nur wirklich vorbei sein."

„Was sind wir?"

„Alles und Nichts. Ohne uns gibt es keinen Anfang. Allerdings sind wir nicht sehr beliebt. Meine Methode hat ein Heiligtum zerstört, unwiederbringlich über Jahrtausende. Atlantis war der Preis für eine neue Zeit. Und es war nur durch den Ender der Preis, der zu zahlen war. Es ist gut möglich, dass es andere Wege gegeben hätte. Aber wenn wir kommen, werden die Pfade rar."

Ich hatte meine Bedenken, dass so ein Job gut fürs Image ist.

„Wann kommen wir?"

„Das wissen wir nicht genau", erklärte er. „Manchmal sind wir über Jahrtausende nicht da, dann folgen wir dicht auf dicht. Viele von uns wissen viele Jahre nichts von ihrer Bestimmung, bis sie geweckt werden."

„Du hattest von der Hölle gesprochen. Das ist wahrscheinlich kein sehr angenehmer Ort."

„Nein", sagte mein Doppelgänger, „aber er unterscheidet sich auch nicht erheblich von dem, was wir von der Welt erwarten und was wir ihr bereiten. Alle wollen dich für ihre Zwecke haben. Du sollst Atlantis für die Dämonen erobern oder die Insel für die Engel verteidigen. Für uns ist das egal."

„Warum lassen sie mich mit dir so lange reden?"

„Sie haben die Kontrolle verloren. Das geht allen so, die es mit einem Ender versuchen."

Das beruhigte mich. Es war gut zu wissen, dass sie nicht alle Fäden in der Hand hielten. Außerdem brauchten sie mich, genauso wie ihre Feinde mich wollten.

„Du hast wirklich Seltenheitswert", bestätigte mir mein Gegenüber, der immer noch aussah wie ich.

„Es sieht aus, als wäre es sehr riskant, sich mit uns einzulassen. Warum wollen sie uns überhaupt? Ich meine, sie haben mich erst mit der Nase darauf gestoßen. Persönlich hätte ich einfach so weitermachen können wie vorher."

„Sie mussten dich finden, bevor es ihre Feinde taten", sagte er.

„Die andern haben mich anscheinend auch schon entdeckt. Aber warum haben sie sich nicht vorher geeinigt, mich einfach in Ruhe zu lassen. Und wenn sie nichts von Vereinbarungen halten, hätten sie mich einfach umlegen können und weitermachen wie bisher, ohne dass ihnen ihre Welt um die Ohren fliegt."

„Du vergisst den Lichtbringer. Wenn er einen von uns findet, beginnt er seine Arbeit. Wir können uns nicht vor ihm verstecken. Und er nicht vor uns. Wir sind eins. Und wenn wir zusammenfinden, verrichten wir das Werk der Ender", erklärte er.

„Ist das gut oder schlecht für uns?"

„Für uns ist es weder das eine, noch das andere. Die Waffe ist einfach wie wir."

„Sie haben meine Magnum den Lichtbringer genannt, bei dir ist es ein Schwert."

„Die Waffe ändert ihr Gesicht, ihr Ziel aber nicht."

„Was ist ihr Ziel?"

„Sie holt die alte Welt heim ins Nichts", sagte er. „Genau das, was wir auch tun. Das wird so sein, bis die Zeit endet."

Ich sah aus dem Fenster. Die schwarze Armee rückte näher. Keiner war mehr da, der ihr Widerstand leisten konnte. Flüchtende Menschen liefen auf den Hafen zu, wollten auf die Schiffe. Die meisten schafften es nicht. Vom Himmel stießen dunkle Flugechsen auf die Flüchtenden herab. Ihre scharfen Zähne bohrten sich in Fleisch, ihre Stachelschwänze peitschten und mit ihren Krallen kam der Tod. Als die Todesflieger genug getötet hatten, kam die Gier, und sie begannen mit ihrem grausigen Mahl. Mit ihren kurzen Armen hoben sie die Menschen hoch. Manche zappelten und schrien noch, als sich die Fänge in sie senkten.

Einige Boote konnten noch auslaufen, weil die schwarzen Panzertiere sie im Rausch aus Blut und Gier vergessen hatten. Im Bug des Flaggschiffes stand eine Frau, die mir sehr bekannt vorkam.

„Ana“, murmelte ich ungläubig. „Das kann nicht sein.“

„O doch, sie ist es. Sie war meine Königin, bevor ich meiner Bestimmung folgte. Bis zuletzt wollte sie mich zur Umkehr bewegen. Sie kämpft für das Licht. Und doch ist Ana die Geliebte des Enders. Sie glaubt fest, dass ein Ender die Dunkelheit besiegen wird. Es ist ihre Aufgabe diesen Mann zu finden. Durch die Jahrtausende und alle ihre Leben hindurch.“

Die Frau drehte sich zum Palast um. Ich wusste, dass sie jemanden suchte: mich. Sie winkte. Plötzlich hörte ich eine Stimme in meinem Kopf, es war die von Ana.

„Komm zu mir am Ende der Zeit.“

Dann rauschten die Schiffe aufs offene Meer hinaus. Die Schlangen und Drachen ihrer Segel bauschten sich im Wind. Sie verschwanden am Horizont.

„Es ist Zeit für das Ende“, hörte ich die Stimme meines Doppelgängers. „Du musst bald gehen.“

„Was hast du vor?“

„Ganz einfach, ich versenke Atlantis. Ich habe das Licht vernichtet, als ich der Dunkelheit die Tore öffnete. Jetzt werde ich die Finsternis vernichten. Und dabei wird mir sogar jemand helfen.“

„Wer?“

Er deutete aufs Meer. Eine gewaltiger schwarzer Berg wuchs langsam aus den Fluten. Als er höher war, sah ich rote böse Augen. So musste der Eingang zur Hölle aussehen. Dann erschienen gewaltige Fangarme mit absurden Auswüchsen und schleimigen Saugnäpfen. Die Tentakel schlugen auf die Echsen ein und zermalmten sie. Sie griffen sich die Vorhut der Armee der Dunkelheit. Ich hörte die Schreie der Wolfsreiter. Und ich hörte sie immer noch, als sie schon tot sein mussten.

„Was ist das?“

„Unser Werkzeug. Das Geschöpf der Ender. Nur wir und die Toten kennen das Geheimnis.“

„Wenn du an Wiedergeburt glaubst, musst du damit rechnen, dass die Toten auspacken.“

„Die nicht, die kommen nie wieder. Sie stürzen ins Nichts. Ihre Seelen werden gefressen.“

„Der schwarze Krake frisst meine Seele“, fielen mir die letzten Worte meines Freundes wieder ein.

„Was sagst du?“

„Ach, nichts. Hat der Krake einen Namen?“

„Er hatte schon viele. Einige hielten ihn für einen der uralten Götter. Aber das ist nicht wichtig. Der Krake ist kein Gott, nur ein Schoßtier, das große schwarze Löcher liebt.“

Die Insel begann zu beben. Die Kreatur rüttelte an ihren Fundamenten.

„Könnte ich den Seelenfresser rufen?“

Mein Doppelgänger antwortete: „Ja, er wird dich in der Finsternis hören. Suche gemeinsam mit dem Lichtbringer beim ersten Ruf. Er wird dir helfen, und der Krake wird dich erkennen. Danach findest du den Seelenfresser allein.“

Aus dem Vulkan in der Mitte der Insel quollen schwarze Rauchwolken. Dann fiel Feuer vom Himmel und ein roter Lavastrom ergoss sich über die Insel. Atlantis wankte und bebte unter gewaltigen unterirdischen Schlägen. Bevor die Insel sank, sah ich einen riesigen Wolf über das Wasser gehen.

„Du musst jetzt verschwinden“, sagte mein Zwilling und umfasste mit seinen Fingern meine Handgelenke. „Ich werde abgeholt. Geh und hüte unser kleines Geheimnis. Du wirst das Wissen brauchen können.“

„Warum hast du mir das alles erzählt?“

Er sah mich an. Um ihn herum stiegen weiße Nebel auf.

„Der Atem des Wolfes“, deutete er auf die Schwaden. „Die Welt hat eine tiefe Wunde erlitten. Und ich habe sie geschlagen. Lass mich jetzt allein.“

Ich stieg nach oben. Langsam, dann immer schneller. Tief unter mir versank Atlantis im Meer. Das Feuer vermählte sich mit dem Wasser. Dampfsäulen zeugten von der Umarmung. In der Ferne sah ich die Segel der Schiffe und die Flutwelle, die auf sie zuraste. Der große Wolf trottete über das Meer, hob den Kopf und heulte. Mir kam es wie ein Gruß für mich vor. Als ich die Wolken durchdrang, hörte ich Stimmen voller Qual. Ein Regen brach los. Es war, als ob der Himmel weinte. Dann brach ich durch. Und sah einen Mann in schwarzer Uniform und hohen Schaftstiefeln.

Über dem Schirm seiner Mütze schimmerte ein silberner Totenkopf. Seine Wange wurde von einer Narbe gezeichnet. Er winkte mir zu und seine Lippen bewegten sich. Ich verstand nur ein Wort: bald.

„Hört Ihr mich“, rief ein Mann. „Ich bitte Euch, kommt zurück.“

Als ich die Augen aufschlug, sah ich in einige sehr sorgenvolle Gesichter. Meine Fee stürzte auf mich zu.

„Da bist du. Da bist du. Ich glaubte, ich hätte dich verloren.“

Es waren wohl tatsächlich ihre Tränen, die ich auf meinen Wangen spürte.

„Was war denn los“, wollte ich wissen.

„Merlin hatte jede Verbindung zu dir verloren“, half meine Nixe. „Das ist noch nie passiert. Es gab eine Barriere, durch die er nicht dringen konnte. Und eine Stimme, die es ihm verbat. Das hat noch keiner vermocht.“

Merlin wirkte verstört.

„Es war eine große Macht. Uralt und ungeheuer stark. Sie nahm Euch in ihr Reich und gab Euch wieder her.“

Nachdenklich schaute er mich an.

„Was habt Ihr gesehen?“

„Lasst mir ein wenig Zeit. Und gebt mir einen Whisky.“

Ich erhob mich ein wenig unsicher und setzte mich an den runden Tisch. Als ich das Glas leer war, sah ich mich im Raum um.

„Ich möchte wissen, was hinter dem roten Vorhang ist.“

Der Hüne nickte und Nietzsche zog den Stoff beiseite. An der Wand hingen ein Drachen und eine Schlange. Die waren mir in meinem Traum und gerade eben in Atlantis auch schon begegnet. Die zwei Schwerter mit einem funkelnden grünen und einem blauen Knauf hatte ich noch nie gesehen.

„Einiges kenne ich, aber was bedeuten die Schwerter?“

„Wir hofften, dass Ihr den Drachen und die Schlange wiedererkennen würdet. Eure Reise spart uns Erklärungen“, sagte Merlin ruhig. „Die Schwerter haben eine andere Bedeutung. Sie sind magisch und sehr mächtig. Wir nennen sie die Augen der Fee.“

„Da. Seht sein Handgelenk.“ Ana klang ausgesprochen unruhig.

Rote Linien am rechten Gelenk leuchteten wie ein Dreieck aus Blut, die Spitze wies zur Hand.

„Er trägt das Zeichen. Er wurde berührt", behauptete Ana.

Ich erinnerte mich daran, dass mein Doppelgänger meine Handgelenke angefasst hatte. Allerdings konnte ich kaum glauben, dass diese Leute hier einen Mann mochten, der Atlantis versenkt hatte. Und ich hatte den Verdacht, dass meine augenblickliche Popularität sehr leiden würde, wenn unser Gespräch unter Kollegen hier bekannt werden würde. Ob ich an diese Reise durch Raum und Zeit glaubte, spielte nicht die geringste Rolle. Sie taten es, und sie waren die Bosse an Bord. Das reichte, um zu entscheiden, was wirklich war und was nicht.

„Was heißt das alles?" fragte ich unschuldig.

„Es ist die Prophezeiung: Ihr werdet wieder auf der Erde wandeln, und das Reich wird wieder sein, wenn der Wolf aus dem Süden kommt und euch mit seinem Licht berührt", bemühte sich Ana.

„Das hast du schon einmal erzählt."

„Sie geht noch weiter: Er wird das Zeichen der Drei tragen, und die Dreimal-Glücklichen-Inseln werden auf den Meeren schwimmen auf seinen Wunsch. Er ist der Herrscher am Ende der Zeit."

Das hörte sich an, als hätte ich einen echten sozialen Aufstieg geschafft.

„Aber das ist noch nicht alles", meldete sich Nietzsche. „Es heißt noch: Aber hütet euch vor dem falschen König."

Das konnte gefährlich werden. Mein Freund aus Atlantis war absolut der Typ für diesen Zusatz. Ich musste ihn unbedingt verschweigen. Die waren noch fähig und schmissen mich aus dem Paradies, mit einer Betonwanne an den Füßen. Ich beschloss, es mit einem Ablenkungsmanöver zu versuchen.

„Kennt ihr einen Mann in SS-Uniform mit einer Narbe auf der Wange?"

Sie waren plötzlich alle sehr konzentriert.

„Wo habt Ihr ihn gesehen?"

Merlin strich sich über den Bart.

„Kurz, bevor ich wieder auftauchte."

„Hat er etwas gesagt?"

„Nur ein Wort: bald."

Und dann ging alles blitzschnell ...

Ana riss die beiden Schwerter von der Wand. Nietzsche legte eine ziemlich übel aussehende Flinte auf den Tisch. Merlin wirkte besorgt, und bei dem Hünen erschien eine Zornesfalte auf der Stirn. Der große Mann griff sich ein Mikrofon und brüllte hinein: „Gebt Alarm!“ Sirenen heulten. Ich hörte Fußgetrappel an Deck. Bingo! Ich hatte ins Schwarze getroffen. „Bald“ war offenbar schon verdammt nah dran gewesen.

„Sir, Lichtdome voraus.“

Die Stimme kam aus einem Lautsprecher. Der Hüne stürmte wortlos aus der Kabine. Wir folgten ihm. Zwei gigantische weiße Säulen aus Licht standen auf dem Ozean. Sie sahen faszinierend aus. Ich war aber wohl der Einzige, der dem etwas abgewinnen konnte. Alle anderen waren bis an die Zähne bewaffnet. Geschütze waren aus Versenkungen aufgetaucht, Raketenbatterien standen feuerbereit. Die Lichtdome tauchten die Szene in übernatürliche Helligkeit, als hätte ein Riese ein gigantisches Blitzlicht ausgelöst. Aus dem gleißenden Weiß schossen schwarze Schiffe, die über dem Wasser schwebten: Luftkissenboote. Am Bug prangten SS-Runen. Das hier sah nicht aus wie ein Spaß.

„Komm auf die Brücke", befahl mir Ana.

Normalerweise lasse ich nicht so mit mir reden. Aber normal war vorbei. Immer mehr schwarze Schiffe tauchten aus dem weißen Licht der Säulen auf. Plötzlich hörte das auf, die Lichtdome begannen unruhig zu flattern. Merlin murmelte Beschwörungsformeln.

„Er versucht, sie zu stoppen“, meldete sich Ana. „Lange wird er sie nicht aufhalten können. Wir müssen abhauen.“

Ich fand, das war eine gute Idee.

„Wir haben es schon versucht“, erklärte ein Offizier. „Aber irgendetwas legt den größten Teil unserer Maschine still.“

„Sie blockieren unsere Energie“, sagte Nietzsche. „Mit Magie kommen wir da nicht weiter. Sie müssen in unserem Computer stecken. Ich werde das überprüfen.“

Er nahm seine schwere Waffe in die Hand und öffnete eine kleine Tür. Dahinter musste der Rechner liegen.

„Ach übrigens“, drehte er sich noch einmal um. „Ihr würdet mir einen großen Gefallen tun, wenn ihr sie alle tötet.“

„Nietzsche ist ein Computer-As“, half mir Ana auf die Sprünge.

„Ist er darin genau so gut wie im Leuteumbringen?“

Sie schaute mich an. Ein feines Lächeln umspielte ihre Mundwinkel. „Das ist für ihn kein Widerspruch. Er kann mit allem töten.“

„Bestandsaufnahme“, brüllte der Hüne. „Alle Funktionen überprüfen.“

„Aye, aye, Sir.“

„Antrieb?“

„Negativ, Sir.“

„Schutzschirme?“

„Negativ, Sir.“

„Werfen Sie den Computer raus. Gehen Sie auf Handbetrieb.“

„Aye. Mist. Verzeihung, Sir. Er verweigert uns den Zugang. Wir können nur einige wenige Funktionen noch kontrollieren. Aber wir sind begrenzt manövrierfähig.“

„Was ist mit den Waffensystemen?“

„Unsere Strahler sind blockiert. Aber die alten Systeme stehen zur Verfügung.“

„Gut“, sagte der Hüne. „Wir müssen hoffen, dass Nietzsche uns helfen kann. Bis dahin müssen wir uns halten.“

Aber es sah nicht gut aus. Merlin schien schwächer zu werden. Die Lichtdome flackerten schon deutlich weniger als zuvor. Die schwarzen Schiffe umkreisten uns wie ein Wolfsrudel.

„Warum gebt ihr nicht einfach auf?“ hörte ich eine Stimme im unverbindlichen Plauderton. Ein Mann in SS-Uniform stand auf der Brücke. Er war es. Auf seiner Wange sah ich die Narbe.

„Merlin hält nicht mehr lange durch, und wir wollen euch nicht töten.“

„Hallo Heydrich, du solltest tot sein“, sagte Ana.

„Das wäre ich auch fast gewesen. Aber ihr habt mich nicht ganz erwischt.“

„Künstlerpech! Was willst du?“ fragte meine Schöne.

„Das kannst du dir doch denken: Ich will den Ender. Dann verschwinden wir wieder. Und ihr könnt einfach abhauen.“

„Wer traut schon den Wesen der Finsternis?“ fragte Ana amüsiert.

„Glaub mir: Das beruht auf Gegenseitigkeit. Wir können den Kräften des Lichts auch nicht trauen. Das habt ihr schon oft genug bewiesen. Ihr stellt Fallen und benutzt bösartige Tricks. Eigentlich benehmt ihr euch genauso, wie es uns nachgesagt wird. Aber egal. Warum sollen wir uns gegenseitig töten, wenn es nicht nötig ist? Schließlich sind wir Verwandte.“

Die letzte Bemerkung ließ mich aufhorchen. Aber außer mir fand sie wohl keiner interessant genug, um das Thema zu vertiefen.

„Du weißt“, sagte Ana, „wer den Ender hat, dem gehört die Welt. Du könntest sogar großzügig sein und uns am Leben lassen. Aber nur, damit wir die Qual erleiden, euch an der Macht zu sehen.“

Heydrich lachte.

„Ich sehe, Schwester, du hast nichts verlernt. Aber du vergisst, dass alles leben will. Und auch ein erbärmliches Leben ist dem Tod vorzuziehen. Das hat auch unser Held Achilles erfahren müssen, als er im Hades um sein Leben trauerte.“

„Lieber ein einfacher Bauer sein und lebendig, als ein Held und tot“, erinnerte sich meine Schöne.

„Ich biete euch das Leben. Entscheidet euch, andere werden nicht so großzügig sein.“

„Wie habt Ihr uns gefunden?“ donnerte der Hüne.

„Wir haben den Ring des Bündnisses“, sagte Heydrich. „Ihr wisst, was das bedeutet. Niemals mehr könnt Ihr Euch vor uns verstecken, wenn der Lichtbringer bei Euch weilt. Diesmal finden wir Euch auch hinter den Nebeln von Avalon.“

„Ich glaube Euch nicht“, entgegnete der Hüne.

Heydrich hob die Hand und mitten im Raum erschien ein Hologramm. Es war der Steinkreis an der Küste. Ich sah, wie wir uns von den Druiden verabschiedeten und zu Nietzsches Van gingen. Die acht Druiden gingen in die Mitte des Steinkreises und begannen ihr Ritual. Blaues Licht flackerte auf und formte sich langsam zu zwei Säulen. Sie waren so in ihre Beschwörungen vertieft, dass sie nicht die weißen Strahlen in ihrem Rücken bemerkten.

Zwölf Männer in Schwarz tauchten dort zwischen den Steinen auf, wo das weiße Licht leuchtete. Ohne Hast gingen sie im Schatten der Steine auf die Druiden zu. Sie unterschieden sich beunruhigend von den Killern mit den Hakenkreuzplaketten, die wir vorher umgebracht hatten. Diese Männer hatten den Gang des Jägers, geschmeidige schwarze Raubtiere. An ihrer Spitze erkannte ich Heydrich.

Als das blaue Licht stabile Säulen bildete, gab Heydrich seinen Männern ein Zeichen. Es war der Auftakt zum Totentanz. Maschinenpistolen gaben den Takt. Die Druiden warfen ihre Arme hoch, drehten zuckend ihre blutigen Pirouetten. Die weißen Gewänder färbten sich rot. Dann fielen sie nach und nach. Es wurde still.

„Durchsucht die Leichen“, sagte Heydrich.

Triumphierend riss einer der SS-Männer den Ring hoch. Als Heydrich mit einem Funkgerät ein Signal gab, bewegten sich die weißen Säulen über das Hochplateau. Dann fraßen sie das blaue Licht.

Der Schein spiegelte sich auf dem silbernen Schädel an Heydrichs Mütze. Es schien, als ob er höhnisch grinste. Dann wurde der Mann in der schwarzen SS-Uniform vom gleißenden Licht überschüttet. Er wirkte überirdisch, vollkommen – wie ein verdammter barbarischer Totengott.

Die 3D-Projektion verschwand. Heydrich stand wieder allein vor uns.

„Wir haben den Ring, und wir kontrollieren das Tor. Wir ziehen unsere Armee zusammen. Die Invasion ist nur noch eine Frage der Zeit. Ihr habt verloren. Lasst alle Hoffnung fahren.“

Natürlich durfte keiner so mit Ana reden. Sie stürmte auf Heydrich los und schlug zu. Die Schwerter pfiffen durch die Luft.

„Du kannst mich nicht verletzen“, lachte der. „Das ist nur eine Projektion. Du vergisst wirklich alles, wenn du wütend wirst. Denkt über mein Angebot nach. Ich gebe euch 15 Minuten.“

Die Projektion verblasste. Schließlich war Heydrich ganz verschwunden. Als kleines Souvenir blieben SS-Runen zurück, wo er gestanden hatte. Sie waren aus Blut.

„Er liebt diese Auftritte“, erklärte mir Ana. „Und er sollte schon längst tot sein.“

„Wer ist er?"

„Er ist der Führer der Wolfsreiter, und auf seinen Befehl verdunkeln sich die Himmel mit den Todesfliegern."

„Er hat dich Schwester genannt."

„Das ist eine zu lange Geschichte, um sie jetzt zu erzählen."

„Warum macht er euch ein Angebot?"

„Er will dich in seine Hände bekommen – unversehrt. Wir sind ihm im Augenblick egal. Vielleicht hält er sogar sein Versprechen und lässt uns am Leben. Vielleicht auch nicht. Es ist auch gleichgültig. In seiner Welt wäre für uns kein Platz. Aber wir haben noch ein paar Trümpfe."

Ana lächelte zuversichtlich. Und ich hatte eine Frage an sie.

„Er kontrolliert das Tor. Was heißt das?"

„Die Lichtsäulen sind die Tore. Wenn das stimmt, kann er in einen Teil unseres Reiches einfallen. Und wenn er es erobert, kontrolliert er die Dreimal-Glückliche-Insel dieser Ebene."

„Welche Insel ist das?"

Der Hüne seufzte bekümmert.

„Avalon", sagte er traurig. „Es ist mein Avalon."

In diesem Augenblick brach Merlin zusammen. Die Säulen des Lichtdoms flackerten nicht länger. Ein gewaltiges schwarzes Schiff kam daraus hervor und nahm Fahrt auf.

„Es ist die Thule", sagte der Riese zornig. „Entrollt das Drachenbanner. Bringt mir das Schwert. Wir greifen an."

Er wirkte verändert. Eine majestätische Autorität ging von ihm aus. Als sie ihm die Klinge in die Hand legten, hob er das Schwert in die Luft.

„Für Avalon."

Die Brücke stimmte in den Ruf ein. Am Mast entfaltete sich das Banner mit dem Drachen.

„Was wirst du tun, meine Tochter?" fragte er Ana.

„Der Pendragon kämpft. Und ich mit ihm. Mögen die Augen der Fee wieder leuchten."

Sie hob ihre Schwerter. Und ich entdeckte zum ersten Mal, dass sie ein grünes und ein blaues Auge hatte. Vorher, da war ich mir sicher, waren sie noch beide blau gewesen. Der Hüne schaute sie liebevoll an.

„Der Groll deiner Mutter hätte uns fast zerstört."

„Ja."

„Wohlan denn, Ana."

„Vorwärts, mein König."

Und als der Hüne sein Schwert zum Zeichen des Angriffs hob, sah ich zum ersten Mal Excalibur funkeln.

Der Angriff schien unseren Feind zu überraschen. Die Raketenbatterien rissen gewaltige Löcher in die Reihen ihrer Schiffe. Unsere Maschinengewehre zerfetzten die metallenen Leiber der kleineren Boote. Schiffe explodierten in Feuerbällen. Andere hatten nicht so viel Glück. Ich sah brennende Menschen im Wasser treiben. Dann kam der Gegenschlag.

Laserstrahlen zersägten die Reling der Avalon. Raketen fielen auf das Deck. Geschützstellungen explodierten. Schreie. Überall waren Rauch, Feuer und Tod.

Ana stand mit wehenden Haaren und rußgeschwärztem Gesicht aufrecht in dem Inferno. Ihr Vater war neben ihr. Die Spitzen ihrer Schwerter berührten sich. Sie hatten die Augen geschlossen, gelegentlich sah ich, wie sich ihre Lippen bewegten. Auf der See erhoben sich Nebel. Die dichten Schwaden trieben auf unser Schiff zu. Geschossserien rissen den Leib der Avalon weiter auf. Was sie auch immer vorhatten, sie mussten sich beeilen. Männer umringten die beiden, schützten sie mit ihren Leibern. Ihre Reihen lichteten sich rasch.

Plötzlich brach jeder Lärm ab. Unsere Batterien existierten nicht mehr. Es herrschte Totenstille. Aus der Luft hörte ich das Rauschen gigantischer Schwingen. Dann fiel ein schwarzer Schatten auf mich, und ich wurde fortgerissen. Gewaltige Klauen hielten mich. Nur Sekunden später wurde ich von einer stinkenden schwarzen Flüssigkeit überschüttet. Ich krachte aufs Deck und landete in einer offenen Luke. Als ich den Kopf hob, sah ich zuckende ledrige Schwingen. Ich kannte das aus Atlantis. Es war eine der dunklen Flugechsen – ein Todesflieger. Der hier schien allerdings selbst tot zu sein.

Nicht alle an Deck hatten so viel Glück wie ich. Ich sah, wie schreiende Männer davongetragen wurden. Allerdings hatten auch die Kreaturen schon einen hohen Blutzoll zahlen müssen. Überall lagen die ledrigen Kadaver. Viele hatten ihren Kopf verloren. Mein Exemplar sah aus, als hätte ihm jemand eine Granate in den Hals gestopft. Ich kannte eigentlich nur einen an Bord, der so etwas fertig brachte.

„Hallo", winkte mir Nietzsche zu. „Ich konnte dich einfach nicht so gehen lassen."

„Solltest du nicht am Computer sitzen?"

„Das habe ich schon hinter mir."

„Offenbar nicht sehr erfolgreich."

„Das kann man so und so sehen."

In diesem Moment stürmten die ersten Voraustrupps unser Schiff. Es wurde Zeit, dass ich mich einmischte. Mein Instinkt riet mir davon ab, die Magnum zu benutzen. Ich lud eine Pump-Gun durch, die neben einem toten Matrosen lag und drückte ab. Der Feind vor mir verlor im wahrsten Sinne des Wortes sein Gesicht. Während wir kämpften, kroch der Nebel an der Reling hoch und waberte über das Deck. Schnell stieg er höher. Die kämpfenden Männer verschwanden schon in vorübertreibenden Nebelfetzen.

„Wir schlagen uns zu Ana durch", brüllte Nietzsche.

Er meinte natürlich, wir schießen und bomben uns zu Ana durch. Männer flogen in die Luft. Ihr Gehirn spritzte auf das Deck. Nietzsche zog seine Bahnen wie ein Todesengel. Jeder hätte später unseren Weg nachvollziehen können. Eine Blutspur markierte ihn.

Als wir Ana und ihren Vater erreichten, waren sie schon fast vom Nebel eingehüllt. Nietzsche rief ihnen etwas zu. Langsam öffneten sie die Augen.

„Wir können verschwinden."

Wortlos machten sie sich auf den Weg. Wir gingen auf eine Treppe zu und stiegen hinab. An Deck war es totenstill. Dann hörte ich Heydrichs hasserfüllte Stimme.

„Keine Gefangenen. Morgana, Artus, hört ihr, Avalon stirbt."

Als wir am Maschinenraum vorbeiliefen, bemerkten wir Rauch und Flammen. Keiner war mehr da, der sie löschen konnte. Wir stiegen immer weiter hinab in den Bauch des Schiffes. Schließlich erreichten wir einen schmalen Gang. Am Ende sah ich Licht. Wir liefen schnell durch den stählernen Schlauch. Ein U-Boot lag am Ende des Ganges. Rasch zwängten wir uns durch die Luke. Nietzsche stürzte zu den Armaturen. Wir tauchten und verließen den geschundenen Leib der Avalon. Die Explosion, mit der sie eine halbe Stunde später in die Luft flog, ließ unser Schiff taumeln. Dann wurde es ruhig.

„Wir haben alles verloren“, sagte der Hüne.

„Nicht alles“, berichtigte Nietzsche. „Wir leben noch. Mehr war nicht drin. Der Angriff auf das Schiff kam aus Avalon. Sie müssen dort schon einmarschiert sein. Es war nicht mehr zu retten. Immerhin konnten wir unsere Flucht tarnen. Sie werden uns nicht so schnell finden.“

„Sie haben den Ring des Bündnisses“, gab Artus zu bedenken. „Damit finden sie den Lichtbringer überall. So wird uns zur Gefahr, was uns das Reich geben sollte. Wir werden untergehen.“

Nietzsche zuckte mit den Schultern. „Das ist nun einmal so. Nur wo ein Untergang ist, wird auch ein Aufgang sein. Ich glaube allerdings nicht, dass sie uns so schnell finden.“

„Warum nicht?“ fragte Artus.

„Sagen wir, ihr Ring hat Sehstörungen“, antwortete Nietzsche. „Als Ana Heydrichs Projektion angriff, haben wir ihn geblendet. Die Augen der Fee sahen, wo ich ihn suchen musste. Es gibt eine uralte Verbindung zwischen den Schwertern und dem Ring. Ich bin in ihren Computer eingedrungen. Der Rest war ein Kinderspiel. Der Ring war mit ihrem Rechner verbunden. Sie waren unvorsichtig, aber sie waren auch sehr beschäftigt. Schließlich mussten sie uns jagen und gleichzeitig mit der Invasion beginnen.“

„Könnt Ihr sagen, wie es um Avalon steht?“ fragte Artus.

„Ich könnte es sogar zeigen, ich kann immer noch in ihr Netz eindringen. Wollt Ihr es wirklich sehen?“

Artus nickte. Nietzsche hackte auf der Tastatur des Bordcomputers. Bilder erschienen auf einer Monitorwand.

DAS VERWUNDETE LAND

Friedlich lag die Insel in der Mittagssonne. Ein uralter Wald bedeckte sie. Bauwerke aus weißem Stein leuchteten wie Perlen auf grünem Grund.

Dichter Wald versperrte den Weg auf die Insel an drei Seiten. Nur im Süden war ein breiter weißer Sandstrand. Dort stand eine Armee unter dem roten Drachenbanner. Männer auf Pferden in blitzenden Rüstungen flimmerten über die Monitore. Gewaltige Schilde, Lanzen, Schwerter, Äxte und Morgensterne trugen sie in ihren Händen. Hinter ihnen hatten sich die Fußsoldaten eingegraben.

Dahinter standen drehbare Türme, aus denen gewaltige Geschützrohre ragten. Am Himmel patrouillierten silberne Gleiter. Sie sahen aus wie Schwalben aus Metall.

Plötzlich war der Himmel in schwarz und blutrot getaucht. Blitze zuckten. Dann kam der Feind. Dunkle Flugechsen stürzten sich auf die silbernen Gleiter. Sie zerrissen mit Klauen und Zähnen die Außenhaut der ersten eisernen Schwalben. Eine silbrige Formation donnerte heran. Laserkanonen hämmerten eine Breitseite in die schwarze Flut. Tödlich getroffene Echsen trudelten in die Tiefe. Kampfjets mit SS-Runen tauchten aus dem Schwarm auf und stürzten sich in den Luftkampf.

Die Bilder der Schlacht erschienen in einem mörderischen Stakkato. Als hätte sich ein böser Gott entschlossen, so viel Tod wie möglich in die Sekunden zu packen.

Über das Wasser donnerten schwarze Luftkissenboote auf den Strand zu, während die Geschütztürme ihre tödlichen Ladungen ausspuckten. Boote zerbarsten in Feuerbällen. Die Schiffe drehten bei und feuerten Breitseiten auf die Verteidiger. Ihre ersten Ladungen schlugen noch im Wasser ein, aber dann fraßen sie sich durch den Strand auf die Geschütztürme zu. Der erste explodierte im konzentrierten Feuer mehrerer Boote. Raketen pflügten den Strand um, lichteten die Reihen der Angreifer. Dann schob sich plötzlich die Thule in das Bild.

Ich sah die Wesen auftauchen, die schon in Atlantis aus einem Albtraum kamen. Eine Kolonne aus Monstrositäten mit Fangarmen und stinkenden Mäulern, Tiermenschen und formlosen Wesen. Ein hagerer Zauberer mit glühenden Augen auf einem gigantischen Wolf schleuderte Bannflüche. Schwarzgekleidete Männer ritten auf Wölfen neben ihm. Laserstrahlen und Raketen konnten die Geschöpfe der Finsternis nicht stoppen. Wenn eines der Wesen starb, nahm ein neues den Platz ein. Die schwarze Armee landete am Strand und wälzte sich auf die Fußsoldaten zu.

Ritter preschten von zwei Seiten über den Strand – eine Armee. Die Hufe ihrer Streitrosse wirbelten den Sand auf, und das Drachenbanner flatterte im Wind. Die Reiter griffen die Flanken der feindlichen Armee an. Ihre Lanzen durchbohrten schleimige Leiber und drangen in die weichen Seiten der Wölfe. Blut floss auf den weißen Sand. Wenn die Tiere fielen, schlugen die Ritter ihren Reitern den Kopf ab.

Ein Mann in silberner Rüstung löste sich aus der Schlacht und ritt auf den Wolf des Magiers zu. Der Zauberer schien den Ritter nicht zu bemerken. Aus dem vollen Galopp bohrte sich die Lanze des Reiters in den riesigen Wolf. Das Tier brach in die Knie, und der Schreckliche fiel.

Der Ritter griff den Gestürzten mit gezogenem Schwert an, aber der gab sich noch nicht geschlagen. Weißes Licht hüllte den Mann auf dem Pferd ein. Seine Bewegungen verlangsamten, schließlich blieb er stehen, wie eine Statue mit erhobener Klinge erstarrt.

Blaues Licht erlöste ihn. Es war Merlin, der vom Strand aus angriff. Strahlen zuckten. Der Kampf der Magier hatte begonnen. Sie murmelten Beschwörungen. Drachen und gefiederte Schlangen erschienen in der Luft und fielen über die Flugechsen her. Blut regnete aus den Wolken.

Aus der Erde krochen riesige Blutegel und weiße Maden, die sich auf die Armee der Ritter stürzten. Reiter wurden mit ihren Pferden in die dunklen Schlünde hinabgezogen. Ein widerliches Schmatzen drang aus der Tiefe.

Die Wolfsreiter warfen sich wieder auf ihre Feinde. Krumme Schwerter, Spieße, Äxte und bucklige Schilde in den Händen. Die Schlacht wurde Mann gegen Mann ausgetragen. Hart und erbarmungslos. Blutüberströmte Kämpfer hieben aufeinander ein.

Ein durchbohrter schwarzer Reiter zog sich immer weiter an der Lanze entlang, bis er seinen Feind mit dem Säbel umbringen konnte. Verwundete krochen auf Stümpfen aufeinander zu, um sich in der roten feuchten Hochzeit zu vereinen. Dolche aus kraftloser Hand drangen in Augenhöhlen. Ein verletzter, waffenloser Mann biss Kehlen durch, kriechend auf allen Vieren von Hals zu Hals, bis ein Speer ihn auf den Boden nagelte.

Schädel wurden von Äxten gespalten. Köpfe abgeschlagen und auf Lanzen gepflanzt – noch während des Gefechts.

Wer nicht mehr tötete, war tot. Später sollte berichtet werden, dass auch noch die Seelen der Erschlagenen in den Lüften weiterkämpften. Ihre Schreie erschütterten das Totenreich, ihre Schläge ließen die Schatten wanken. Und die Himmel über Avalon weinten weiter blutige Tränen.

Fußsoldaten kämpften gegen Tiermenschen und Albtraumwesen. Ihre Laserwaffen verwandelten Fangarme in zuckende Stümpfe. Klauen zerfetzten die Soldaten, kräftige Kiefer mit Fangzähnen rissen ihre Köpfe ab und zermalmten ihre Leiber.

Weiße Gleiter rasten knapp über dem Boden. Avalons Luftkissenboote waren aus der Tarnung des Waldes hervorgebrochen. Blaue Strahlen gruben den Strand um, Raketen explodierten. Brüllende Monster standen in blauen Flammen. Blutegel und Maden zerplatzten in der Hitze.

Blubbernde Torpedospuren durchpflügten den Ozean. Ihr Ziel war die schwarze Flotte. Luftkissenboote stiegen in die Luft, um dem Verderben zu entgehen. Die silbernen Zigarren sprangen aus dem Wasser und erwischten sie trotzdem. Feuerbälle tanzten auf dem Wasser. Mehrere Blubberspuren zischten auf die Thule zu. Das Schiff antwortete mit Anti-Torpedos. Was auf den Rumpf zuraste, wich einfach aus. Die Thule wandte sich zur Flucht. Lichtdome erschienen. Dann war nichts mehr zu sehen. Die Nebel von Avalon waren zurückgekehrt. Jubel brach in unserem U-Boot aus.

„Avalon ist gerettet“, dröhnte Artus. „Dank Euch.“

Nietzsche grinste fröhlich. Er streichelte die Tastatur seines Rechners. „Es war einfach. Nachdem wir den Ring geblendet hatten, habe ich Merlin durch die Schleuse gebracht. Der hat sie solange aufgehalten, bis ich die Torpedos auf ihre Bordcomputer programmiert habe. Sie folgen ihnen, wie eure Raketen dem Düsenstrahl eines Jets.“

Es war freundlich, dass er auch an mich dachte. Aber ich wollte noch mehr wissen.

„Merlin war halb tot. Wie hat er sich so schnell erholt? Und was haben die Nebel zu bedeuten?“

„Erlaubt, dass ich antworte“, wünschte Artus. „Der Zauberer hatte wieder mehr Macht, als Ihr Euch vorstellen konntet, sobald er den heiligen Boden Avalons betrat. Und die Nebel schützen die Insel. Sie ist so unsichtbar für alle Feinde."

„Avalon ist eine der Dreimal-Glücklichen-Inseln?"

„Ja. Und das düstere Thule ist eine weitere. Dort herrschen die Mächte der Finsternis. Die mächtigste Insel aber ist Atlantis. Sie ist die Drei-in-Eins. Wer sie hat, der kontrolliert die Welten."

Ana hatte sich zurückgemeldet.

„Nietzsche hat vorhin auf Thule getrunken", fiel mir wieder ein.

„Ihm ist es bestimmt, dort zu herrschen", sagte Artus. „Er soll der Fürst der Felseninsel sein. Er ist der letzte Spross der königlichen Familie. Sie brachten ihn als Kind in Sicherheit, bevor die Finsternis über Thule kam, und sie alle starben."

Ich konnte mir Nietzsche zwar sehr gut als Zerstörer aller Reiche vorstellen, aber sehr schlecht als ihr Bewahrer. Sobald der sich zu langweilen begann, würde er einfach seine Felseninsel in Luft sprengen. Da war ich mir ganz sicher. Vermutlich hatten schon seine Vorfahren ganz ähnliche Neigungen gehabt, aber nicht seine technischen Möglichkeiten. Deswegen mussten sie sich wohl damit begnügen, alles abzuholzen, bis sie auf einem nackten Felsen saßen. Ich konnte mir das ziemlich gut vorstellen.

„Könnt Ihr eine Verbindung nach Avalon herstellen?" wollte Artus von Nietzsche wissen und unterbrach meine Tagträume von geschundenen Bäumen.

„Kein Problem."

Nietzsches Finger huschten über die Tastatur. Er war zweifelsohne ein Künstler.

Ein Bild erschien auf dem Schirm. Der Strand war übersät mit Leichen. Fangarme und tierische Schädel lagen neben abgetrennten menschlichen Köpfen und Händen. Ritter gingen über den Strand. Sie zogen an den Feinden, die noch nicht zerstückelt waren. Wenn ein Verwundeter aufstöhnte, wurde er mit Axtschlägen getötet. Andere machten sich erst gar nicht die Mühe und durchbohrten alles, was noch nicht eindeutig tot war.

Nietzsche hackte auf seiner Tastatur und ein einzelner Mann erschien. Es war der Ritter in der silbernen Rüstung. Er hatte seinen glänzenden Helm abgenommen. Schwarzes Haar umrahmte ein markantes Gesicht.

Artus trat vor den Schirm.

„Kann er mich hören?"

„Ja, Ihr könnt sprechen."

„Seid gegrüßt, Sir Lancelot."

„Mein König, Ihr lebt. Wir hatten schon die Hoffnung aufgegeben, als die Avalon in den Himmel fuhr."

„Wie steht es auf der Insel?"

„Es sieht schlimm aus, Sire. Viele sind tot. Aber wir haben den Feind besiegt."

„Wo ist Merlin?"

„Er schließt das Tor, durch das sie gekommen sind. Wenn das geschehen ist, sind wir wieder sicher. Wie kam es, dass sie unbemerkt eindringen konnten?"

„Sie hatten den Ring des Bündnisses zwischen den Menschen und den Feen", sagte Artus.

„Das erklärt alles."

Ein weiterer Ritter schob sich ins Bild und nahm den Helm ab. Langes blondes Haar floss auf die gepanzerten Schultern. Der Ritter war eine wunderschöne Frau. Ihre Augen funkelten – grün und blau.

„Ist Ana bei Euch?"

Meine Schöne stellte sich vor den Schirm. Die Frau auf der anderen Seite lächelte.

„Sagt, was ist mit dem Ring?"

„Die Augen der Fee haben ihn geblendet. Er nützt dem Feind nichts mehr. Wir werden ein neues Bündnis schmieden. Einen Ring aus dem Eisen eurer Waffen und dem Blut, das ihr für Avalon vergossen habt."

„Ihr habt wohlgesprochen, La Faye."

„Und Ihr habt gut gekämpft", entgegnete meine Schöne.

„Das Blut der Feen ist geflossen, wie das Wasser im Frühling von den Bergen", seufzte die Frau. „Und das unserer Freunde auch."

„Euer Kampf wird besungen werden, solange das Licht auf der Erde wandelt“, sagte meine Schöne. „Ihr alle habt gerettet, was verloren schien. Die Finsternis musste weichen vor eurem Mut.“

„Sir Lancelot vom See fällte den Wolf des schwarzen Zauberers, Merlins Magie hielt den Feind auf. Und der listenreiche Fürst der Felseninsel fand die verschlungenen Wege ins Herz der Finsternis. Ich danke Euch. Und ich danke den anderen Kämpfern. Eure Tapferkeit hat das Licht vor dem Untergang bewahrt“, erklärte Artus feierlich.

Lancelot wandte sich an Artus.

„Wann kommt Ihr wieder zurück nach Avalon?“

Artus sah bekümmert aus.

„Wir wissen es nicht. Obwohl ich gerne die lieblichen Gefilde sehen und die heilige Erde fühlen würde.“

„Ihr müsst kommen, das Land braucht Euch“, sagte Lancelot.

„Mein Ritter, Ihr wisst, dass ich noch eine Aufgabe zu erfüllen habe in dieser Welt.“

Merlin erschien auf dem Monitor. Sein Bild überlagerte das des Ritters. Nackte Felsenwände umgaben ihn. Das Licht von Fackeln flackerte auf dem Stein. Stalaktiten hingen von der Decke. Flüssigkeit lief unablässig die dunklen Wände herunter. Er musste tief unter der Erde sein.

„Lancelot hat Recht. Ihr müsst kommen. Eure Tochter und der Fürst der Felsen werden Eure Aufgabe erfüllen. Ihr Schicksal ist es, mit dem Ender zu streiten.“

„Ich bin der König. An mir ist es, den Schlüssel zu den Pforten von Atlantis zu finden.“

„Seht her und entscheidet dann.“

Aus Merlins Händen schoss Licht und tauchte die Höhle in blendende Helligkeit. Die Flüssigkeit, die von den Wänden rann, war Blut. Große menschenähnliche Wesen mit Flügeln und gewaltigen Schwertern lagen tot auf dem Boden. Klauen und Zähne hatten furchtbare Spuren an ihren Körpern hinterlassen. Artus stöhnte kaum hörbar.

„So ist es überall. Das Land ist verwundet, die Wächter erschlagen. Es steht schlecht um Avalon. Ich vermochte kaum noch das Tor zu schließen. Der Feind hat mit seinem Gift das Herz der Insel getroffen. Das Land braucht Euch und Excalibur. Ihr könnt die Wunde heilen", sagte Merlin und sah den König fest an.

„Was ist mit Euch?"

„Ich bin erschöpft, aber ich kann nicht schlafen. Nur ich weiß wirklich um den Atem des Drachen, der auch der Atem der Insel ist. Die Nebel von Avalon kommen aus seinen gewaltigen Nüstern. Zwar ist der Nebel zurückgekehrt, aber das Land ist schwer verwundet. Bald wird auch sein Atem weichen. Wenn Avalon stirbt, stirbt auch der Drachen."

„Was soll ich tun?"

„Ihr müsst handeln, ihr seid der Pendragon, der wahre Drachenkönig. Wenn die Insel des Drachen verloren geht, wie könnten wir Atlantis gewinnen?"

Steile Falten bildeten sich auf der Stirn des Königs.

„Nun, denn. Es sei. Ich komme."

„Der Fürst der Felsen und ich werden es gemeinsam vollbringen", sagte Merlin.

„Stellt Euch dort hinein", zeigte Nietzsche auf einen Kreis.

Artus hielt Excalibur vor der Brust. Blaues Licht umhüllte seine majestätische Gestalt. Langsam wurde er durchsichtig und verschwand dann. Neben Merlin erschienen blaue Säulen. Artus trat zwischen ihnen hervor.

Neben den beiden erschien ein Ritter mit noch heruntergelassenem Visier.

„Wer seid Ihr?" fragte Artus.

Der Mann im Panzer rührte sich nicht.

„Lasst mich Euer Gesicht sehen. Ihr solltet Euren König nicht länger warten lassen."

Die Hände mit den schweren Handschuhen bewegten sich auf den unteren Visierrand zu. Langsam schob der Ritter es nach oben, öffnete es schließlich mit einem Ruck.

Es war Heydrich. Er lachte infernalisch. Dann brach die Verbindung ab. Die Monitore wurden schwarz. Nietzsche bearbeitete seinen Computer. Nichts geschah.

Er fluchte laut in einer Sprache, die ich nicht verstand. Was auf Ana offenbar nicht zutraf. Ein leichtes Rot überzog ihre Wangen.

„Was hat das zu bedeuten?“

„Das kann alles und nichts heißen“, sagte Ana. „Sie könnten Artus und Merlin haben und sich gerade daran machen, die Insel zum Nachtisch zu verspeisen. Es könnte aber auch eine schlichte Täuschung sein. Eine Überlagerung des Bildes von einer Ebene aus, die nichts mit Avalon zu tun haben muss. Wir haben so etwas auch schon gemacht.“

NAUTILUS

Plötzlich traf ein gewaltiger Schlag unser U-Boot. Wir mussten uns festklammern, um nicht zu stürzen. Ein zweiter Schlag ließ das Schiff beben. Zuerst war über die Außenkameras nur eine gewaltige schwarze Masse zu sehen. Dann erkannte ich die Saugnäpfe von gigantischen Fangarmen. Ein Riesenkrake griff uns an.

Nietzsche stürzte zum Kommandantensessel, arbeitete fieberhaft an den Armaturen. Nach einer Weile hob er den Kopf.

„Wir werden den Bastard nicht los“, brüllte er. „Dabei habe ich genug Strom durchgejagt, um einen Wal zu rösten. Für die Torpedos und die Raketen ist er zu nah dran, und mit dem Laser kriegen wir ihn auch nicht.“

Ich hatte eine Ahnung, wer das da draußen war. Vielleicht könnte ich mich nützlich machen.

„Ich werde mich darum kümmern“, schlug ich vor und erntete skeptische Blicke. „Übrigens, könnte Heydrichs Erscheinen im Computer nicht eine Ablenkung von diesem Angriff gewesen sein? Denkt darüber mal nach. Inzwischen gebt mir einen Druckanzug und zeigt mir, wo ich rauskomme.“

Ana schaute mich an und stellte Nietzsche eine Frage.

„Hat er eine Chance?“

„Nein, aber wir wahrscheinlich auch nicht. Für ihn ist es egal, ob er rausgeht oder nicht. Mehr als sterben ist nicht drin.“

„Ich gehe jetzt. Dabei könnte ich etwas Hilfe brauchen.“

Nietzsche und Ana begleiteten mich zur Schleusenkammer.

„Ich habe etwas Besseres für dich, als einen Anzug.“

Nietzsche zeigte auf ein kleines U-Boot. Es war gelb und hatte eine Glaskuppel. Vorn waren Greifarme angebracht.

„Kannst du damit umgehen?“

„Ich bin schon U-Boot gefahren.“

Nietzsche zwinkerte mir fröhlich zu. Tatsächlich hatte mein möglicherweise toter Freund mich öfter auf einen Unterwassertrip in Mini-Booten mitgenommen. Er hatte sogar lange Zeit ein eigenes gehabt. Damals hatte er mir erzählt, dass es sein Hobby wäre. Es war auch gelb gewesen und sah diesem hier sehr ähnlich. Das galt auch für die Instrumente. Der Glauben an Zufälle war mir in letzter Zeit ziemlich abhanden gekommen. Wie auch immer, er hatte mir einiges beigebracht.

„Gut“, sagte Nietzsche. „Hier vorn findest du die Abschussknöpfe für die Raketen und den Laser. Das ist wahrscheinlich doch neu für dich. Sie sind nicht sehr leistungsstark. Das Sicherste ist, wenn du dem Burschen das Gehirn rausbläst. Sobald du ihm in die Augen schaust, drück einfach ab.“

„Alles klar. Ach, Nietzsche, wie heißt eigentlich dein U-Boot? Ich möchte den Namen des Sarges wissen, in dem wir beerdigt werden.“

„Nautilus, und du sitzt in der Little Nautilus. Mein Name ist Kapitän Nemo“, lachte er, schloss meine Kuppel und verließ die Kammer. Ein unsichtbarer Antrieb zog mein Mini-Boot in eine stählerne Röhre.

Nietzsche legte einen Hebel um. Wasser brauste herein. Dann war ich mit einem gewaltigen Satz draußen. Ich wurde unsanft in den Sitz gepresst. Eine stählerne Faust traf meinen Magen. Ich schoss mehrere hundert Meter weit aus dem U-Boot heraus. Wütend schlug ich auf die Funktaste.

„Du Bastard hast mich in ein Torpedorohr gesteckt.“

„Ich wollte dich erst einmal aus der Reichweite der Fangarme bringen. Das war wirklich ein bildschöner Kavalierstart.“

„Du hättest es mir sagen müssen.“

„Es hätte nicht viel geändert. Du musstest so raus. Und am Ende hätte es dich nur beunruhigt.“

„Hört jetzt auf zu streiten“, schaltete sich meine Fee ein. „Die Zeit drängt.“

Sie hatte Recht. Ich wendete mein U-Boot und riskierte einen Blick nach vorn. Es sah ziemlich übel aus. Der schwarze Riese hatte die Nautilus fest im Griff. Seine Fangarme umhüllten den Rumpf. Ich stellte die Richtmikrofone an und hörte das Knirschen von Metall. Der Krake zerquetschte das Schiff. Der Seelenfresser war es nicht, dafür war sogar dieser Gigant einfach ein paar Nummern zu klein.

„Wie sieht es aus?" fragte Nietzsche.

„Schlimm. An eurer Stelle würde ich nichts mehr in die Mikrowelle schieben."

„Ha, ha, ha."

„Er zerdrückt das Schiff. Habt ihr keine Schutzschirme oder so etwas."

„Die nützen uns jetzt nichts mehr. Wir bauen auf dich. Wenn du vor uns draufgehst, was wahrscheinlich ist, legen wir eine Gedenkminute ein."

Nietzsche konnte die Leute wirklich hervorragend aufbauen.

„Wir sprechen uns nachher."

Ich schaltete das Funkgerät ab. Nur einen ganz kurzen Moment hatte ich mit dem Wunsch zu kämpfen, einfach abzuhauen. Anscheinend war ich auf dem besten Wege ein anständiger Kerl zu werden oder ein kompletter Idiot. Das kam auf die Sichtweise an. Langsam nahm ich Fahrt auf.

Der schwarze Riese kam näher. Ich schaltete auf Vergrößerung und blickte auf den Monitor. Irgendwann schaute ich ihm in die Augen. Sie waren nicht bösartig rot, wie bei dem Kraken in Atlantis. Sie waren bösartig gelb mit einem senkrechten schwarzen Strich. Ich ging wieder auf Sendung und beschrieb das Tier.

„Es ist ein Leviathan", hörte ich Nietzsches Stimme. „Er ist ein Geschöpf der Finsternis. Du musst genau in den senkrechten Schlitz treffen. Der Rest ist gepanzert. Und pass auf, sie sind verdammt schnell. Wir haben schon viele gute Leute durch sie verloren. Außerdem scheinen sie intelligent zu sein."

Das war ich auch. Und ich hatte bestimmt nicht vor, alles auf einen riskanten Schuss zu setzen. Es war Zeit herauszufinden, ob mein Zwilling in Atlantis die Wahrheit gesagt hatte. Ich würde das Werkzeug der Ender rufen. Zuvor brach ich jeden Kontakt zur Nautilus ab.

„Ab jetzt ist Sendepause. Ich gehe näher ran und will nicht das Risiko eingehen, dass er irgendetwas mitbekommt."

„Alles klar“, hörte ich Nietzsche.

„Ich wünsche dir Glück“, sagte meine Fee und dann sehr ernst. „Mögen dich die Götter schützen, zu denen du sprichst.“

„Ich komme wieder“, versprach ich. „Stellt schon einmal den Champagner kalt.“

Dann schaltete ich ab. Sie sollten nicht mitbekommen, was ich jetzt vorhatte. Ich holte meine Magnum heraus und legte sie auf den Sitz neben mir.

„Jetzt werden wir sehen, ob du bist, was mein Zwilling behauptet hat. Wir rufen den Seelenfresser.“

Ich senkte meinen Geist in die Tiefe. Mein Ruf durchquerte die zeitlose Schwärze. Und ich war nicht allein in der Dunkelheit. Ein silbriger Schemen war neben mir. Dann berührte ich einen uralten Geist. Er war fremdartig und furchtbar. Ein schwarzes Loch, in dem die verlorenen Toten unter Pein verschwanden.

Ich berührte den Seelenfresser, und er erkannte mich. Seine Schwärze flutete durch mich, und er hob seine schleimigen Arme zum Gruß. In seinen roten Augen flackerte ein milderes Licht. Gutturale Laute durchdrangen mich. Ich wusste, was sie bedeuteten. Der Krake begrüßte mich. Ich spürte die lauernde Gier des Seelenfressers. Er hatte Hunger, und ich würde ihm Nahrung verschaffen.

„Du musst einen Leviathan vernichten. Ich zeige dir den Weg.“

Ich verließ die namenlose Dunkelheit und kehrte zurück. Als ich die Augen öffnete, war die Magnum nicht mehr an ihrem Platz. Dann sah ich, wie der silbrige Schemen neben einem gigantischen Fangarm auftauchte, der aus der Tiefe schoss und den Leviathan packte. Er schüttelte ihn mühelos wie eine Puppe. Schwarze Flüssigkeit hüllte die Nautilus ein.

Dann schoss der Fangarm mit seiner Beute in die Dunkelheit zurück. Ich hörte einen langen furchtbaren Schrei, als der Leviathan längst tot sein musste. Er war mit einiger Sicherheit intelligent gewesen. Zumindest so sehr, dass er eine Art von Seele haben musste. Danach drückte ich noch ein wenig auf die Feuerknöpfe. Schließlich konnte ich nicht mit vollen Magazinen zurückkommen.

Als alles vorbei war, schaltete ich die Verbindung zur Nautilus wieder ein.

„Er ist weg."

„Du hast es tatsächlich geschafft", wunderte sich Nietzsche. „Komm wieder rein, ich öffne die Schleuse. Und wenn du an Bord bist, feiern wir eine kleine Party. Ana hat sich gerade auf dem Weg gemacht, um den Champagner zu holen."

„Ich bin bald da", versprach ich.

Es war keine Schwierigkeit, das Schiff in die Schleuse zu bringen. Als ich ausstieg, sah ich Ana. Sie trug schwarzes Leder, allerdings als Minirock.

„Ich bringe dich hoch", lächelte sie mich an und schenkte mir einen tiefen Blick. Sie hatte ja so Recht.

Ich folgte ihr durch die Gänge. Welch ein Kampf, welch ein Abenteuer und welch ein Hintern. Glücklich folgte ich meiner Fee zur Kommandobrücke. Nietzsche kam mir mit ausgestreckter Hand entgegen.

„Ich gratuliere."

Der Champagner wurde verteilt. Jeder nahm sein Glas. Nietzsche hob den Kelch.

„Lasst uns anstoßen auf den Sieg über den Leviathan. Übrigens, bisher haben sie eigentlich Kämpfe wie diesen immer gewonnen. Und sie haben auch noch ganz andere Schlachten für sich entschieden. Um ganz offen zu sein, du hattest ganz schlechte Karten", grinste mich Nietzsche fröhlich an.

„Das hättet ihr mir auch vorher sagen können."

„Dann hättest du vielleicht gar nicht mehr pokern wollen, und wir wären tot gewesen. Und wenn Anas Prophezeiung stimmt, bist du sowieso noch nicht dran."

„Mit der Begründung kann man auch Menschen zum Holzsammeln ins Minenfeld schicken."

Nietzsche fand die Bemerkung besonders amüsant. Er lachte sehr laut.

„Klar kann man das", sagte er. „Ich habe das auch schon getan. Und wenn hinterher das Feuerchen brennt, fragt keiner mehr nach dem Risiko. Besonders dann, wenn die Sammler nichts von den Minen wissen."

„Stimmt Anas Orakel?"

„Wer weiß", sagte Nietzsche. „In einer Welt voller Orakel vertraue ich immer auf die Waffen. Das ist ein übrigens guter Tipp für alle Welten.

Glaub mir, es gibt nichts, das man nicht umbringen kann. Das weiß ich aus Erfahrung. Schließlich habe ich auch schon Geister getötet."

„Stimmt das?" fragte ich Ana.

„Ja, und er hat damit eine Wette gewonnen."

Nietzsche lümmelte sich in den Kommandantensessel. Ana und ich setzten uns in die Sessel daneben. Sie links, ich rechts. Nietzsche schaute versunken auf den Monitor. Das Meer umhüllte uns wie eine feuchte Höhle. Auch Ana schien vor sich hinzuträumen. Aber sie hing keinen Tagträumen nach.

„Der Computer hat unser Schiff gecheckt", sagte Nietzsche. „Es ist nichts allzu Ernstes passiert. Wir haben noch ein paar technische Probleme, aber die können bald behoben werden. Es scheint, als ob unsere Ortungssysteme etwas abbekommen hätten. Und das Boot sieht aus wie eine Aluminiumbüchse nach einem schweren Hagelschauer. Das ist zwar nicht schön, aber auch nicht gefährlich. Wir sind einsatzbereit. Schönheitsreparaturen vertagen wir auf später. Wer weiß, ob sich das überhaupt noch lohnt. Der Computer würde jedenfalls eine Zahl weit hinter dem Komma suchen, um unsere Chancen auszudrücken."

Es hörte sich nicht gut an. Aber er hatte Recht. Avalon war vielleicht verloren, Thule längst in Feindeshand, und wir schwammen zu dritt in einem verbeulten U-Boot in einem riesengroßen Ozean. Es sah wirklich nicht gut aus.

„Wie auch immer. Es scheint, als ob wir jetzt ein Team wären", sagte Nietzsche zu meiner Überraschung und sah mich an. „Bleib auf dem Teppich. Das Angebot ist nicht so sensationell, wie es klingt. Wir sind einfach noch übrig."

„Ich bin einverstanden", hörte ich meine Schöne.

Und ich hatte auch nichts dagegen. So schlossen wir, in einem verbeulten U-Boot, zwanzigtausend Meilen unter dem Meer, einen Pakt. Er sollte halten, bis die Hölle zufror.

„Wir wollen nicht ruhen, bis Atlantis uns gehört", sagte Ana.

„Wir wollen Thule, Avalon und den Kopf von Heydrich", trug Nietzsche seinen Teil bei.

„Wir wollen das Licht in die Finsternis tragen", schlug ich vor.

„Was heißt das?" wollte meine Fee wissen.

„Ich weiß es auch nicht genau, aber ich glaube, wir sollen angreifen. Ich sehe einen Weg."

„Dein Lichtbringer leuchtet", bemerkte Nietzsche. „Beim letzten Mal griff Heydrich an. Ich gehe auf Alarmbereitschaft."

Er fuhr Schutzschirme hoch, aktivierte alle Waffensysteme und stellte die elektronischen Lauscher auf.

„Es gibt Energiefelder in unserer Nähe", erklärte er. „Das kann alles Mögliche bedeuten. Eine korrekte Ortung bekommen wir im Augenblick nicht hin. Wir müssen einfach abwarten. Ich bringe das Schiff weg. Mir gefällt es hier einfach nicht."

Wir waren einverstanden. Langsam nahm die Nautilus Fahrt auf. Sie bohrte sich in die dunklen Fluten.

„Die Energiefelder kommen näher", sagte Nietzsche. „Sie sind über uns. Ich habe keine Lust herauszufinden, was das bedeutet. Wir gehen tiefer."

Wir sanken weiter in die ozeanische Nacht. Draußen war es so dunkel, als hätte jemand endgültig den Sargdeckel zugenagelt. Kleine flimmernde Punkte tanzten über die Monitore. Geschöpfe der Tiefsee.

Alles war still. Ich sah Ana an. Ihr blondes Haar fiel über die Schultern. Matte Lichtreflexe flochten ein Muster auf ihrer schwarzen Mini-Lederhaut, aus der ihre langen Beine ragten.

„Du siehst aus wie eine Fee", sagte ich ihr.

„Aber das bin ich doch auch."

Sie lächelte. Ihr Mund war rot und voll. Sie zeigte eine Reihe sehr bemerkenswerter weißer Zähne. Ihre Augen waren wieder meeresblau. Ich erinnerte mich sehr genau, dass ich auch schon einmal grün und blau gesehen hatte und beschloss, das Naheliegenste zu tun. Augenfarben sollten einfach ihre Sache sein.

„Mist, die Energiefelder folgen uns", torpedierte Nietzsche die freundliche Stimmung. „Ich fürchte, wir werden gesucht."

DER GESANG DER UNDINEN

Plötzlich erschienen schimmernde Linien auf den Monitoren. Silbrige Muster tauchten auf den Schirmen auf, veränderten sich zu immer neuen Formen. Seltsame Gesänge drangen aus den Außenlautsprechern. Sie hörten sich an wie eine uralte Melodie aus den Kindertagen der Welt. Die Linien tanzten weiter über den Schirm, flochten komplexe Muster, während die Gesänge in Wellen kamen. Sie schwollen an, wurden ganz leise und kamen zurück. Sie hatten einen ungeheuren Zauber, diese Troubadoure, die an der Wiege der Zeiten gesungen haben mussten.

„Was ist das?"

Nietzsche schaute auf den Computerschirm und nickte meiner Fee zu.

„Undinen", sagte Ana. „Viel wissen wir nicht über sie, und keiner hat seit Jahrtausenden Kontakt mit ihnen gehabt. Sie sind eine Legende. Sehr alte Geschöpfe. Einst waren sie ein strahlendes Geschlecht. Es wird gesagt, sie kamen von den Sternen und konnten nicht zurück. Alle ihre Weisheit hätten sie mit der Welt geteilt. Sie haben sich von ihr zurückgezogen, als Atlantis sank. Und es heißt, sie kehren mit der Insel wieder. Es ist fast so, als ob sie uns grüßen."

Auf dem Schirm formten sich die Linien zu Zeichen.

„Eine sehr alte Schrift", erklärte Nietzsche. „Aber wir können sie lesen."

Ana und Nietzsche sahen konzentriert auf den Schirm. Es dauerte eine ganze Weile, bis die Zeichen erloschen. Die Undinen schienen nach all der Zeit zu einem Schwätzchen aufgelegt zu sein. Nietzsche und Ana sahen sich an.

„Was haben sie gesagt?"

Ana sprach zuerst.

„Heil Dir, Tochter des Drachen und der Schlange. Heil Dir, Fürst der Felseninsel. Heil Dir, der du das Licht an das Ende der Zeiten bringst."

Dann übernahm Nietzsche.

„Wir haben das Reich gesehen, das sich erhob. Wir wissen um die Wiederkehr der Einen. Atlantis will wieder im Licht der Welt ruhen. Aber wir wissen auch um die Finsternis. Und wir wissen, dass ihr in Not seid und Avalon, die Schwester der Herrlichen. Wir sind zurückgekehrt. Wir haben geschlafen und sind wieder wach."

„Könnt ihr mit ihnen sprechen?"

„Ja", antwortete Nietzsche. „Es gibt Möglichkeiten. Wir versuchen es über die Schrift mit Hologrammen."

Im schwarzen Ozean baute sich ein schimmernder Wirbel auf. Langsam formten sich aus ihm Zeichen. Ana übersetzte.

„Seid gegrüßt, Freunde der Einen. Gefährten im Streit gegen die Finsternis. Erhabene Gefährten auf dem lichten Pfad. Es ist lange her, dass ihr zu uns gesprochen habt."

Die Gesänge begannen wieder, gleichzeitig erschienen die Zeichen.

„Ja, lange. Und wir haben geträumt von unserem Reich jenseits der Sterne. Es war ein langer und süßer Traum. Er wurde bitter, als wir erwachten."

„Wir fühlen mit euch."

„Jetzt aber müssen wir für die Eine streiten. Das Ende der Zeiten kommt und die Finsternis ist mächtig. Folgt uns. Der Schwarm wird euch den Weg zeigen. Atlantis Kommen ist nahe."

Nietzsche steuerte das U-Boot mitten in den Schwarm hinein. Die schimmernden Linien leuchteten in reinem Silber. Ich sah über die Außenkameras strahlende Schemen. Sie hatten die Größe riesiger Wale. Die Undinen hießen uns willkommen, die Gesänge schwollen an. Sie klangen so mächtig, als sollten sie den Ozean durchqueren und bis weit jenseits der Sterne reichen.

Wir trieben ruhig zwischen den schimmernden Silberwesen und hörten ihre Gesänge. Dann kamen die Melodien aus der Ferne von allen Seiten. Sie waren rauer und einfacher, aber sie ähnelten den Gesängen der Undinen. Der Schwarm antwortete, und erhielt wieder eine Antwort.

„Was ist das?"

Nietzsche ließ die Muster von seinem Computer analysieren.

„Wale, Wolff, es sind Wale."

„Offenbar verstehen die sich ganz gut miteinander. Klingt wie ein kleiner Plausch unter Freunden. Anscheinend melden sich die Undinen zurück."

Silberne Zeichen erschienen auf dem Monitor.

„Wir haben die Wächter gefunden", übersetzte Nietzsche. „Sie sind nicht mehr so zahlreich wie einst. Der Tod wütet unter ihnen. Nadeln aus Eisen durchbohren sie, wenn sie den Himmel riechen wollen. Ihre Geschichte erfüllt uns mit Trauer."

„Sie reden tatsächlich von den Walen", wunderte ich mich. „Nietzsche, frag nach den Wächtern. Was ist ihre Aufgabe?"

Wenig später kam die Antwort.

„Als Atlantis versank, ließen wir sie zurück. Sie sollten das Grab der Einen schützen, bis zu ihrer Wiederkehr, die auch die unsere sein würde. Es sind die Nachfahren derer, die damals nicht mit uns in den Schlaf gingen. Sie trugen die schwere Last. Sie sind die Kinder des Schwarms."

Die Gesänge wurden lauter. Immer mehr Stimmen fielen in den Chor ein. Sie kamen aus allen Richtungen. Wir hörten schweigend zu, eine lange Zeit. Silbrige Linien tanzten über unsere Monitore.

„Die Wächter heißen euch Willkommen. Es war an der Zeit, dass ihr kamt. Sie sind zu wenige, um die Finsternis von der heiligen Stätte fernzuhalten. Ihre schwere Pflicht endet. Jetzt wollen sie den Kampf am Ende der Zeiten."

Nietzsche gab die Antwort.

„Sagt ihnen, den können sie haben."

„Was ist mit Avalon?" fragte Ana besorgt.

Nietzsches Finger huschten über die Tasten.

„Der Schatten der Finsternis liegt auf der Schwester der Herrlichen. Schwärze färbt das Herz der Insel. Die Nebel wehen mit dem Hauch der Pest. Aber noch flattert das Drachenbanner in den giftigen Schwaden. Mehr sehen wir nicht."

„Wohin bringt ihr uns?"

„Zum Grab der Einen."

Wir sahen uns an. Ana und ich dachten nach. Nietzsche lehnte sich entspannt zurück und pfiff eine Melodie, die klang, als würden debile Wilde zum Kammermusikabend mit anschließendem Massenmord aufspielen. Ich kannte das Lied. Es war das mit dem netten Refrain aus der Sonntagsschule von Dämonia: „I command the house of the devil." Nietzsche wirkte ausgesprochen fröhlich. Was auch immer auf uns zukam, eines war sicher: Das Totenreich konnte jetzt schon einmal alle Aufnahmeschalter besetzen.

Wir glitten mit dem Schwarm weiter durch die Tiefen. Es war eine Reise durch eine nichtenden wollende Nacht, begleitet von den Gesängen der Giganten. Ich verlor jedes Zeitgefühl und ließ mich durch die ozeanische Ewigkeit treiben. Es war eine Fahrt an die Wiege der Zeiten.

Silberzeichen tanzten wieder auf den Monitoren. Nietzsche schaltete einen Lautsprecher ein.

„Ich lasse jetzt direkt übersetzen. Wenn ihr mit ihnen Kontakt aufnehmen wollt, sprecht einfach. Der Computer übernimmt die Arbeit."

„Warum hast du das nicht schon vorhin gemacht?" wollte ich wissen. Meine Frage ging unter, als die Undinen sprachen.

„Wir haben die Tore des Grabes erreicht. Es ist uns nicht erlaubt, die Stätte zu betreten. Wir sind die Hüter der Pforten. Ihr aber könnt hineingehen und müsst es auch. Atlantis erwacht, wenn der Lichtbringer das Herz der Erhabenen berührt. Wenn die Herrliche sich erhebt, wird die Schlacht am Ende der Zeit beginnen. Und wenn der Sieg unser ist, werden wir die Sterne wiedersehen. So ist es uns verheißen und so soll es geschehen. Wir bitten euch, geht nun. Die Wächter des inneren Tores erwarten euch schon."

„Möge das Licht siegen", sagte Ana.

„Sei eine tödliche Klinge, Tochter des Drachen und der Schlange. Erschlage die Geister der Finsternis, Fürst der Felsensinsel. Kämpft gut. Bringt den Ender zum Herzen der Herrlichen. Wir wünschen euch Glück auf eurem Weg."

Unter uns drang Licht in die ewige Nacht. Eine Höhle öffnete sich, aus der die Strahlenfinger kamen. Nietzsche lenkte das Boot auf die Öffnung zu. Als wir im Innern waren, schloss sich geräuschvoll wieder das Tor hinter uns.

DAS GRAB VON ATLANTIS

Felsgestein wurde vom Licht angestrahlt. Die Wände waren nahe. Die Nautilus fuhr langsam durch den felsigen Schlauch aus uraltem Gestein. Wenig später verbreiterte sich die Höhle. Nietzsche deutete auf Zeichen an den Wänden. Sie ähnelten der Schrift der Undinen.

„Was ist das?" wollte ich wissen.

„Das sind die Male der Wächter", drang eine Stimme aus dem Lautsprecher.

„Wer seid ihr?"

„Wir sind die Hüter der inneren Pforte. Wir wissen von eurem Kommen. Seid gegrüßt."

Langsam öffnete sich ein Viereck in der Felswand. Nietzsche steuerte das U-Boot hinein und landete in einem Labyrinth.

„Folgt den Zeichen und ihr findet den Weg."

Symbole strahlten an der Felswand auf. Die Nautilus folgte dem leuchtenden Pfad. Wir fuhren durch enge, verwinkelte Gänge, kamen an Kreuzungen und richteten uns nach dem Licht. Immer tiefer stürzten wir uns in den steinernen Irrgarten. Auf dem Boden bleichten weiße Knochen.

Ich sah Skelette von gigantischer Größe. Was auch immer sie gewesen waren. Der Tod hatte ihre sinnlosen Versuche gestoppt, dem Labyrinth zu entkommen. Da war ich mir ganz sicher. Ich erkenne Opfer nicht normaler Todesarten auf den ersten Blick. Gelegentlich sah ich etwas in unserem Scheinwerferlicht blinken. Ich sagte es Nietzsche. Der gab dem Computer einen Befehl und erhielt schnell eine Antwort.

„Es ist Metall", sagte er. „Könnten Wrackreste sein. Für die Feinanalyse bleibt jetzt keine Zeit. Ich lasse noch eine Probe mitnehmen."

Wir glitten weiter und weiter, bis wir auf eine massive Felswand stießen.

„Endstation", bemerkte ich und dachte an die Skelette. Unangenehm, aber das Bild ließ sich nicht verscheuchen. Ich war einfach kein in der Wolle gefärbter Optimist und glaubte beharrlich, dass vor allem die schlimmen Dinge besonders oft geschehen. Eine Ansicht, die mich genauso oft vor den schlimmen Dingen bewahrt, wie sie mir den Spaß verdorben hat.

Bevor ich weiter nachgrübeln konnte, öffnete sich die Felswand langsam.

„Seid willkommen an der inneren Pforte."

Nietzsche fuhr in die Öffnung, und ich sagte vorerst auf Wiedersehen zu meinen schwarzen Gedanken. Lange konnte dieses Wiedersehen nicht auf sich warten lassen, das lehrte einfach meine Lebenserfahrung.

Geräuschvoll schloss sich die Wand hinter der Nautilus. Wir durchtauchten einen Gang, an dessen Ende sich wieder ein Durchgang öffnete.

„Lasst euer Schiff ruhen."

Nietzsche schaltete die Motoren aus. Gigantische Maschinen sprangen an. Das Wasser fiel. Wir waren offenbar in einer Schleuse gelandet.

„Ihr könnt das Schiff verlassen."

Das wurde auch Zeit. Ana tänzelte schon in Richtung Ausstieg. Den Mini hatte sie mit ihrer schwarzen Lederkluft vertauscht. Auf dem Rücken hingen die gekreuzten Schwerter. Nietzsche nahm das Übliche mit. Ich suchte nach etwas, mit dem ich möglichst viel Schaden anrichten konnte und nahm eine Art Pump-Gun.

„Sie haben zwei Läufe“, erklärte Nietzsche. „Aus dem oberen kommen die Sprenggeschosse. Sie haben eine ziemlich ekelhafte Wirkung.“

Ana hatte schon das Luk geöffnet und war behände an Deck geklettert. Das Boot war immer noch in der Schleuse.

„Wir holen euch jetzt rein“, hörte ich eine Stimme. Langsam bewegte sich das U-Boot auf ein Tor in den Felsen zu. Wir fuhren auf einem unterirdischen See in eine gewaltige Halle. Licht strahlte aus allen Wänden. Das Wasser schimmerte grün und blau. Es war fast durchsichtig. In ihm schwammen seltsame, fast durchsichtige Wesen wie zarte Schleier aus taubedeckten Spinnweben. Sie waren schön. Unglaublich zerbrechlich, aber schön wie tanzende Elfen.

Wir fuhren weiter in das Licht. Auf dem Boot wurde es immer heller. Strahlen fielen auf das Deck, webten spielerische Muster auf dem Schiff und auf uns.

Ana verschwand in einer lautlosen Explosion aus Licht, tauchte dann wieder auf. Ihr Haar funkelte wie ein Goldregen, der in den Himmel stürzen wollte.

Nietzsche überfluteten hämmernde Lichtkaskaden. Er gleißte wie eine uralte Gottheit auf ihrem höchsten Thron. Ich wurde von leuchtenden Wirbeln gekost und gestreichelt. Sie umhüllten mich, tanzten um mich herum. Stiegen als prasselnde Fontänen in den Himmel, kamen in Wellen und Spiralen zurück. Ich stand inmitten der Säule. Farben wirbelten in einem betörenden Reigen. Ich stand im Auge des Lichtes und hörte leise Stimmen. Dann verstand ich sie.

„Heil den Meergeborenen, Heil den Sternenkindern
Heil den Göttern und Feen
Heil dem Ender und der Göttin, die ihm bestimmt war
Sie werden den Fluch brechen

Sie werden die Herrliche erlösen
Die Augen der Fee werden wieder leuchten
Doch noch tanzt ein schwarzes Meer wild durch sie
Noch sehen sie nicht
Noch droht der Tod durch sie in allen Welten
Noch enden Menschen im Efeuhaar der Todesfee
Noch sterben Träume und Welten im Zweifel des Enders
Noch ist Atlantis nur ein Versprechen für Finsternis und Licht
Noch trägt sie den äonenalten Fluch auch in diese Welt
Noch ist er der Wolf auf grauem Weg zu Blut und Tod
Noch herrscht die Finsternis über das Licht
Doch es wird den Tag geben, wenn Sternenfeuer die Fee umarmt
Und der Wolff, erlöst durch sie, wird ihre Erlösung sehen
Und wir singen dies, weil alles schon längst geschah
Und wir singen dies, weil es nie sein wird
Heil den Meergeborenen, Heil den Sternenkindern
Heil den Göttern und Feen
Heil dem Ender und der Fee, die ihm bestimmt war."

Ich sah Ana an, und sie blickte zurück. Ihre Augen strahlten und dann leuchtete sie wie ein Stern. Gleißend und schön. Das Sternenfeuer umhüllte sie. Ein Lichtbogen stieg von den gekreuzten Schwertern auf und tastete nach mir. Eine angenehme Wärme breitete sich aus bis in die Tiefe. Dann waren Ana und ich eins, verschwunden in einer Hülle aus Licht.

Wir hatten beide die Stimmen gehört. Und im weißen Kokon aus dem All kam die Erlösung.. Aller Zweifel fiel von mir ab. Ich sah ihre Schönheit und die Schönheit, die durch uns in die Welten kommen würde. Und sie sah, was wir sein würden. Vollkommen wie die Liebe der Erlösten. Ich war nicht mehr einsam. Ich hatte den falschen Weg des Wolfs verlassen. Und sie den der Todesfee. Alles war so einfach.

Das U-Boot glitt weiter durch den See. Aus dem Wasser tauchten schillernde Wesen auf, die wie bunte Nebel nach oben schwebten. Andere waren nur silbrige Schemen, die durch die bunten Nebel stiegen und mit ihnen Muster flochten.

Eine leise Musik ertönte im Grab der Herrlichen. Sie war überwältigend, perfekt, betörend und verlockend. Sphärenklänge, als hätten die Engel aller Himmel ihre Besten geschickt. Die Musik schwoll an, brach aus allem hervor. Es war, als würden die Atome selbst singen. Sie war ein dichter Klangteppich. Sie umgab uns, sie drang in uns ein. Niemand konnte etwas so Vollendetes hören, ohne sich in diese Harmonie stürzen zu wollen. Ich wollte mit dieser Musik verschmelzen in Lichtwirbeln und Sternenfeuer bis ans Ende der Zeiten. Aber dies war mir nicht vorherbestimmt. Denn da waren andere Stimmen. Und sie kamen aus mir.

„Heil den Meergeborenen, Heil den Sternenkindern
Heil den Göttern und Feen
Heil dem Ender und der Göttin, die ihm bestimmt war
Sie werden den Fluch brechen
Sie werden die Herrliche erlösen
Sie werden das falsche Atlantis vernichten wie die Augen der Fee
Denn durch sie tanzt wild ein schwarzes Meer
Noch sehen sie nicht
Aber sie bringen den Tod in alle Welten
Dann endet Leben im Efeuhaar der Todesfee
Dann sterben Planeten durch den Ender
Dann ist Atlantis kein Versprechen für Finsternis und Licht
Dann trägt sie den äonenalten Fluch auch in diese Welt
Dann ist er der Wolf auf dem grauen Weg zu Blut und Tod
Dann herrscht die Finsternis über das Licht
Und wir singen dies, weil alles schon längst geschah
Denn die Wolfszeit war
Ist
Und wird sein
Da ist nichts, was sie hindert
Und die Welten müssen verderben.
Heil den Meergeborenen, Heil den Sternenkindern
Heil den Göttern und Feen
Heil dem Ender und der schwarzen Fee, die ihm bestimmt ist."

Eine ungeheure Wildheit zerfetzte jede Harmonie. Ein Kokon aus Schwärze und roten Schlieren hüllte uns ein. Ich leckte an meinen Lippen und schmeckte süßes Blut. Ana verwandelte sich. Ihr Haar fiel als schwarze Kaskade über die Schultern. Sie lächelte. Spitze weiße Zähne. Es war das Lächeln der Todesfee. Süß und dunkel, wie das Versprechen einer schwarzen Liebe, aus der das Nichts geboren wird. Ich schmeckte die liebliche Finsternis und hörte das Heulen eines gewaltigen Wolfes. Das Sternenfeuer war verloschen. Und ich hasste, was ich verloren, aber auch, dass ich es verloren hatte. Dann verblasste die Vision.

Die Musik verstummte plötzlich, das Licht verschwand in langen Wirbeln. Als folgte es einem spiralförmigen Sog. Es blieb nur ein mattes Dämmerlicht, das stetig abnahm. Auch der unterirdische See färbte sich langsam schwarz. Und ich fürchtete, dass Nietzsche und Ana alles mitbekommen hatten. Aber es sah nicht so aus.

Wir fuhren auf eine Insel zu. Sie lag still an den Rändern der Dunkelheit. Die Wasseroberfläche war vollkommen glatt wie ein großer schwarzer Spiegel. Nichts bewegte sich, bis Giganten aus dem Wasser wuchsen.

Vier machtvolle Wesen erhoben sich langsam aus dem See. Ich hatte schon einmal Ähnliches gesehen. Sie waren die gigantischen Verwandten der grausam verstümmelten Wächter Avalons.

Der erste trug eine schimmernde Rüstung. Mit beiden Händen stützte er sich auf ein gewaltiges Schwert. Seine langen Haare wurden von einem goldenen Reif gezähmt, den er um die Stirn trug. In seinen Augen loderte kaum beherrschtes Feuer.

Der zweite war in ein strahlendes weißes Gewand gekleidet. Seine Züge waren von überirdischer Schönheit, als hätte ein Gott die Linien seines Gesichtes gemeißelt. Seine Augen waren voller Güte. Er hielt eine Lilie.

Der dritte war in das einfache Gewand des Pilgers gekleidet. Sein Haar bedeckte die Kapuze seiner grauen Kutte. Ein weißer Bart ragte über den grauen Rand. Seine dunklen Augen verhießen Trost und Heilung. In seiner Hand hielt er einen Stab aus schlichtem Holz.

Der vierte trug ein flammend rotes Gewand. Sein Haar war schwarz. Die Augen hatten das Feuer des Propheten und die Milde der Weisheit. In den Händen trug er ein Buch und eine Schriftrolle.

Dann begannen sie zu sprechen. „Heil euch, die das Licht berührt und nicht getötet hat. Ihr seid die, auf die wir gewartet haben. Wir haben die Gesänge des Dankes gesungen. Das Herz von Atlantis wird wieder schlagen."

Sie die Gesänge des Dankes. Und woher waren die anderen gekommen? Ana fand als erste die Sprache wieder.

„Heil euch, Wächter der inneren Pforte. Sagt, wie kann dieses Licht töten."

„Wer den geweihten Boden betritt und nicht erwählt ist, muss sterben. Das Licht versengt Körper und Seelen. Die Nichterleuchteten vergehen unter Qualen, wenn sich das Auge der Wächter öffnet."

Nietzsche schien das zu gefallen.

„Eine gewaltige Waffe."

„Und mehr als das, Fürst der Felseninsel. Ihr habt das Licht der Herrlichen gespürt", erklärten die Wächter.

Das führte zu nichts. Ich war gespannt darauf, wie es weiterging und sagte das auch.

„Habt Geduld, Ender. Ihr und Eure Gefährten müsst zum Herz der Herrlichen gehen. Wir können euch nicht begleiten. Es ist uns nicht gestattet, den Weg zu gehen. Dort auf der Insel beginnt der Pfad. Ihr werdet eine verschlossene Pforte zwischen Felsen finden. Nur ihr könnt sie öffnen. Berührt sie mit dem Lichtbringer. Was weiter folgt, wissen wir nicht. Wenn ihr das Herz erreicht und die Eine in die Welt will, ist unser Amt vorüber. Dann beginnt die letzte Schlacht zwischen dem Licht und der Finsternis. Wir werden uns im Kampf wiedersehen."

Ich hatte das Gefühl, dass ich jetzt wieder nett sein sollte. Schließlich waren sie bestimmt nicht zu unterschätzen, wenn es um Schlachten ging. Ich war mir zwar immer noch nicht klar darüber, ob es wirklich zu so einem Kampf kommen würde. Aber ich hatte in letzter Zeit einige wirklich ungewöhnliche Dinge erlebt. Da ging ich lieber auf Nummer sicher und verprellte keinen, der ein solches Kampfgewicht hatte wie diese Vier.

„Verzeiht meine Ungeduld. Aber wir wollen die Herrliche wieder im Licht sehen", hörte ich mich sagen. „Euer Amt war schwer. Ihr habt einen

Dienst getan, der nie vergessen sein wird. Und wenn die Schlacht beginnt, werdet ihr gewaltige Taten vollbringen, die auf ewig besungen werden. Das sehe ich, und so wird es geschehen."

Nietzsche schenkte mir einen sehr zweifelnden Blick. Ana konnte ich nicht sehen. Bei ihr kam es allerdings sehr darauf an, wie sie Tatsachen gerade wahrnehmen wollte. Sie konnte mich jetzt ebenso gut sehr lieben oder abgrundtief hassen. Ich entschloss mich, einfach weiterzumachen.

„Wir werden das Herz der Herrlichen berühren."

Ich glaubte, so etwas wie Nietzsches leises, missbilligendes Schnauben zu hören. Er war wirklich keine Hilfe in solchen Augenblicken.

„Ihr seid der Ender, und wir trauen Euren Worten. Was Ihr sagt, wird geschehen."

Jetzt war es für mich an der Zeit, ein wenig missbilligend in Richtung Nietzsche zu schnauben. Ich tat es auch. Nietzsche grinste mich ziemlich unverschämt an.

Was auch immer alle Heiligen, gesalbten Könige oder Wesen anderweitig höherer Art von ihm behaupten mochten: Er war ein lupenreiner Anarchist. Ich schätzte diese Einstellung. Besonders, weil er auf meiner Seite war. Und ich sagte es ihm. Das gefiel ihm ausgezeichnet.

„Auch die Lust an der Zerstörung ist eine schöpferische Kraft", raunte er mir gut gelaunt ins Ohr.

Das konnte nun wirklich heiter werden. Der Fürst der Felseninsel schien weiterhin in glänzender Vernichtungslaune zu sein. Ich war nie besonders eifersüchtig gewesen. Aber bis vor kurzem hatte ich geglaubt, dass ich der Ender war. Wenn er weiter in dieser Form blieb, war ich meinen Job los. Welchen Sinn machte es schon, Ender eines Zeitalters zu sein, wenn Nietzsche vorher schon die komplette Ära in die Luft gesprengt hatte?

Ich beschloss, ein Auge auf ihn zu werfen. Und ich hoffte, dass ich dazu in einem der entscheidenden Augenblicke eine Chance bekam, ihn zu stoppen. Sicher war das beim Fürst der Felseninsel allerdings nicht.

„Wir bitten euch, geht jetzt. Die Herrliche will erwachen."

Die vier Wächter verstummten. Ich winkte ihnen aufmunternd zu, weil mir nichts Besseres einfiel. Sie reagierten nicht. Dafür schaute mich Ana sehr, sehr missbilligend an.

Unser Boot glitt langsam weiter auf die Insel zu. Die Giganten blieben zurück. Wir fuhren über tiefschwarzes Wasser. Manchmal kräuselte sich die Oberfläche, und ich hörte Stimmen aus der Tiefe. Sie waren voller Pein und unendlichem Schmerz.

„Was ist das?“ fragte ich und erwartete eigentlich keine Antwort.

Sie kam aber trotzdem.

„Es sind die Seelen der Nichterwählten, die das Licht versengt hat“, formte sich in meinem Kopf die Stimme der Wächter der inneren Pforte. „Sie hoffen auf Erlösung, wenn die Zeiten enden.“

Ich schaute Nietzsche und Ana an. Sie schienen nichts gehört zu haben.

„Bleiben wir weiter in Verbindung?“

„Wir wissen es nicht. Ihr seid am Rande unserer Macht. Noch können wir mit Euch sprechen. Was weiter geschieht, ist unklar.“

„Könntet ihr die anderen auch erreichen?“

„Die Tochter des Drachen und der Schlange und der Fürst der Felseninsel sind uns nicht so nahe wie Euer Geist. Ihr seid der Lichtbringer. Auf Euch haben wir gewartet. Es ist einfacher für uns, mit Euch zu sprechen.“

Die Schreie aus der Tiefe klangen immer qualvoller. Nietzsche und Ana schien das nicht besonders zu kümmern.

„Ihr dürft sie nicht verurteilen. Sie hören die Stimmen nicht. Es ist der Chor der Qual, der nur für den Ender singt. Ihr seid die Hoffnung der Verlorenen.“

Das war nun wirklich zu viel. Welche Idioten! Ich habe diese Art von Verlorenen noch nie gemocht. Zu wenig drauf, um es zu schaffen, zu viel Hoffnung, dass ein anderer sie aus dem Deck zieht, in den sie sich selbst reingeritten haben. Wer auf mich hofft, muss bestraft werden.

„Könnt ihr mit ihnen Kontakt aufnehmen?“, wollte ich wissen. Und wusste schon die Antwort.

„Ihr könnt es, Ihr braucht uns nicht.“

Ich fand die Geschichten der Verdammten nie besonders lustig. Mein altes Detektiv-Ich konnte sich wenigstens noch dafür bezahlen lassen, wenn es den Jammerlappen und ihrem Chor der Qual zuhören musste. Das hatte etwas mit Geld zu tun. Aber das war schon verdammt lange her. Heute hatte ich einfach nicht mehr so viel Zeit.

„Gut“, sagte ich. „Nehmt trotzdem Kontakt mit ihnen auf und überbringt die Botschaft.“

„Die lautet?“

„Lasst alle Hoffnung fahren.“

Kurze Zeit später hörte ich einen lang gezogenen Schrei, in dem die Verzweiflung von Äonen lag. Das Wasser geriet in Bewegung. Schwarze Blasen stiegen auf und zerplatzten, kleine Fontänen schossen in die Höhe. Was für hoffnungsvolle kleine Seelen sie doch gewesen waren.

Das Wasser leckte an unserem Boot empor, als wollten feuchte Finger nach uns greifen. Bald kehrte vollkommene Ruhe ein. Der Chor der Verzweifelten sang nicht mehr. Gut so. Sie taten mir kein bisschen Leid. Ich war sehr zufrieden mit mir. Nietzsche wäre stolz auf mich gewesen.

Ich beendete meine Überlegungen, als wir auf die bizarren schwarzen Felsen der Insel zuliefen. Sie waren durchlöchert und zerklüftet, bildeten seltsame Formen. Das U-Boot fuhr an Steinen vorbei, die aussahen wie felsgewordene Überreste bösartiger Wesen aus den Urgründen der Zeit. Schließlich erreichten wir den Strand. Der Bug schob sich sanft auf den schwarzen Sand.

Wir sprangen von Bord und landeten im schwarzen Sand. Unser kleiner Trupp sah eindrucksvoll aus. Ana im schwarzen Leder mit den gekreuzten Klingen auf dem Rücken. Ihr Haar hatte sie mit einem roten Band gezähmt. Sie sah sehr schön aus und unglaublich gefährlich.

Nietzsche wirkte düster und unternehmungslustig. Sogar der dunkle Grundton der Insel konnte nicht mit dieser inneren Schwärze konkurrieren, die aus ihm strömte. Er trug schwarze Stiefel und seinen langen Mantel. In der Hand hatte er etwas, das aussah wie eine kleine Kanone.

Wie ich wirkte, wusste ich natürlich nicht so genau. Wenn aber Seele und Körper tatsächlich eine Einheit bilden, würden alle Bodyguards des Universums sofort das Feuer auf mich eröffnen. Zumal ich ja auch die üble Pump-Gun, meine Magnum und das große Messer bei mir hatte. Mit dem Dolch konnte ich übrigens einige wirklich widerliche Dinge anstellen. Das galt natürlich auch für die anderen Waffen.

Wenn es hier Eingeborene geben würde, würden sie uns als einen Haufen total durchgeknallter Götter verehren oder umbringen. Sollten sie bereits die Segnungen der Zivilisation genießen, würden wir nach einem schönen Blutbad einfach im Gefängnis landen. Wahrscheinlich mit anschließendem Daueraufenthalt in der Anstalt für geisteskranke Kriminelle. Vielleicht würde man uns aber auch einfach umbringen oder verehren. Mit anderen Worten: Ich fand, dass wir wirklich etwas hermachten.

„Wir haben alles", sagte Ana. „Wir können gehen."

„Was ist eigentlich mit dem Schiff?" fragte ich.

„Es ist gesichert", antwortete Nietzsche und lächelte sehr böse.

Weit voraus erhoben sich mächtige schwarze Berge.

„Dort müssen wir hin", erklärte Ana.

DAS BLUT DER ERDE

Wortlos machten wir uns auf den Weg. Wir gingen ins Innere der Insel. Keine Pflanze war zu sehen, kein Tier begegnete uns. Es war absolut still.

Wir hörten nur das Knirschen unserer Absätze auf dem dunklen Geröll. Wir gingen durch eine Landschaft, die der Tod gezeichnet hatte.

Stunden später hatte sich immer noch nichts geändert. Wir schritten durch die schwarze Wüste. Schweigend. Es war wie ein Marsch der Verdammten, bestimmt, in alle Ewigkeit durch diese Trostlosigkeit zu schreiten. Und ich ging durch meine eigene Trostlosigkeit. Denn das Sternenfeuer war erloschen. Nach einer Weile wurde ich allerdings wieder munterer. So neu war Trostlosigkeit schließlich nicht für mich.

„Wir sollten eine Pause machen", schlug ich vor. „Nur solange, bis wir uns hier gegenseitig beerdigt haben."

Ana funkelte mich an.

„Dein Spott ist nicht angebracht. Wir gehen einen Heiligen Pfad."

„Ziemlich traurige Heilige."

Ana stampfte zornig mit dem Fuß auf, und die Erde bebte. Vor uns schossen Geysire ihre Ladung in die Luft. Weißer Rauch kam aus den Schlünden, dann quoll rotes Magma aus den Eingeweiden der Insel. Wir schauten uns gebannt an, wie das Blut der Erde floss. Es endete bald.

Meine Fee deutete auf die Berge. Sie waren nicht länger schwarz. Sanftes rotes Licht glitt schimmernd die Hänge hinab. Andere wurden von einem goldenen Schleier bedeckt. Silbrige Bahnen umwanden die Felsen, schlängelten sich die Hänge hinab. Sanftes Licht tanzte über die schwarzen Kämme.

„Wir beeilen uns besser", schlug Nietzsche vor.

Und das taten wir auch. Wir durchquerten die Geröllwüste und erreichten ein Gebiet, das aussah wie eine erstarrte schwarze Flut. Bizarre Formen wuchsen aus dem steinernen Meer. Wir bahnten uns den Weg zwischen gewaltigen, turmhohen Auswüchsen und umgingen die riesigen Trichter versteinerter Strudel. Es gab Steine, die wie dunkle Pilze aussahen und andere, die keiner auf der Erde bekannten Form angehörten.

Die Feuerberge kamen näher. Das Farbenspiel war noch intensiver geworden. Schließlich erreichten wir eine Schlucht und gingen hinein. Aus ihr drang das Fauchen von Geysiren. Weißer Dampf schoss empor, ein rötlicher Schein lag in der Luft. Ich fühlte mich wie in der gigantischen Schmiede eines Gottes.

Wir erreichten einen Pfad, an dem Statuen schrecklicher schwarzer Wesen standen. Einige hatten lange Hauer, Krallen, Rückenkämme und Stachelschwänze, andere sahen auch nicht beruhigender aus. Es mussten Hunderte sein. Ich hatte das unangenehme Gefühl, dass sie nur schliefen. Und ich sollte mich nicht täuschen. Plötzlich kam der Angriff. Die Albtraumdinger schlugen zu. Ana sprang zwischen zwei Drei-Meter-Riesen durch. Im Flug zog sie ihre Schwerter und schlug zu. Die Klingen durchschnitten sie mühelos. Die Kolosse liefen noch ein paar Schritte, brachen dann zusammen.

Nicht alle waren so groß, aber alle wurden gleich behandelt. Wenige Meter vor mir zerbarsten die schwarzen Wesen. Splitter flogen. Nietzsche hatte seine Waffensysteme auf Hochbetrieb geschaltet. Er legte ein mörderisches Sperrfeuer.

Wir standen Rücken an Rücken. Ich hielt mit der Pump-Gun auf die Widerlinge. Nietzsche hatte vollkommen recht, was die ekelhafte Wirkung der Geschosse betraf. Als wir die erste Welle abgewehrt hatten, begannen wir mit dem Gegenangriff. Während Ana mit artistischen Einlagen noch ein paar Köpfe abschlug, gingen Nietzsche und ich ein paar Schritte voneinander entfernt vorwärts durch die Schlucht. Mit einer Feuerwalze trieben wir die Albtraumwesen vor uns her.

Als wir eine Felswand erreichten, schossen wir sie endgültig zusammen. Der Berg bekam auch ein paar Treffer ab. Genauer gesagt, gab es Stellen, an dem wir ihn umgepflügt hatten. Einige der Wesen hatten versucht, mit bloßen Krallen über die Wände zu entkommen.

Als sich nichts mehr regte, fragte ich nach einem Single Malt. Es gab sogar einen Whisky: in Tablettenform.

„Habt ihr eine Ahnung, was die wollten?“ fragte Ana mit geröteten Wangen und sichtlich guter Laune.

Ich hatte mehr als eine Ahnung. Draußen auf dem See nahe der Insel schossen einige Fontänen hoch. Sie brachen allerdings schnell wieder zusammen. Diese Verlorenen würden jedenfalls nie mehr hoffen. Ich war zufrieden. Vermutlich würde ich dafür meine Doppelgänger in der Hölle wiedertreffen. Warum nicht? Ich war Ana noch eine Antwort schuldig.

„Sagen wir, sie waren ein paar verdammte Jammerlappen, die auf das falsche Pferd gesetzt hatten, oder zumindest ihre großen Freunde.“

„Du sprichst in Rätseln“, sagte Nietzsche. „Ist es wichtig?“

„Nein“, sagte ich. „Nicht mehr.“

„Übrigens“, grinste der Philosoph mit der großen Feuerkraft. „Was fällt, will gestoßen werden.“

„Vor uns ist eine Öffnung im Fels“, unterbrach uns Ana.

Sie hatte eine Stelle entdeckt, die aussah, als hätte ein gigantischer Dosenöffner eine Ecke umgebogen.

„Zeig den Lichtbringer“, sagte Ana.

Widerspruchslos nahm ich die Waffe aus der Tasche. Sie leuchtete matt. Ich ging auf die Delle zu und berührte sie mit meiner Magnum. Ächzend und knarrend schwang die Tür erst auf, blieb aber nach der Hälfte stecken. Sie war einfach hoffnungslos verklemmt. Ana musterte Nietzsche und mich vorwurfsvoll.

Aber es reichte noch, um durchzuschlüpfen. Steinerne Stufen führten in die Tiefe. Ohne ein Wort zu wechseln, begannen wir den Abstieg. Die Magnum behielt ich in der Hand.

Das Dämmerlicht wich bald völliger Dunkelheit. Wir zündeten unsere Fackeln an. Der Feuerschein flackerte auf den Stufen. Ein Ende war nicht zu sehen. Dieser Weg führte tief in das Innerste der Erde. An den Wänden sah ich Symbole und Zeichnungen. Einmal entdeckte ich eine geflügelte Schlange, dann einen Drachen und schließlich einen Wolf. Ich spürte ein leichtes Kribbeln am Handgelenk. Kurze Zeit später hatte ich es schon wieder vergessen. Wir stiegen weiter hinab. Ich hatte jedes Zeitgefühl verloren, als wir ebenen Boden erreichten. Vor uns erschienen im Fackellicht drei Gänge.

„Wohin jetzt?“ fragte Ana.

„Wir gehen durch die Mitte“, sagte ich. „Links und rechts wartet der Tod.“

Ich hatte keine Ahnung, woher ich das wusste. Aber ich war mir sehr sicher. Als wir eine Weile gegangen waren, bemerkte ich einen Lichtschein. Ich sagte es Ana und Nietzsche. Schließlich standen wir in einer riesigen Halle.

Über uns wölbte sich eine gewaltige Kuppel, an der die Sterne des Weltalls strahlten. Von ihnen kam das Licht. Planeten zogen ihre Bahnen. Sonnen unbekannter Systeme strahlten und vergingen als Supernova. Kometen donnerten gleißend durch das Gewölbe. Ich sah ein grünes und ein blaues Gestirn.

„Es ist vollkommen“, sagte Ana ganz leise und schaute sehnsüchtig auf die kosmischen Zwillinge. „Die Augen der Fee.“

Nietzsche war in Berechnungen auf einem Minicomputer vertieft.

„Über uns hängt ein Sternenbild, das mehr als zehntausend Jahre alt ist“, meldete er sich. „Wer auch immer es mit in dieses Grab genommen hat, er hat von der Erde in den Himmel geblickt.“

„Vielleicht Undinen?“

„Möglich, aber das ist noch nicht alles“, sagte Nietzsche. „Einige Teile der Kuppel zeigen ein viel älteres Bild, andere eines, das noch nie da war. Vergangenheit, Gegenwart und Zukunft des Alls, alles findet hier gleichzeitig statt. Eines solltest du noch unbedingt wissen.“

„Was?“

„Die Bilder aus der Zukunft zeigen nicht mehr unser Universum.“

Ana seufzte. Nietzsche und ich schauten sie erwartungsvoll an.

„Es wird keine Zukunft geben, fürchte ich“, sagte sie mit fester Stimme. „Nicht in dieser Welt.“

Sie klang traurig.

„Noch ist nichts verloren", versuchte ich sie zu trösten. „Die Zukunft lässt sich ändern."

Ich war wirklich ein netter Kerl. Mir war es nämlich ganz egal, welches Universum auf Dauer das Rennen machte. Meinetwegen konnten sie auch alle aus der Kurve fliegen.

Jedenfalls, solange sie es nicht zu meinen Lebzeiten taten. Aber genau das würde ja möglicherweise geschehen.

„Konntest du die Zukunftsbilder exakt datieren?" fragte ich Nietzsche.

„Nein, dazu ist das Gerät zu leistungsschwach. Es könnte noch sehr lange dauern."

„Es könnte aber auch schon bald passieren?" fragte ich.

„Ja, das könnte es."

„Das ist nicht sehr beruhigend."

„Nein, nicht sehr."

„Bringen wir es hinter uns", schlug ich vor.

„Was?"

„Ich habe das Herz einer Herrlichen zu berühren. Schon vergessen?"

„Ja, aber wo ist es?" wollte Nietzsche wissen.

„Es wird zu uns kommen", sagte Ana. „Die innere Kammer wird sich öffnen. Ich spüre schon den Hauch aus dem tiefsten Grab der Einen."

Ana hatte Recht. Ein kaum merkbarer Luftzug strich durch unsere Haare und Kleider. In der Mitte der Halle wurde einen gewaltige Platte zurückgeschoben. Eine goldene Kuppel wuchs in der Mitte des Raumes. Wir gingen darauf zu.

Auf ihrer Oberfläche spiegelten sich die Sternenbilder. Langsam schwang sie in der Mitte auseinander. Goldenes Licht überflutete uns. Wir sahen aus, wie die Götter einer längst versunkenen Welt. Stufen erschienen in der Öffnung der Goldenen. Wir betraten sie und gingen in das Innere der Kuppel.

Hinter uns schloss sich die Öffnung wieder. Wir standen in einem großen glänzenden Raum. Ich spürte eine Abwärtsbewegung. Die Kuppel versank wieder. Wir fuhren weiter. Die Wände wurden transparent. Ich sah glühendes Magma. Wir reisten in das Innerste der Erde. Tiefer und immer tiefer. Ein Sturz in einer goldenen Kapsel in den feurigen Urgrund der Zeiten. Die glosende Magma überzog unsere Gesichter und Körper mit einem roten Schein. Wir sahen aus wie Waffen starrende Teufel.

„We're on the road to nowhere", summte Nietzsche ganz leise.

Er hatte Recht: Wir waren auf der Straße ins Nichts, und wir reisten auf Wegen aus Feuer. Ihm schien das allerdings nicht viel auszumachen.

„Vielleicht ist das hier eine Falle", gab ich zu bedenken.

Nietzsche lachte: „Das macht nichts, wir wären sowieso tot gewesen."

Fragend schaute ich Ana an.

„Er hat Recht. Wir sind verdammt. Die Endschlacht wartet auf uns. Keine glücklichen Zeiten zum Überleben."

Ich konnte mir nicht vorstellen, dass das schon die ganze Wahrheit war. Bevor ich nachfassen konnte, fiel mir auf, dass uns nur noch tiefe Schwärze umgab. Die Kapsel wurde langsamer, blieb dann ganz stehen.

„Wir sind da", sagte ich. „Wo auch immer."

Ich bin durchaus in der Lage, mich schnell einer depressiven Stimmung anzupassen. Das ändert nicht das Geringste an meiner grundsätzlich positiven Art der Lebenseinstellung. Kein Wunder, schließlich kann ich so ziemlich jedes Leben einstellen.

Unsere Kapsel vibrierte leicht. Schließlich öffnete sie sich. Wir verließen sie durch die schwebenden Treppen.

DAS HERZ DER HERRLICHEN

Wir waren in einer Halle. Menschenähnliche Wesen mit grauen Kutten standen vor uns. Die Kapuzen waren tief in ihre Gesichter gezogen.

„WER SEID IHR, DASS IHR DEN SCHLAF DER HERRLICHEN STÖRT¿" formten sich die Worte in meinem Geist.

Einer aus der Gruppe hob seinen Kopf ein wenig. Unter der Kapuze sah ich gleißendes Licht. Es schoss über die Ränder des Stoffes. Da war kein Fleisch, keine Augen, nur Licht. Ana und Nietzsche reagierten nicht.

„Habt ihr nichts gehört" fragte ich.

„Nein", antwortete Nietzsche und Ana schüttelte den Kopf.

Das also war Telepathie. Und sie funktionierte anscheinend nur in Großbuchstaben. Ich versuchte es auch, und es ging sehr leicht.

„ICH BIN DER DER ENDER. ICH VERLANGE MEIN RECHT.“

„WIR SEHEN DEN LICHTBRINGER. ABER SEID IHR DER ERWÄHLTE AM ENDE DER ZEIT?“

Ich wusste, was ich zu tun hatte, als hätte ich es schon immer gewusst. Langsam entblößte ich mein Handgelenk. Ich sah die Zeichen und hielt sie den Wesen entgegen. Der Eine aus der Gruppe war ihr Sprecher.

„IHR SEID ES. DAS WARTEN HAT EIN ENDE.“

Auf meinem Gelenk funkelten rot der Drache, die Schlange und der Wolf. Sie sahen aus, als hätten sie sich die dämonische Gruppierung von der Magma geborgt.

„WER SIND DIE, DIE MIT EUCH SIND?“

„DIE FEE UND DER FÜRST DER FELSENINSEL.“

„SO HABT IHR DRACHEN, SCHLANGE UND WOLF ZU GEFÄHRTEN. IHR KENNT EURE AUFGABE UND IHR WISST, WER IHR SEID.“

„ICH BIN, DER ICH BIN. ABER, WER SEID IHR?“

„WIR SIND DIE, DIE ZU LANGE GEWARTET HABEN. WIR SIND DIE, DIE ZU LANGE GELEBT HABEN. JETZT SIND WIR MÜDE.“

„DANN LASST UNS KEINE ZEIT VERLIEREN.“

„IHR HABT RECHT. WIR ZEIGEN EUCH DEN WEG ZUM HERZ DER HERRLICHEN.“

Ich schritt auf die Gruppe zu. Ana und Nietzsche folgten mir.

„Was geht hier ab?“ raunte meine Schöne mir ins Ohr.

Ich konnte es ihr auch nicht sagen. Der Sprecher hob seine Arme. Er zeigte auf einen mächtigen Kreis. In seinem Inneren sah ich ein Dreieck.

„DORT WERDET IHR ES FINDEN. DAS HERZ DER DREIMALGLÜCKLICHEN.“

„WIR GEHEN.“

„EURE GEFÄHRTEN DÜRFEN EUCH NICHT BEGLEITEN. IHR MÜSST ALLEIN SEIN.“

„DAS WIRD IHNEN NICHT GEFALLEN.“

„WIR SCHÄTZEN IHRE TREUE, ABER ES IST NICHT MÖGLICH. DIE HERRLICHE RUFT DEN ENDER. BITTE, ERKLÄRT ES EUREN GEFÄHRTEN.“

Ich sagte es den beiden. Ana zog missmutig die Braue hoch und ein leichtes Funkeln erschien in ihren Augen. Ich hatte keine Ahnung, ob Lichtwesen ihre Köpfe verlieren können, aber ich hatte auch keine Lust auf dieses Experiment.

„Beruhige dich", versuchte ich es.

Natürlich schaute sie mich jetzt wütend an. Nietzsche versuchte, die Situation zu entspannen.

„Vielleicht haben sie ja Recht, Ana, und er muss wirklich allein gehen."

„Und wenn er draufgeht, weil wir ihm nicht raushelfen können?"

„Das kann passieren", gab Nietzsche zu.

„Vielleicht wollen sie uns reinlegen."

„Das könnte sein."

„Was machen wir, wenn etwas schief läuft?" fragte Ana.

„Wir bringen sie um?"

„Ja, genau", sagte Ana. „Wenn etwas schief läuft, bringen wir sie um."

Liebenswürdig lächelte sie den Kapuzenmännern zu. Nietzsche wirkte ebenfalls vergnügt. Ich konnte nur hoffen, dass nichts schief lief. Sonst würde es einige sehr, sehr tote Lichtwesen geben.

Ich brauchte nicht darüber nachzudenken, ob solche Wesen überhaupt sterben können. Wenn die beiden zusammenlegten, würden sie es tun. Da war ich mir sehr sicher.

„Hättest du die Güte, deinen Freunden mitzuteilen, was wir beschlossen haben?" säuselte meine Fee.

Weit hinten in ihren Augen sah ich ein gefährliches Funkeln. Und ich sah dieses Licht auch in den Steinen ihrer Schwerter.

„Ich weiß nicht, ob sie das hören wollen."

„Was nützt eine Drohung, wenn man sie nicht bekannt gibt?"

Wahrscheinlich hatte sie Recht. Andererseits wollte ich die Lichtwesen auch nicht verärgern. Ich würde diplomatisches Geschick brauchen.

„MEINE GEFÄHRTEN SIND EINVERSTANDEN. ABER SIE SIND IN SORGE UM MICH."

„DAS HERZ DER HERRLICHEN IST NICHT OHNE GEFAHR. DOCH ES IST DER WEG DES ENDERS."

„SIE WÄREN SEHR UNGLÜCKLICH, WENN MIR ETWAS GESCHIEHT."

„WIR WÜRDEN IHRE TRAUER TEILEN."

„NICHT SEHR LANGE."

„WIE MEINT IHR DAS?"

„SIE WERDEN EUCH TÖTEN, WENN MIR ETWAS GESCHIEHT."

„WIR KÖNNEN NICHT STERBEN."

„Seid euch da nicht so sicher."

Ana und Nietzsche hatten zwar nur den letzten Satz verstanden, aber das schien ihnen zu genügen.

„WIR ÖFFNEN JETZT DEN WEG FÜR EUCH."

Der Geist der Lichtwesen verschmolz zu einer Einheit. Ich fühlte ihre Gedanken. Ich war bei ihnen.

Langsam schritt ich auf den Kreis zu und erreichte seinen Rand. Er begann, matt zu glimmen.

„DIES IST DIE MAUER DES TODES. NUR DER ERLEUCHTETE STIRBT NICHT, WENN ER IN DEN KREIS TRITT. GEHT ZUM DREIECK, WENN IHR DEN WALL ÜBERSCHRITTEN HABT. BERÜHRT SEINE SPITZEN MIT DEM LICHTBRINGER. WAS WEITER GESCHIEHT, WISSEN WIR NICHT."

„LASST UNS FORTFAHREN."

„HERRLICHE, SPÜRE DEN HAUCH DES LEBENS. DER ERWÄHLTE NAHT. ERWACHE AUS DER NACHT DES TODES. SEI WIEDER IM LICHT."

Ich schaute auf den glimmenden Kreis und dachte an die Mauer des Todes. Schließlich wagte ich den Schritt. Von außen drang nichts mehr in den Kreis. Alles lag hinter einer flimmernden Wand. Jeglicher Kontakt war abgerissen. Vor mir sah ich das Dreieck. Und ich sah die Drei in flammenden Rot an den Spitzen leuchten: Wolf, Schlange, Drachen.

Ich wusste, was zu tun war. Die Magnum in meiner Hand leuchtete. Ich berührte den Wolf mit der Waffe.

„HEIL DIR, THULE. ICH RUFE DEN WOLF."

Der Kopf leuchtete auf. An der Spitze des Dreiecks und an meinem Handgelenk.

Dann ging ich zum Drachen.

„HEIL DIR, AVALON. ICH RUFE DEN DRACHEN."

Rot flammte das Symbol auf. Der Drache leuchtete im Dreieck und an meinem Gelenk.

Schließlich ging ich zur Schlange.

„HEIL DIR, ATLANTIS. ICH RUFE DIE SCHLANGE."

Lichtstrahlen schossen aus den Spitzen des Dreiecks. Pulsierende rote Linien trafen sich an einem Punkt über meinem Kopf. Das Dreieck wuchs über drei Dimensionen. Ich stand mitten in einer Pyramide aus Licht. An ihren Wänden sah ich Wolf, Drache und Schlange.

Eine äonenalte Musik erklang. Sie schien aus dem Herzen des Alls zu kommen. Sie war von unendlicher Majestät.

In der Mitte des Kreises erschien eine Öffnung. Ich ging Treppen hinab in die Schwärze. Die Musik war überall. Sie erfüllte mich. Und ich wusste, ich war ein Teil von mir.

Ich hielt die Magnum hoch über meinem Kopf. Sie strahlte heller und heller, als wollte sie zur Sonne zu werden. Ihr Licht holte die Kammer aus der ewigen Nacht.

Vor mir sah ich einen gewaltigen Stein. Er wirkte erloschen. Der Stein hing über einem riesigen goldenen Altar. Ich ging darauf zu. Das Licht aus meinen Händen warf seltsame Muster in der Kammer. Es flirrte und flimmerte auf den Wänden, als würden sich verspielte Lichtwesen vergnügen. Der Altar funkelte und blinkte. Auf dem roten Stein spiegelte sich matt das Licht.

Weiter ging ich auf den Altar zu. Auf dem Boden erschienen leuchtende Linien. Schritt für Schritt folgte ich dem Muster. Kreis auf Kreis wuchs auf dem Boden. Ich ging von einem zum anderen, auf dem einem Pfad der möglich war. Dazu musste ich sie durchwandern, Kreis auf Kreis. Ihr Umfang wurde immer geringer, und in der Mitte lag funkelnd der Altar mit dem roten Stein.

Jeder meiner Schritte hinterließ ein silbrig schimmerndes Symbol auf dem Boden. Unter meinen Füßen entstand ein uralter Text.

Ich schrieb ihn, während ich das Labyrinth durchquerte auf dem Weg zum Herz der Herrlichen.

Als ich den Altar erreichte, streckte ich ihm den Lichtbringer mit beiden Händen entgegen. Langsam schritt ich auf den Altar zu.

Ich legte den Lichtbringer auf eine goldene Schale. Von dort stieg er auf. Höher und höher, bis er den roten Stein erreichte. Er hatte sich endgültig in eine Sonne verwandelt. Dann verschmolz der Lichtbringer mit dem Stein.

Ich sah, wie ein leises Feuer durch ihn lief. Rote Flammen zuckten in ihm auf. Er begann zu glimmen wie ein müder Funke. Die Lichter durchzuckten ihn. Auf seiner Oberfläche tanzten rote Nebel aus Licht. Schließlich leuchtete er wie ein gewaltiger Stern aus reinem Blut.

Dann hörte ich ein Geräusch. Erst leise, dann immer mächtiger. Es war, als hätte ein gewaltiges Herz begonnen zu schlagen.

Neben dem Altar schossen drei Säulen aus Licht aus dem Boden: Blau, Grün, Weiß. Gestalten erschienen in den Strudeln. Schließlich verschwanden die Säulen. Die drei Wesen trugen Überhänge mit Kapuzen in den Farben ihrer Lichtsäule. Sie verbeugten sich in meine Richtung.

„IHR HABT WOHLGETAN, ENDER. DIE HERRLICHE WIRD SICH ERHEBEN."

Ihre Gedanken waren von überirdischer Harmonie. Ich wusste, wer sie waren und hob die Hände zum Gruß. Wolf, Schlange und Drachen an meinem Handgelenk leuchteten in den Farben der drei Lichtwirbel. In der Mitte des Dreiecks war ein flammend roter Punkt erschienen.

„HEIL EUCH, SCHLÄFER IM HERZ DER EINEN."

„DU HAST DAS WISSEN DES ERWÄHLTEN. HEIL DIR, ENDER DER ZEITEN."

„ES WIRD EINE SCHLACHT GEBEN."

„DIE HIMMEL WERDEN WEINEN UND DIE STERNE UM DIE VIELEN SEELEN TRAUERN."

„SO WIRD ES GESCHEHEN. UND DIE TOTEN WERDEN SICH ERHEBEN, WENN SICH DIE TOTE ERHEBT. FEUER WIRD VON DEN HIMMELN REGNEN, UND DIE WELT WIRD VERGEHEN. UND ES WIRD GUT SEIN." Da hatte ich diese überirdische Harmonie schon ziemlich satt.

„DU BIST EIN HARTER MANN, ENDER."

„NICHT HART, ERWÄHLT."

„WIR WERDEN JETZT DIE EINE INS LICHT BRINGEN."

„IHR BRAUCHT MICH DAZU NICHT. EINE ENDSCHLACHT WARTET. WIEVIEL ZEIT BLEIBT?" wollte ich wissen.

„GENUG."

Ich streckte die Hand in Richtung des Herzens aus. Langsam löste sich eine goldleuchtende Scheibe aus ihm. Der Lichtbringer kehrte in meine Hand zurück. Die Wesen verneigten sich vor mir.

„EINEN GUTEN WEG, ERWÄHLTER."

Ich grüßte sie mit der freien Hand und drehte mich um. Die Schrift auf dem Boden war ebenso verschwunden wie die Linien des Labyrinths. Ich ging geradewegs auf die Treppe zu und stieg ihre Stufen empor. Die Öffnung schwang auf. Ich schaute zurück und sah die drei Wesen in einer Aura aus Licht. Über ihnen pulsierte der rote Stern. Ein Gedanke durchströmte mich.

„STERNENBRÜDER, WIR KEHREN ZURÜCK INS LICHT."

Es war, als hörte ich unter dem Grund des Ozeans Antworten voller Hoffnung. Dann stand ich wieder in der Pyramide. Die Öffnung im Boden schloss sich.

Aber irgendetwas stimmte hier ganz entschieden nicht. Die undurchsichtigen Wände der Pyramide flatterten so unruhig, wie Raumschiffschutzschirme unter Volltreffern.

Ich hoffte, dass Nietzsche und Ana nicht gerade dabei waren, die Lichtwesen umzulegen. Das gab bestimmt Minuspunkte bei den Sternenbrüdern. Die Pyramide wurde langsam durchsichtig. Ich sah Explosionen, in denen widerwärtige Kreaturen vergingen. Blinde weiße Würmer, mit trichterförmigen Mäulern, schleimige gelbe Wesen, die mit mächtigen Tentakeln um sich peitschten, Tiermenschen mit den Oberkörpern von Schweinen mit riesigen Hauern hoben brüllend ihre Keulen.

Da draußen war wirklich ein Kampf in Gang. Aber die Front verlief anders, als ich befürchtet hatte. Nietzsche und Ana kämpften gemeinsam mit den Lichtwesen gegen die Horde aus den Abstellkammern der Hölle.

Aus den Gewändern der Lichtwesen schossen verheerende Strahlen, wenn sie ihre Hände hoben. Ana schlug mit ihren Schwertern eine tödliche Gasse in die Angreifer. Und der gute alte Nietzsche schoss sie einfach zusammen.

Tentakel wurden zu einer schleimigen Masse gebraten, die Würmer zerschmolzen und die Tiermenschen verloren die hässlichen Köpfe. Aber sie gaben nicht auf. Welle auf Welle brandete die Horde gegen ihre Feinde an. Sie waren überall. Es schien, als kämen sie aus den Wänden. Und sie hatten Erfolge. Ich spürte den düsteren Hauch schwarzer Magie.

Die Lichtwesen schienen schwächer zu werden. Ihre Strahlen wurden weniger verheerend. Schließlich verschwand eines der Lichtwesen im Maul eines Wurms. Andere wurden von Tentakeln gepresst, aus denen weißes Licht schoss, bis die Kutten als leere Hüllen zu Boden fielen. Ich hörte Schreie unendlicher Qual.

Dann sah ich die Tore, aus denen die Brut stürmte. Die Pyramide flackerte und erlosch. Ich hob den Lichtbringer und drückte ab. Bahnen aus Licht schlugen ein. Die Tore explodierten. Eins nach dem andern. Die Strahlen erfassten die dämonische Armee und versengte sie. Sie entflammten wie Streichholzköpfe und verbrannten zu Asche. Dabei gab es nicht einmal Rauch.

Ana lief auf mich zu, zertrat Aschehäufchen zu wirbelnden schwarzen Flöckchen und fiel mir schließlich um den Hals. Allerdings behielt sie dabei ihre Schwerter in der Hand. Bei ihr war einfach nie so klar, ob gleich ein Herz oder ein Kopf verloren ging. Damit ließ es sich ebenso gut leben wie sterben. Diesmal hatte ich Glück.

Sie gab mir einen sehr langen Kuss, der mich wirklich umhaute. Ich vergaß so ziemlich alles, was ich in letzter Zeit erlebt hatte. Leider hörte sie nach ungefähr eintausend Jahren auf und sah mich an. Ihre Augen schimmerten blau und grün.

„Gut, dass du wieder da bist. Hattest du Ärger?"

Entweder war sie sehr besorgt um mich, oder vollkommen verrückt. Nicht ich hatte um mein Leben gegen eine Horde kämpfen müssen, die aussah, als hätte Luzifer sie wegen Hässlichkeit ausgemustert.

„Ich nicht, aber bei euch schien ja einiges los zu sein."

„Ach das", sagte Ana. „Das war nur eine Kleinigkeit."

„Wann haben sie angegriffen?"

„Kurz, nachdem du weg warst. Und wie war es bei dir? Ich nehme an, du hattest Erfolg."

„Ja. Das Herz der Einen schlägt wieder. Es leuchtet wie ein Stern aus Blut."

„HEIL EUCH, ENDER. DIE HERRLICHE WIRD IHR GRAB VERLASSEN."

„WER WAREN DIE ANGREIFER?" fragte ich die Lichtwesen.

„WESEN AUS DEN SCHATTEN. SIE SOLLTEN NICHT HIER SEIN."

„SIE SOLLTEN NICHT HIER SEIN. UND UNSTERBLICHE SOLLTEN NICHT STERBEN. WIE ES SCHEINT, GELTEN NEUE REGELN", bemerkte ich.

„BRÜDER SIND VON UNS GEGANGEN. DIES IST NICHT GESCHEHEN, SEIT WIR SIND."

„HEUTZUTAGE IST DIE GANGART EBEN ÜBERALL HÄRTER."

„IHR SEID EIN HARTER MANN, ENDER."

Genau das hatte ich vor kurzem schon einmal gehört.

„Du siehst, auch Lichtwesen kann man das Licht ausblasen", freute sich Nietzsche. „Ich habe dir doch gesagt, dass man alles umbringen kann."

„Ihr hättet auch sterben können."

„Niemand lebt ewig, nicht einmal Götter."

In seinen Augen sah ich nur kurz einen seltsamen Schimmer, als wäre ein Schatten der Trauer auf ihn gefallen. Dann war er wieder guter Laune.

„Was hast du erfahren?"

„Es geht los", erklärte ich. „Atlantis wird sich erheben."

„Die Schlacht beginnt."

„Ja. Aber wer waren die Angreifer? Die Kapuzenmänner wissen nicht, wie sie den Weg hierher fanden", sagte ich.

„Es muss etwas ganz grundsätzlich schief gelaufen sein", bemerkte Nietzsche.

„Du sagst es. Aber was?"

„Erst sah es so aus, als wären sie zufällig hier hereingestolpert. Aber dann sah ich das weiße Licht."

„Ich habe Magie gespürt. Sie strömten durch Tore", ergänzte ich.

„Lichtdome?"

„Schwer zu sagen. Eigentlich sahen sie nicht so aus. Gibt es noch andere böse Jungs."

„Wir wissen nicht, was geschieht, wenn sich die Eine erhebt“, schaltete sich Ana ein. „Es lauern überall Kreaturen in den Abgründen.“

„Die Kapuzenmänner nannten sie Wesen aus den Schatten“, erzählte ich ihr.

„Sie werden wohl Recht haben.“

„Offenbar können sie diese Geschöpfe nicht mehr zurückhalten.“

„Ja“, sagte Ana. „Offenbar nicht. Dieser Angriff war aber noch nicht wirklich gefährlich.“

Ich schaute meine Fee an und musste dabei wohl ziemlich fassungslos ausgesehen haben.

„Das waren noch nicht die dicken Brocken, mein Wolff“, lächelte sie mich an. „Der Tanz hat erst begonnen.“

„WIR HABEN DIE PFADE AUS DEN SCHATTEN GESEHEN. UNSERE WELTEN SIND NICHT MEHR VONEINANDER GETRENNT. DIE GRENZEN KÖNNEN ÜBERSCHRITTEN WERDEN“, formten sich wieder Worte in meinem Geist.

„ICH HABE MAGIE GESPÜRT.“

„SIE WAR SEHR ALT UND SEHR MÄCHTIG. DIESER ANGRIFF ÜBERRASCHTE UNS. DIE ARMEE AUS DEN SCHATTEN WÄRE WIE EIN HAUCH VERGANGEN.“

„WAS WERDET IHR TUN?“ wollte ich wissen.

„WIR WERDEN DIE GRENZEN HALTEN. EINIGE VON UNS WERDEN IN DIE SCHATTEN GEHEN. WIR MÜSSEN WISSEN, WAS UNS DROHT.“

Scouts im Nichts, dachte ich. Wer auch immer von ihnen ging, sie waren mutig.

In diesem Augenblick bebte die Erde.

„WISST IHR, WAS GESCHEHEN IST?“ fragte ich.

„Entweder haben wir jetzt ein Erdbeben mehr“, meldete sich Nietzsche ungefragt. „Oder ein U-Boot weniger. Du weißt, die Selbstzerstörung.“

„WIR ZEIGEN ES EUCH.“

Die Lichtwesen hoben ihre Hände. Eine 3D-Projektion erschien in der Mitte des Raumes. Wir sahen den Strand, an dem unser U-Boot gelegen hatte. Er hatte ein paar ganz neue Löcher. Dafür waren einige Felsen spurlos abhanden gekommen.

Ich sah abgerissene Fangarme, verloren gegangene Köpfe mit gewaltigen Hauern und eine Menge Kadaver. Das klärte jedenfalls, wer an dem Boot herumgespielt hatte. Und das zeigte mir, dass auch an der inneren Pforte die Grenzen durchlässig waren. Bevor die Projektion zusammenbrach, glaubte ich noch, die vier gigantischen Wächter der inneren Pforte zu sehen. Sie kämpften gegen etwas, das aussah wie ein riesiger schwarzer Krake.

„WIE KOMMEN WIR JETZT HIER RAUS?"

„WIR WERDEN EUCH IN EURE WELT SCHICKEN. LEBT WOHL, ENDER."

Die Lichtwesen senkten ihre Köpfe. Drei blaue Lichtblasen schwebten durch den Raum und hüllten uns ein. Die Luft begann zu flimmern und die Halle verblasste. Dann hatte ich das Gefühl, als würde mein Körper in seine Bestandteile zerlegt.

DER GOTTKÖNIG

Als ich die Augen wieder öffnete, lag ich auf einem schwarzen Strand. Geschwärzte Ruinen wuchsen aus dem blutgetränkten Sand. Zerstückelte Leichen lagen verstreut wie angespültes Strandgut. Sie waren von Stichwaffen durchbohrt, von Laserstrahlen versengt oder von Klauen und scharfen Zähnen zerrissen. Ihre zerstörten Waffen bedeckten den Strand.

Drachen und Schlangenbanner lagen zerbrochen und versengt im Sand. An einer Baumreihe sah ich weiße Gestalten an Stricken schaukeln, aufgehängte Druiden. An den Stämmen waren die Leichen von Männern in Rüstung mit gewaltigen Speeren festgenagelt. Köpfe steckten auf Spießen. Die grünblauen Augen der Frauen waren gebrochen. Rabenschwärme ließen sich auf den Leichen nieder. Aus der Brandung winkten die Toten mir einen Gruß zu, wenn sie sich mit den Wellen drehten.

Dem einsamen Spaziergänger schien das zu gefallen. Er blieb immer wieder stehen, um sich das makabre Ballett anzusehen. In einigem Abstand trottete ein großer Wolf hinter ihm her. Ich kannte den Strand. Ich war auf Avalon, und ich wusste auch, wer da auf mich zukam. Schließlich war der Mann in der schwarzen Uniform bei mir.

„Hallo, Ender“, begrüßte mich Heydrich. „Endlich sehen wir uns. Du warst in sehr schlechter Gesellschaft, als wir uns das letzte Mal trafen.“

„Ich habe eher das Gefühl, dass das jetzt der Fall ist. Was habt ihr mit Avalon gemacht?“

„Töten, foltern, alles vernichten. Was die Mächte der Finsternis eben so tun“, winkte Heydrich ab. „Übrigens ist das hier nicht Avalon. Schau.“

Er gab mir eine Art Fernglas und zeigte in eine Richtung. Ich hob das Glas an meine Augen und sah die Statue eines roten Drachen an einem Hafen. Männer in schwarzen Uniformen patrouillierten durch die Straßen. Auf dem Palast flatterten Fahnen mit Hakenkreuzen.

„Wir haben Atlantis und herrschen in allen drei Welten.“

„Ich kann mich an keine Endschlacht erinnern.“

„Wir dachten an ein Arrangement mit dir.“

„Wie soll das aussehen?“

„Ich zeige es dir.“

Heydrich pfiff und der Wolf trottete heran. Dann schoss auch noch ein Gleiter auf uns zu. Er wirbelte die Leichen in der Brandung grotesk durcheinander.

„Richtig so. Man muss das Pack immer schön in Bewegung halten“, lachte Heydrich.

Schließlich erreichte uns der Gleiter.

„Steig ein“, sagte Heydrich. „Ich muss dir etwas zeigen.“

Ich hoffte, dass er damit nicht die Köpfe von Nietzsche und Ana meinte. Oder etwas Schlimmeres, das er mit ihnen angestellt hatte. Auf jeden Fall war es schlauer zu verschweigen, dass ich sie vermisste. Dann suchte er sie vielleicht auch nicht. Das setzte natürlich voraus, dass sie überhaupt hier waren, wo immer das auch war. Die Lichtwesen hatten offensichtlich Mist gebaut. Das hoffte ich jedenfalls. Denn, wenn sie mich mit Absicht auf Heydrichs Leichenfelder befördert hätten, würden sie in meinem Ansehen doch sehr sinken.

„Wohin geht es denn?“

„Zum Palast.“

„Ich gehe lieber zu Fuß.“

„Das würde ich nicht empfehlen. Es ist sehr unbequem. Außerdem ist es hier nicht sicher. Die Mächte der Finsternis können ausgesprochen unangenehm sein. Nicht alle haben so angenehme Umgangsformen wie ich."

Ich entschloss mich, dass ich für heute schon genug zu Fuß gegangen war und kletterte auf den Sitz. Der Fahrer gab Gas und wir donnerten über den Strand. Neben uns sah ich den grauen Wolf, den ein Mann in schwarzer Uniform im mörderischen Tempo ritt. Heydrich trieb sein Tier lautlos an, unter den Pfoten des Wolfs spritzte der Sand auf. Leichen wurden durch seinen Tritt achtlos beiseite geworfen.

Der Mann im Gleiter ließ die Motoren noch stärker aufheulen. Der Wolf ließ sich nicht abschütteln. Mit hoher Geschwindigkeit rasten wir auf die Stadtgrenze zu. Gebäude ragten vor uns auf. Der Gleiter wurde langsamer. Heydrich preschte im Galopp weiter und hielt auf den Palast zu. Als der Gleiter die Stufen des Palastes erreichte, wartete Heydrich schon.

Wachen in schwarzen Uniformen standen an den Türen. Heydrich führte mich auf Wegen, die ich schon kannte, in den Thronsaal. Hier war ich meinem Doppelgänger begegnet. Aber jetzt war der Thron leer.

„Weißt du, warum keiner darauf sitzt?" deutete Heydrich auf den leeren Sitz.

„Weil gute Leute heutzutage schwer zu bekommen sind?" riet ich.

„Der Thron wartet auf dich."

„Ist das das Arrangement?"

„Ja, das ist es."

„Meine Güte, die Mächte der Finsternis sind ja personell nicht besonders gut ausgestattet."

„Das gilt auch für die Mächte des Lichts. Aber sie wollen keinen wahren König. Nur dir gehört der Thron. Und wir geben ihn dir."

„Und wenn ich ihn nicht will?"

„Du kennst die Prophezeiung: Ihr werdet wieder auf der Erde wandeln, und das Reich wird wieder sein, wenn der Wolf aus dem Süden kommt und euch mit seinem Licht berührt. Er wird das Zeichen der Drei tragen, und die Dreimal-Glücklichen-Inseln werden auf den Meeren schwimmen auf seinen Wunsch. Er ist der Herrscher am Ende der Zeit."

„Aber hütet euch vor dem falschen König", ergänzte ich.

„So ist es. Sieh auf deine Handgelenke."

Ich tat es und entdeckte auf dem einen die vertrauten Symbole Wolf, Schlange und Drachen. Auf dem anderen war etwas gänzlich Neues erschienen. Ein Dolch schimmerte auf ihm. Sein Griff war ein Totenkopf. Aus dessen Augenhöhlen und der Mitte der Stirn leuchtete rotes Licht in Form einer Zahl. Zusammen ergab das 666, die Zahl des Tiers. „Sympathy for the Devil". Ich erinnerte mich, dass mein Doppelgänger beide Gelenke berührt hatte.

„Du bist der falsche König", sagte Heydrich. „Wir werden dir die Macht geben, die dir gebührt. Sieh her."

Auf seinen Wink erschien eine Projektion. In der Ferne erhob sich eine gewaltige schwarze Kuppel. Dann veränderte sich das Bild, wir waren in ihrem Innern. Lichtdome standen in dem gigantischen Saal. Trupps in schwarzer Uniform oder Zivil marschierten auf sie zu und verschwanden.

Nicht in allen Kolonnen waren Menschen. Ich entdeckte Todesflieger, Kreaturen mit Tentakeln und andere Abnormitäten, die ich schon hinlänglich kannte. Ich sah auch mir völlig unbekannte Kreaturen zwischen den Lichtsäulen verschwinden.

„Das sind Geschöpfe einer anderen Galaxis", sagte Heydrich. „Unsere Verbündeten. Wir marschieren überall ein. Es ist deine Armee, die mehr erobert als die drei Welten."

Gleiter schossen durch die Lichtsäulen, kleinere Fahrzeuge fuhren auf sie zu. Andere Maschinen waren gigantisch. Waffen starrende Systeme, die den Tod in eine andere Welt brachten.

Eine endlose Schlange wälzte sich auf die Lichtdome zu. Wer konnte dieser Armee widerstehen? Dann sah ich auch Undinen und Lichtwesen in den Kolonnen.

„Bei euch machen ja auch die guten Jungs mit."

„Wir konnten ihnen etwas geben, wonach sie schon lange gesucht haben. Eine Möglichkeit, nach Hause zu kommen."

Die Bild wechselte. Ich sah, wie fremdartige Planeten überrannt und geplündert wurden. Welten explodierten oder wurden versklavt. Sterne verloschen. Ein Leichentuch bedeckte das Universum. Das Grauen wuchs wie ein schwarzes Geschwür von Atlantis aus in alle Welten.

Und das Zentrum der Macht war der Palast, der wie eine Spinne lauerte und zuschlug. Mit einer Handbewegung wurden Welten aus dem Universum getilgt, Völker ausgelöscht. Wer noch lebte, arbeitete wie ein Sklave für die Insel. Atlantis mästete sich am Blut der Völker und wurde immer mächtiger.

Auf seinem Thron saß der Eine. Der Gottkönig entschied, wie es ihm beliebte. Ein Tyrann, der durch nichts gestoppt werden konnte. In seinem Thronsaal stand ein Tisch mit zwölf Sitzen. Hier trafen sich der Tyrann und seine schwarzen Paladine, die für ihn über die Welten herrschten. Grausam, unberechenbar, die Bluthunde des Gottkönigs.

Das Herrenvolk von Atlantis breitete sich wie die schwarze Pest über die Welten. Effizient und tödlich. Sein kämpfender Mönchsorden in den Uniformen mit den Totenköpfen war effizient und gnadenlos. Nichts konnte ihm widerstehen. Der Hohepriester des Ordens war die rechte Hand des Gottkönigs. Sie bereiteten die Welten für das Kommen der Übermenschen, geboren aus dem Blut der Opfer, Herrscher des Universums.

Dann würden die Götter untergehen und das neue kühne Geschlecht würde die Macht an sich reißen. Furchtlos und grausam. Jenseits von Gut und Böse, nur sich selbst verpflichtet. Die alten Gegensätze würden verschwinden, es wäre die Hochzeit von Finsternis und Licht in einem blutigen Brautbett.

Die Welten zitterten vor der Wiederkehr der Titanen und erschauerten, wenn die Gottmenschen die Götter in den Abgrund stürzten. Uralte Wesen wurden aus den Tiefen gespült, um in noch größeren Tiefen zu verschwinden.

Die neue Welt war rein, blankgescheuert mit blutigen Besen. Und über allem wehten die Zeichen der Macht. Der Drachen, die Schlange, der Wolf, vereint durch den Dolch mit der Dreimal-blutigen-Sechs.

„Sieh die Zeichen", sagte Heydrich. „Du bist der Gottkönig. Es ist an dir, auf den Thron zu steigen."

Ich spürte einen düsteren Sog. Ich schloss die Augen und fühlte die Macht. Und ich sah mich in einem roten Mantel mit Gold. Ich trug die Krone der Welten. Und ich wusste, dass ich nicht widerstehen würde. Dann verblasste die Projektion.

„Beeindruckend", sagte ich.

„Ja, nicht wahr", bemerkte Heydrich und lächelte. „Es lohnt sich, unser Angebot anzunehmen. Zumal ich auch schon eine Königin für dich hätte."

Eine Frau betrat den Thronsaal. Ihre atemberaubend langen Beine steckten in schwarzen Stiefeln. Flatternder Stoff deckte knapp die Wölbung ihrer Oberschenkel. Schwarzes Haar fiel weit über ihre Schultern. An ihrem Hals schaukelte ein blitzendes Amulett, silberne Ringe funkelten matt an allen Fingern. Ein schwarzer Umhang lag auf ihren Schultern. Wiegend ging sie auf mich zu und bot mir eine Hand zum Kuss. Ich blieb stehen und sah sie mir genau an.

Sie hatte pechschwarze Augenbrauen und ihre Augen waren dunkle Seen. Sie hatte bleiche Haut. Ihr voller Mund war rot wie ein Strom aus Blut. Ich sah makellose weiße Zähne, die etwas spitz zuliefen.

Ich versank in ihren Augen und lächelte Tod, meine Königin war gekommen. Ein Rabe breitete seine schwarzen Schwingen aus und flog durch den Saal. Am Thron sah ich eine Waffe hängen. Langsam zog ich das schimmernde Schwert aus der Scheide, hob die Klinge an ihre Lippen. Es war das Schwert, dass mein Doppelgänger in Atlantis getragen hatte.

„Da bist du. Wir haben zu tun, meine Schöne."

Ihre Finger schlangen sich um die Waffe, der silberne Schmuck spielte eine metallische Melodie auf dem tödlichen Stahl.

„Ich weiß", sagte sie so fest, als ob sie nie gestorben wäre.

Ich liebte sie – wie immer.

„Ich weiß", sagte sie. „Ich weiß."

Und stürzte in mich. Und wir waren wieder. Wir würden die Welt beherrschen, wie schon einmal.

Jäh hüllte mich blaues Licht ein. Ich wurde fortgezogen. Alles verschwand. Bevor ich ging, hörte ich die wütenden Schreie meiner schwarzen Königin und Heydrichs Versprechen: „Bald!"

DER DSCHUNGEL

Ich landete weich. Als mein Kokon auf blauem Licht sich auflöste, lag ich an einem Strand. Ein Stück entfernt saß Nietzsche im Schneidersitz. Er sah fast so aus, als würde er meditieren. Aber ich wusste, dass es nicht so war. Er wartete mit der Geduld des Jägers. In seinem Schoß lag etwas Großkalibriges.

Ana machte ein paar gymnastische Übungen. Ihre Schwerter pfiffen durch die Luft. Sie sprang hoch und ließ die Klingen wirbeln. Wo sie sich trafen, markierten sie die Schnittstelle, die den Tod vom Leben trennt. Ich hatte das alles schon einmal gesehen, als sie Köpfe abschlug.

Nietzsche erhob sich, als er mich entdeckte. Mit lautlosen Schritten macht er sich auf den Weg. Seine Waffe hielt er mit der Mündung nach vorn.

Ana ging langsam von der anderen Seite auf mich zu. Leicht lagen die Schwerter in ihrer Hand. Die Klingenspitzen zeigten nach unten. Das konnte sie sehr schnell ändern. Dann zeigten die Klingen den direkten Weg ins Jenseits. Schließlich waren Ana und Nietzsche bei mir und musterten mich.

„Du kommst spät", sagte Nietzsche.

„Ich hatte noch etwas zu erledigen. Wo sind wir?"

„Wo warst du?" wollte Ana wissen.

„Ich habe Heydrich gesehen. Er war sehr zuversichtlich, dass seine Seite gewinnt."

„Weißt du", lächelte mich Ana an. „Vielleicht hat er gar nicht so Unrecht."

„Ich wurde von ihm weggerissen. Das blaue Licht holte mich aus seiner Welt."

„Das wissen wir", sagte Nietzsche. „Wir haben dich geholt."

„Ich dachte, das könnten nur die Lichtwesen."

Nietzsche musterte mich erstaunt unter seiner hochgezogenen Augenbraue.

„Ja und nein. Als du losgeschickt wurdest, merkten sie sofort, dass etwas schief ging. Wir gingen dann erst einmal nicht auf die Reise. Die Unsterblichen fanden dich schließlich bei Heydrich und holten dich. Dann brachten sie uns alle hierher. Das ist das ursprüngliche Ziel unseres gemeinsamen Ausflugs."

„Wir hätten dich übrigens auch bei Heydrich vermutet", mischte sich Ana ein.

„Wieso?" Jetzt war ich neugierig.

„Du hast den Lichtbringer abgefeuert, Dann findet dich Heydrich", sagte Ana. „Nietzsche hat den Ring des Bündnisses zwar geblendet, aber offenbar ist er nicht blind geworden. Wir hatten mit dieser Möglichkeit gerechnet."

„Warum habt ihr mich nicht gewarnt."

„Erstens waren wir nicht ganz sicher", sagte Nietzsche. „Und dann ging alles viel zu schnell. Du musstest die Tore schließen und das ging nur mit dem Lichtbringer. Aber eins ist neu und verdammt beunruhigend: Er findet dich nicht nur, er kann dich auch holen."

Das war wirklich keine gute Nachricht. Ich hatte die Waffe bisher kaum eingesetzt. Denn ich hatte die Worte meines Doppelgängers auf Atlantis nicht vergessen: „Trau nie dem Lichtbringer." Jetzt hatte ich noch einen sehr guten Grund zum Misstrauen mehr.

„Was hättet ihr mit mir gemacht, wenn ich euch belogen hätte?" Als ich das fragte, ahnte ich die Antwort schon.

„Du wärst tot", sagte Nietzsche sehr überzeugend. „Du weißt, die Prophezeiung mit dem falschen König. Wir können uns keinen Fehler leisten."

„Woran erkennt ihr ihn?"

„Es heißt, dass ein Dolch sein Zeichen ist und die Drei mit der dreimalblutigen Zahl verbindet." Ana wirkte abwesend, als sie sprach. Als müsste sie in einen Kontinent versunkener Worte tauchen. „Und es heißt, dass eine schwarze Königin an seine Seite treten wird. Aus ihren Küssen und aus ihrem Lächeln wächst der Tod, und der Rabe wird fliegen bis ans Ende der Zeiten. Die Welten werden Blut weinen, rot wie der Mantel des falschen Königs, bis alle Tränen versiegen. Und der Umhang seiner Königin wird das Leichentuch sein, das die Welten deckt. Wenn sie wieder zusammenfinden, sind wir verloren."

„Waren sie schon einmal zusammen?"

„Ja, Wolff", sagte Ana. „Aber es waren nicht diese Welten und andere Zeiten."

„Was bedeutet das?"

„Sie meint die Augen der Fee", sagte Nietzsche. „Das grüne und das blaue Gestirn, jenseits des Abgrunds, unsichtbar für diese Welten. Dereinst vollkommen. Von dort flohen die Undinen, als die Augen der Fee sich verschleierten. Und mit ihnen kam, was der Gottkönig noch nicht getötet hatte. Eine Flotte von Göttern und Sterblichen durchquerte den Abgrund. Auf der Suche nach einer Zuflucht. Und so kamen sie in diese Welten. Götter und Menschen waren vereint. Sie schufen die Dreimal-Glücklichen-Inseln: Atlantis, Thule und Avalon."

„Was geschah dann?"

„Sie lebten in Frieden und vollkommen", beantwortete Ana meine Frage. Ihre Augen leuchteten grün und blau. „Sie vergaßen den Gottkönig, und aus ihnen wuchs ein neues Geschlecht. Die Kinder der Götter und der Sterblichen. Über eine lange Zeit herrschten sie auf der Erde. Die Kinder des Lichts. Aber dann kam die Finsternis zu ihnen. Ein Gott hatte ihr den Weg geöffnet. Er war von Natur aus verschlagen und böse. Du kennst ihn als Heydrich, aber er hatte schon viele Namen. Einer war Luzifer."

„Warum trägt er die SS-Uniform?"

„Eine Frage des Stils. Er findet, dass nichts eleganter und böser aussieht. Außerdem hat er die Nazis erst groß gemacht. Er wollte Atlantis und die anderen Inseln vor der Zeit. Um Prophezeiungen schert er sich nicht immer. Deswegen marschierten die Armeen unter dem Hakenkreuz. Übrigens in der Form eine Idee von ihm."

„Wieso?"

„Es ist eigentlich ein Sonnensymbol", erklärte Nietzsche. „Aber bei den Nazis gegen den Sonnenlauf gerichtet. Als Sonnensymbol müsste Hakenkreuz Gold auf Silber oder Rot auf Weiß gestaltet sein. Es ist aber schwarz auf weißem Grund. Schwarz ist der Tod, weiß nicht nur Unschuld, sondern auch Unfruchtbarkeit. Das ist die schwarze Sonne, der dunkle Gottessohn im Chaos in der Alchemie. Sol Niger. Das ist so sein Humor. Er hat die Nazis am Arsch gehabt. Und er ließ sie für ihn suchen."

„Wonach?"

Nietzsche antwortete wieder.

„Sie glaubten an einen nordischen Mittelpunkt der Schöpfung. Für sie begann die menschliche Kultur mit dem untergegangenen Atlantis oder ihrer nordischen Entsprechung, der Insel Thule. Sie suchten ein untergegangenes Geschlecht von Über- und Gottmenschen. Die Ahnherren der späteren atlantischen Menschen, der arischen Rasse. Sie hatten magische Kräfte, standen mit dem Kosmos in Verbindung. Dieses Geschlecht konnte Gestirne aufhalten und den Lauf der Natur lenken. Sie waren die Herren des goldenen Zeitalters. Die Nazis suchten die magischen Kraftquellen, um in Deutschland eine neue Rasse nordisch-arischer Atlanter entstehen zu lassen."

„Was wollte er damit anfangen?"

„Für ihn war es ein Experiment. Wenn sie etwas fanden, war es gut. Wenn nicht, machte das auch nicht viel. Auf jeden Fall wurden die Welten so empfänglicher für sein Vorhaben. Die Nazis öffneten Tore für ihn in die Finsternis. Ein kleiner Vorgeschmack auf sein Reich."

„Viel Erfolg haben sie nicht gehabt, gewonnen haben andere."

„Du hast Recht und nicht Recht", entgegnete mir Nietzsche. Die Nazis haben verloren, aber nicht er. Sie hatten ein Reich geschaffen, dessen dunkle Energien die Abgründe zwischen den Welten überwanden. Grenzen fielen, alles war durchlässig und Wesen aus einer anderen Welt kamen. Geschöpfe erwachten in nie geahnten Tiefen. Grausam und ungeheuer böse. Und er wurde ihr Meister. Die Nazis suchten die Übermenschen und besorgten ihm seine Monster. Auch das entspricht seinem Verständnis von einem guten Witz."

„Und er hat sie noch heute bei sich", übernahm Ana. „Die Wölfe sind seine barbarischen Gefährten, wilde Bestien aus dem Abgrund. Die Todesflieger sind dämonische Kreaturen von einem schwarzen Planeten. Andere hast du auch schon gesehen. Und er wollte auch den Gottkönig und seine schwarze Königin bei sich haben. Dann wird der Rabe fliegen."

„Hat er sie bekommen?"

„Wir glauben, dass sie mit den Augen der Fee untergegangen sind. Zuletzt frisst das Nichts sich selbst. Er muss sich Neue suchen."

„Wie findet er die?"

„Er findet sie am Ende der Zeiten."

„Warum braucht er sie?"

„Er kommt an der Drei nicht vorbei. Sie ist alles: Körper, Seele und Geist, Geburt, Leben und Tod. Einmal oder zweimal ist Zufall, dreimal ist Macht. Er, der Gottkönig und die schwarze Königin, das ist seine Vorstellung von der Dreieinigkeit."

„Wir sind auch zu dritt."

„Kein Zufall", blieb Ana weiter am Ball. „Wenn alles klappt, sind wir doch auch eine hübsche Dreieinigkeit."

Sie strahlte mich an. Die Schwerter hatte sie immer noch in den Händen. Nietzsches Gesicht blieb vollkommen ausdruckslos. Sehr ausdrucksvoll wirkte dagegen die Mündung der Waffe, die er nur knapp unter die Höhe meiner lebenswichtigsten Organe gesenkt hatte.

„Ihr hättet mich getötet. Feine Dreieinigkeit."

„Das musst du nicht so persönlich sehen", flötete mein Engel.

„Für jeden ist irgendwann mal die Stunde gekommen", versuchte sich Nietzsche mit einer tröstlichen Bemerkung.

„Warum zielst du eigentlich noch auf mich?"

„Reine Angewohnheit", sagte Nietzsche und drückte ab.

Ich schloss die Augen und war tot. Ich hörte das Donnern einer Explosion und das Zischen von Laserstrahlen. Nietzsche schoss Salut für meine arme Seele.

In sehr kurzer Zeit würde ich mein Appartement in der Ewigkeit beziehen. Ich sollte nicht Recht behalten. Das Ding war anscheinend schon an einen anderen vermietet.

Jemand sprang mich an und riss mich um. Dann spürte ich wunderbare Lippen auf meinem Mund. Kein Zweifel, ich wurde gerade geküsst. Als ich die Augen nach einer ganzen Weile aufschlug, fiel mir eine blonde Woge ins Gesicht. Entweder waren die Engel hier gut drauf, oder ich war noch unter den Lebenden. Der Engel hob sein Gesicht und entpuppte sich als Ana.

„Hallo, mein Wolff", flüsterte sie mir zu. „Wir haben etwas vergessen."

„Was?"

„Sex", antwortete sie.

„Und Nietzsche."

„Der geht gerade irgendwen umbringen."

„Ich dachte, dass ich derjenige sein sollte."

„Er hat nicht auf dich geschossen. Sieh hin."

Ungefähr 20 Meter hinter mir lag ein Wesen, das sehr groß und sehr böse aussah. Gefährliche Hauer wuchsen aus einem Riesenmaul mit scharfen Zähnen. Die acht Beine endeten in Pfoten mit scharfen Krallen.

Ein verfilzter brauner Pelz wuchs auf dem Ding.

„Was ist das?"

„Keine Ahnung, aber es war leise und sehr schnell. Es ist dort drüben aus dem Wald gekommen. Das Ding hat uns schon die ganze Zeit beobachtet."

„Ihr hättet mich warnen können."

„Vergiss es einfach. Lass uns endlich anfangen."

Wir rollten durch den Sand, bis sich unsere Kleidung unter unseren Küssen in Luft auflöste. Als wir in der Brandung waren, erschien ein Moment das Bild von Heydrichs winkenden Leichen. Dann versanken wir in einem Meer, das nur für uns da war. Sternenfeuer umhüllte uns, als ich in sie hinabstieß. Zwischen unseren Hüften mahlten wir die Zeit zu Staub und tauchten unter im Mahlstrom der Liebenden. Als wir wieder auftauchten, sah ich ihre grün-blauen Augen ganz nah. Eine Strähne fiel in ihr Gesicht. Sie bewegte die Lippen, und ich hörte, was ich verloren glaubte.

„Heil den Meergeborenen, Heil den Sternenkindern
Heil den Göttern und Feen
Heil dem Ender und der Göttin, die ihm bestimmt war
Sie werden den Fluch brechen
Sie werden die Herrliche erlösen
Die Augen der Fee werden wieder leuchten
Doch noch tanzt ein schwarzes Meer wild durch sie
Noch sehen sie nicht
Noch droht der Tod durch sie in allen Welten
Noch enden Menschen im Efeuhaar der Todesfee
Noch sterben Träume und Welten im Zweifel des Enders
Noch ist Atlantis nur ein Versprechen für Finsternis und Licht
Noch trägt sie den äonenalten Fluch auch in diese Welt
Noch ist er der Wolf auf dem grauen Weg zu Blut und Tod
Noch herrscht die Finsternis über das Licht
Doch es wird den Tag geben, wenn Sternenfeuer die Fee umarmt
Und der Wolff, erlöst durch sie, wird ihre Erlösung sehen
Und wir singen dies, weil alles schon längst geschah

Und wir singen dies, weil es nie sein wird
Heil den Meergeborenen, Heil den Sternenkindern
Heil den Göttern und Feen
Heil dem Ender und der Fee, die ihm bestimmt war“

„Wer bist du?“

Sie lächelte und legte mir einen Finger auf die Lippen. Dann küsste sie mich, und ich kehrte zurück in unser Meer und Sternenfeuer. Wir sanken auf den Grund und tiefer.

Als wir wieder auftauchten, war die Sonne untergegangen. Es war warm. Ich hörte Tiere in der Dunkelheit. Jedenfalls hoffte ich, dass es Tiere waren. Gelegentlich veränderten sich die Geräusche. Dann ertönten lang gezogene und verzweifelte Schreie, als würden die unsichtbaren Kreaturen nicht gern sterben. Ich wusste ziemlich genau, wer da gerade unterwegs war. Wir zogen uns langsam an.

Und dann war Nietzsche wieder da. Seine Waffe hatte er in einer Hand. Ihr Lauf lag auf der Schulter. Ein mittlerweile vertrautes Bild. Das erste Mal hatte ich ihn in meinem Hotel in der Bretagne so gesehen, nachdem ziemlich viele Leute gestorben waren.

Damals hatte ich noch geglaubt, dass ich jetzt schon Probleme habe. Das lag alles Lichtjahre und ziemliche Berge von Leichen zurück. Mittlerweile hatte ich mich an ganz andere Kaliber gewöhnt. Dazu hatte sicherlich auch beigetragen, dass eine ganze Reihe der Leichen zu mir bisher völlig unbekannten Lebensformen gehört hatte. Die meisten von ihnen waren unangenehm gewesen. Aber es hatte bis jetzt ganz gut geklappt unangenehme Lebensformen, in ihr jeweiliges Totenreich zu schaffen.

„Ich habe ihn gefunden“, erklärte Nietzsche.

Ich hörte nur noch mit halbem Ohr hin. Wenn Nietzsche ihn, wer das auch immer war, gefunden hatte, dann war er jetzt tot. Darum brauchte man sich nicht weiter kümmern, fand ich und wandte mich angenehmeren Dingen zu. Dazu gehörte unbedingt, dass ich mich sehr entspannt in den Sand legte und die Augen schloss. Ich hörte noch, wie Ana und Nietzsche miteinander sprachen, dann schlief ich ein. Und ich träumte von sehr feuchten und tiefen Meeren.

Geweckt wurde ich durch einen Stups in meine Seite. Es war noch fast dunkel. Von der See her kroch langsam die Dämmerung auf uns zu.

„Wir müssen gehen", sagte Ana. „Nietzsche hat den Tempel gefunden."

„Was für einen Tempel?" wollte ich schlaftrunken wissen. Die Entwicklung gefiel mir nicht. Ich hätte lieber noch Spaß am Strand gehabt.

„Lasst uns noch ein bisschen hier bleiben", schlug ich vor. „Das ist doch wie Urlaub. Und den haben wir uns verdient."

Ich war tief überzeugt davon, dass ich recht hatte. Schließlich hatte ich in letzter Zeit mehr erlebt, als ein Leben normalerweise hergibt. Und ich war mir sicher, dass ich auch im direkten Vergleich mit Unsterblichen gut wegkam.

„Steh endlich auf", sagte meine Schöne sehr beistimmt. „Oder soll ich dir erst zeigen, wozu eine Frau fähig ist?"

Der Klang ihrer Stimme deutete auf nichts Gutes. Ich stand langsam auf. Nietzsche ging los, und wir folgten ihm. Nach kurzer Zeit traten wir unter das grüne Dach des Dschungels.

Eine grünliche Dämmerung schluckte uns. Das dichte Blätterwerk ließ nur wenig Sonnenlicht durch. Es war heiß, und wir hatten eine so verdammt hohe Luftfeuchtigkeit, dass wir fast durch die Luft schwimmen konnten. Wir folgten einem Pfad. Er musste schon vor einiger Zeit in den Dschungel geschlagen worden sein. Es gab allerdings auch frische Spuren. Sie mussten wohl von Nietzsche stammen. Stundenlang marschierten wir schweigend durch den Urwald.

Eine wunderbare Gelegenheit für düstere Gedanken. Zum Beispiel wie den, wann ich eine Begegnung mit meiner ganz persönlichen Giftschlange haben würde. Natürlich musste es nicht unbedingt eine Schlange sein. Ich stellte mir auch ein paar noch widerwärtigere Wesen vor. Material dafür hatte ich ja reichlich. Seitdem ich mit Ana und Nietzsche unterwegs war, hatte ich jede Menge Live-Inszenierungen ganz besonders ausgekochter Albträume gesehen.

Nietzsche und Ana gingen unbekümmert durch die grünliche Dämmerung. Leichtfüßig wichen sie Schlammlöchern aus und stolperten auch nicht über Wurzeln. Ich hatte nicht immer ganz so viel Glück. Die beiden ließen sich auch nicht beirren, als der Angriff kam.

Blitzschnell schoss eine Pflanzenranke auf Nietzsche zu, wickelte sich um seinen rechten Fußknöchel. Eine zweite erwischte ihn an der Hüfte.

Das hielt ihn nicht lange auf. Ich sah, wie Metall die Luft durchschnitt, und die Ranken fielen durchtrennt zu Boden. Ana hielt ihre Schwerter in der Hand. Aus dem zuckenden Pflanzenstumpf schoss ein klebriger Saft. Es stank infernalisch.

Weitere Ranken schossen aus dem Busch auf Ana zu. Sie sahen aus wie Peitschen mit tödlichen Dornen. Und sie konnten sehen. An ihrer Spitze hatten sie ein einziges monströses Auge und darunter zwei Reihen scharfer Zähne. Grünlicher Sabber troff aus den Mäulern.

Nietzsches Waffe spuckte Feuer. Er erwischte die Angreifer noch in der Luft. Sie erreichten die Erde nur noch als Aschehäufchen. Dann verschwand Nietzsche kurz im Dschungel. Als er wiederkam, wirkte er sehr entspannt. Was ihn da auch immer angegriffen hatte, konnte allenfalls noch Holzkohle sein.

„Gibt es noch mehr Überraschungen in der Art?“ wollte ich wissen.

„Du hättest gestern Nacht hier sein sollen“, grinste Nietzsche. „Da gab es Überraschungen am laufenden Meter.“

„Ich habe ihre Schreie gehört. Es schien den Überraschungen sehr schlecht zu gehen.“

„Weißt du“, sagte Nietzsche. „Ich liebe eben Überraschungen nicht.“

„Wann sind wir endlich da?“ fragte ich.

„Warum so ungeduldig?“ wollte Nietzsche wissen.

„Ich weiß nicht. Aber ich habe schon weniger anstrengende Ausflüge hinter mich gebracht. Es ist heiß und es wundert mich, dass bei der Luftfeuchtigkeit keine Fische unterwegs sind. Außerdem wartet auf uns vielleicht auch weiterhin die eine oder andere Überraschung, die du noch nicht umgelegt hast.“

„Wir sollten weitergehen“, lächelte er ein vollendet düsteres Lächeln.

DIE PYRAMIDE

Nach einer Viertelstunde stummen Marsches, erreichten wir eine Lichtung. Das Bauwerk in ihrer Mitte war fast unter Schlingpflanzen verschwunden, als hätte es sich zu einem jahrtausendealten Schlaf gelegt. Es war eine stufenförmige Pyramide. Sie war riesig. Wer auch immer sie gebaut hatte, es sah aus, als hätte er den Himmel über die gigantischen Steinquader stürmen wollen.

Anas Augen schimmerten verdächtig. Langsam ging sie auf Gebäude zu und berührte den Stein. Gedankenverloren strich sie über ihn, als wollte sie ihm guten Tag sagen.

Auch Nietzsche und ich gingen näher ran. In die Quader waren Muster eingemeißelt. Dazwischen entdeckte ich Darstellungen von Menschen und anderen Wesen. Schiffe schienen vom Himmel zu kommen. Ich sah sie allerdings nur bruchstückhaft. Der Dschungel bedeckte den Rest des Geheimnisses mit seinem grünen Tuch.

Nietzsche war schon wieder mit anderen Dingen beschäftigt. Er klopfte den Stein mit dem Kolben seiner Waffe ab. Schließlich klang es hohl.

„Hier gehen wir rein“, sagte er und brannte mit seiner Laserwaffe ein Loch in den schlafenden Tempel.

Und er weckte Wesen auf, die niemals hätten aufwachen dürfen. Der Dschungel wurde lebendig. Die Erde zitterte. Baumriesen knickten wie Streichhölzer um. Etwas kam auf uns zu, das ich gar nicht erst kennen lernen wollte.

„Beeil dich sagte ich zu Nietzsche, der die Öffnung im Stein seelenruhig vergrößerte. „Wir bekommen Besuch.“

Ana ließ sich von der neuen Entwicklung nicht sonderlich beeindrucken. Sie schien mit den Quadern zu verschmelzen. Nietzsche kam nicht allzu gut voran. Der Stein schmolz zu langsam.

Schließlich schaute ich besorgt in Richtung Dschungel. Es kam näher. Und wenn es erstmal da war, hätten wir bestimmt alle Hände voll zu tun. Und auch das würde vielleicht zu wenig sein, um unseren Hals zu retten.

Ich hörte das Fauchen der Laserwaffe und das Splittern der Bäume und gab mich meinen schwarzen Gedanken hin. Plötzlich spürte ich eine Hand auf meinem Arm. Es war Ana. Sie zeigte in die Richtung, aus der sie gekommen war. Und ich sah ein weit geöffnetes Tor im Stein. Sie konnte wirklich ein Engel sein.

Wir holten Nietzsche ab und machten uns auf den Weg. In dem Augenblick zersplitterten die Bäume am Rand der Lichtung. Vier Giganten starrten uns aus bösen roten Augen an. Ihre Haut war grau wie Stein. Sie sahen menschlich aus. In ihren Händen schwangen sie gewaltige Keulen.

Mehr wollte ich gar nicht wissen. Ich legte einen Jahrhundertspurt hin und sprang kopfüber durch die Öffnung. Die Lichtung dröhnte unter den Schritten der Riesen, als Ana und Nietzsche langsam hereinspazierten. Die beiden stritten sich.

„Es war nicht nötig, sich durch den Stein zu wühlen wie ein Maulwurf", schimpfte Ana. „Dadurch hast du die Giganten geweckt."

Nietzsche schaute mich an und verdrehte die Augen. Ich konnte ihn gut verstehen und grinste zurück. Darauf hatte Ana nur gewartet.

„Du auch", fauchte sie. „Nicht eine Minute nachdenken und gleich hirnlos Gewalt anwenden. Ihr könntet rausgehen und euch mit den Giganten anfreunden. Ihr seid vom gleichen Schlag. Bestimmt würdet ihr euch gut verstehen."

Es erschien mir nicht der beste Augenblick, sie daran zu erinnern, dass sie schon einige wirklich sehr beeindruckende Gewalttaten verübt hatte. Und so schwieg ich einfach. Nach einer Weile beruhigte sie sich etwas.

„Dabei war es so einfach. Ich musste nur den Mechanismus finden, der das Tor öffnete. Das wäre ganz geräuschlos und glatt von sich gegangen. Aber ihr müsst natürlich Lärm machen."

Und da wurde es erst richtig laut. Die Giganten schrien ihre Enttäuschung heraus, dass wir ihnen entwischt waren. Es hörte sich wirklich nicht sehr intelligent an.

Wir drangen weiter ins Innere der Pyramide vor. Nietzsche hatte eine stark strahlende Taschenlampe irgendwoher gezaubert. Er hielt sie in der einen Hand. Die andere wirkte etwas unterbeschäftigt. Er hatte seine Waffe weggeworfen, weil sie nicht mehr stark genug geladen war. Bemerkt hatte er das bei dem Versuch, die Giganten umzubringen. Er hatte sie zwar verletzt, aber nicht getötet. Vermutlich hätte die Ladung der Waffe immer noch gereicht, um eine Elefantenherde auszuschalten. Für Nietzsches Zwecke war das natürlich nicht genug.

Ana wurde fuchsteufelswild, als sie Nietzsches Versuch mitbekam, die Giganten umzubringen.

Das hätten sie nicht verdient, schließlich hätten sie die Pyramide immer gut bewacht. Nietzsche zuckte mit den Schultern und bemerkte, dass das ja nun nicht mehr nötig sei. Ana bestand darauf, dass es auch unter ihresgleichen so etwas wie Dankbarkeit geben müsste.

Nietzsche schien nicht sehr überzeugt zu sein, gab aber jeden weiteren Versuch auf. Die Giganten durften weiterleben und -lärmen. An mangelnden Möglichkeiten konnte es nicht gelegen haben. Das sagten mir mein Instinkt und die Erfahrung mit ihm. Was Waffen anging, war auf ihn einfach Verlass. Kurz bevor Ana loslegte, hatte er auch schon gleichmütig in den Mantel gegriffen. Ich war mir sehr sicher, dass er noch ein paar Überraschungen auf Lager hatte.

Was mich schon jetzt überraschte, war die Tatsache, wie einfach wir uns hier zurechtfanden. Wir gingen durch ein kompliziertes Labyrinth. Wir kamen an Kreuzungen, an denen mehrere Gänge zur Wahl standen. Ana und Nietzsche blieben nicht einmal stehen. Zielstrebig verfolgten sie ihren Weg. Das sah nach einem Heimspiel aus.

Schließlich kamen wir in einen Raum, der sehr groß sein musste. Der Strahl der Lampe erreichte die nächste Wand nicht mehr.

Nietzsche drückte Ana die Lampe in die Hand und verschwand kurz. Zuerst sah ich nur ein leises Glimmen. Dann fiel eine Kaskade von Funken und schließlich ging langsam die Sonne auf. Ein gleißender Ball wuchs in der Mitte eines riesigen Saals. Ich schloss die Augen.

Als die Lichtexplosion vorbei war, öffnete ich sie wieder. Der Ball drehte sich hoch über uns an der Decke. Das Licht war milder geworden. An den Rändern des Balls wuchs ein Strahlenkranz.

Unter ihm sah ich drei gewaltige Throne. Sie waren als Dreieck aufgestellt. Der in der Mitte war der höchste von ihnen.

Der Weg dorthin führte über Stufen, die an die Pyramide erinnerten. Der Ball wandelte sich endgültig zur Sonne. Ihre Strahlen überschütteten die Throne. Wer sich auch immer auf dort niederließ, wurde von den Strahlen umschmeichelt wie ein lebendiger Gott.

Die Wände des Saals waren mit großen Malereien verziert. Ich sah Schiffe wieder, die auch an der Außenwand der Pyramide eingemeißelt worden waren.

Aber jetzt war es eindeutig. Sie kamen tatsächlich vom Himmel. Eine gewaltige Flotte. Alle Farben und Formen waren vertreten. Sie war bunt wie ein Regenbogen. Und bogenförmig sank die Flotte auf die Erde herab, als wollte sie den Planeten umarmen.

Einige Lebensformen schienen sogar ganz ohne Schiff auszukommen. Ich sah die mächtigen strahlenden Schemen der Undinen. Es war, als ob Silber vom Himmel fiel.

An einer Wandfläche, die weiter entfernt lag, entdeckte ich den schwarzen Weltraum. In ihm leuchteten ganz fern die Augen der Fee.

Andere Szenen zeigten die Begrüßung der Ankömmlinge. Menschen in Federmänteln gingen zu ihnen und brachten Geschenke. Ein Silbermond tauchte die Szene in ein Licht aus Eis.

Auf einem anderen Bild sah ich das herrliche Atlantis wachsen. Menschen und Götter waren vereint. Ich sah den Hafen und den Palast. Ein gütig wirkender König und seine Königin saßen auf dem Thron.

Und dann sah ich den Saal, in dem ich mit Nietzsche und Ana stand. Priester salbten den König. Er schritt durch eine Menschenmenge auf die Stufen der Throne zu.

Als er den Aufstieg begann, schleifte der Saum seines prachtvollen Purpurumhangs über den Stein. Ganz oben erwartete ihn ein Mann in Schwarz. Er trug einen schwarzen Reif um die Stirn. Von ihm erhielt der König Zepter und Schwert.

Den goldenen Reif von Atlantis gab ihm eine Frau in silbernen Gewändern. Sie trug einen silbernen Reif. Gold und Silber. Sonne und Mond. Atlantis und Avalon. Und die Herrscherin hatte zwei Schwerter. Ich kannte die Waffen, es waren die Klingen in Anas Hand: die Augen der Fee.

„Was bedeutet das?“ fragte ich meine beiden Reisebegleiter.

„Es sind die Symbole unserer Reise“, sagte meine Fee. „Der schwarze Reif von Thule. Unser Weg durch die Schwärze des Weltraums. Der goldene Ring von Atlantis. Das Gold der Sonne, die wir am Ende des Weges sahen. Das Silber von Avalon. Unsere Ankunft im silbrigen Licht des Monds. Die drei Zeichen der Macht. Hier wurden die Herrscher von Atlantis gekrönt. Nur wer an diesem Platz gesalbt wurde, darf die Krone tragen.“

„Dort wirst auch du den goldenen Reif empfangen", hörte ich Anas Stimme zu mir sagen und suchte nach dem, den sie meinen könnte. Aber außer mir fand ich keinen.

„Das ist nicht dein Ernst."

„Oh, doch", sagte Nietzsche. „Aber du wirst nicht allein sein. Ana wird mit dir gehen."

„Ich sehe aber keine Menschenmenge", hörte ich mich sagen.

„Wir müssen uns beeilen", meldete sich Nietzsche. „Auch Heydrich kennt diesen Ort."

Ich schaute zu den Thronen. Offenbar meinten sie es alle sehr ernst mit ihren Königen.

„Warum sollte ich mitmachen?" fragte ich.

„Tu es einfach mir zuliebe", sagte meine Fee.

Ich sah den kaum unterdrückten Zorn in ihren Augen.

„Sag es mir trotzdem."

„Es ist die einzige Chance, Wolff. Der Ender wird die Krone der Herrlichen tragen. So steht es in der Prophezeiung."

„Gibt es noch etwas, was dort steht, und ich wissen sollte?"

„Sag es ihm", empfahl Nietzsche.

„Und ihr werdet nicht wissen, ob er der falsche König ist, bis zu seinem Verrat."

„Das hört sich nicht gut an", sagte ich. „Für euch. Ihr müsst es wohl mit mir versuchen."

„Mein lieber Wolff", säuselte meine Fee und tätschelte ihre Schwerter. „Du kannst dir ganz sicher sein, dass ich zwei Augen auf dich werfen werde."

Ich wusste ziemlich genau, was sie meinte. Schließlich hatte ich die Augen der Fee schon einige Male den Kopf vom Hals trennen sehen. Daran war mein Engel nicht ganz unbeteiligt. Sie war sehr gut mit ihren Waffen, viel zu gut, um jetzt einen Witz zu machen.

„Wir müssen improvisieren", schlug Nietzsche vor. „Es gibt keine Priester, die dich salben könnten. Ich glaube, dass du auch ohne auskommst."

Der Meinung war ich allerdings auch. Nietzsche und Ana stiegen die Stufen herauf. Ihre Schritte hallten durch den Raum. Ich wartete, bis sie oben angekommen waren und setzte mich dann in Bewegung.

Stufe für Stufe ging ich den Weg, den alle Könige von Atlantis gegangen waren. Über mir warteten Ana und Nietzsche bewegungslos. In ihrer Kleidung sahen sie aus wie schwarze Wesen, die über den Rand der Finsternis gekrochen waren, um sich ihre Beute zu holen. Es war wirklich nicht einfach, die Guten und die Bösen auseinander zu halten. Aber genau das hatte ja auch entschieden seinen Reiz. Ich gab schließlich auch nicht gerade das Idealbild eines Pfadfinders ab.

Als ich sie erreichte, sah ich den schwarzen und den silbernen Reif auf ihren Stirnen. Das Silber bändigte die goldenen Schlangenhaare meiner ganz persönlichen Medusa. Nietzsche sah einfach nur noch ein wenig finsterer aus als sonst.

Meine Fee gab mir den goldenen Reif.

„Mögen die Zeiten golden sein", sprach Ana.

Und drückte mir den Reif auf den Kopf. Er fühlte sich schwer an, weil Äonen an ihm zogen. Ich spürte ihn und mit ihm Atlantis. Und ich fühlte die Augen der Fee. Und mit dem glänzenden Reif kam der Raum in meine Seele. Ein Sternenteppich tanzte durch mich. Eine Energiesäule aus dem All durchdrang mich. Ihr Licht erleuchtete meine finstersten Winkel.

Nietzsche reichte mir Zepter und Schwert. Gewicht lag in ihnen. Das Gewicht einer uralten Majestät. Bestimmt Welten zu retten oder zu vernichten.

„Gebrauche deine Macht, um den Frieden zu wahren. Und nutze das Schwert, um unsere Feinde zu schlagen", sagte Nietzsche.

Ich erkannte das Schwert wieder. Zuletzt hatte ich es bei Heydrich gesehen. Es sah aus wie die Waffe meines Zwillings in Atlantis. Ich hob die Klinge und ließ sie durch die Luft pfeifen.

Und hörte die Stimme meines Doppelgängers: „Trau nie dem Lichtbringer."

Und Ana verwandelte sich in die schwarze Königin. Dunkles Feuer schimmerte in ihren Augen. Der finstere Nietzsche trug plötzlich Uniform. Heydrich lächelte im gleißenden Licht wie ein verdammter Totengott. Es war noch nicht entschieden.

„Bald", sagte er zu mir. „Es ist bald vollbracht." Und der gewaltige Wolf heulte in meinem Abgrund nach der Wolfszeit.

Dann verschwanden die Bilder. Anscheinend hatte nur ich sie gesehen. Nietzsche und Ana standen vor mir. Ich würde jetzt bestimmt nicht den Fehler machen, mit ihnen über meine Visionen zu sprechen. Nietzsche hatte recht gehabt, Heydrich kannte den Ort. Fraglich war nur: Erkannte ich das, weil ich besonders hellsichtig war, oder trug ich die Finsternis in mir?

Ana und Nietzsche gingen zu ihren Thronen und blieben stehen. Dann ging auch ich. Wir setzten uns. Die Throne verwandelten sich in Drache, Schlange und Wolf. Gleißende Linien verbanden sie.

Dann gingen eine blaue und eine grüne Kugel auf, woben einen Strahlenkranz mit der anderen Sonne. Eine Pyramide aus Licht wuchs und überschüttete uns. Jetzt gab es keine Zweifel mehr. Wir waren Götter. Und die Götter sprachen zu uns.

„Heil den Meergeborenen, Heil den Sternenkindern
Heil den Göttern und Feen
Heil dem Ender und der Göttin, die ihm bestimmt war
Sie werden den Fluch brechen
Sie werden die Herrliche erlösen
Die Augen der Fee werden wieder leuchten
Doch noch tanzt ein schwarzes Meer wild durch sie
Noch sehen sie nicht
Noch droht der Tod durch sie in allen Welten
Noch enden Menschen im Efeuhaar der Todesfee
Noch sterben Träume und Welten im Zweifel des Enders
Noch ist Atlantis nur ein Versprechen für Finsternis und Licht
Noch trägt sie den äonenalten Fluch auch in diese Welt
Noch ist er der Wolf auf dem grauen Weg zu Blut und Tod
Noch herrscht die Finsternis über das Licht
Doch es wird den Tag geben, wenn Sternenfeuer die Fee umarmt
Und der Wolff, erlöst durch sie, wird ihre Erlösung sehen
Und wir singen dies, weil alles schon längst geschah

Und wir singen dies, weil es nie sein wird
Heil den Meergeborenen, Heil den Sternenkindern
Heil den Göttern und Feen
Heil dem Ender und der Göttin, die ihm bestimmt war"

Und ich verstand: Äonenalte Bilder durchströmten mich. Ich sah die Augen der Fee, die Herrschaft des Gottkönigs und seiner schwarzen Königin, die Flucht über den Abgrund, die Ankunft und Atlantis. Dann kamen Finsternis und Trauer, der Untergang und wieder eine Flucht.

Das machtvolle Herz der Herrlichen sah ich schlagen. Ich fühlte die Macht und war eins mit ihr. Und dann kam der Frieden zu mir. Denn ich war das Herz der Herrlichen. Erwecker und Wächter. Rot pulsierte das Herz den Takt einer blutigen Zeit.

Dann marschierte ich an der Spitze eines Heeres. Ich war der König in der Schlacht. Ich war der Fürst, der den Tod säte.

Ich war ein Wind, eine Welle und das Tosen des Meeres. Ich war ein Falke auf einer Klippe und eine Träne der Sonne. Ich war ein Berg der Dichtung und eine Flut auf einer Ebene.

Ein Krieg überzog die Welten. Ruhm sah ich, aber keinen Frieden. Blut und Tod, aber keine goldene Dämmerung. Dann verblassten die Bilder.

„Bald", hörte ich Nietzsche sagen. „Es ist bald vollbracht."

Ich war sofort hellwach. Aber, er wurde nicht zu Heydrich. Und meine Fee verwandelte sich nicht in die schwarze Königin.

Plötzlich hörte ich vertraute Gesänge. Es waren die Undinen. Und jetzt verstand ich sie auch.

„Wir grüßen den großen König von Atlantis. Heil dir, Ana, Tochter des Drachen und dir, Fürst der Felseninsel."

Ihre Botschaft durchströmte mich. Ich hörte sie mit jeder einzelnen Körperzelle. Ich war erfüllt von ihr. Kleine Silberfontänen tanzten in mir, als würde mich ein Strom aus Licht durchfluten.

„HEIL DIR, ENDER UND KÖNIG. BEFREIER DER STERNENBRÜDER. HEIL THULE UND AVALON", formten sich die Gedanken der Lichtwesen und der Wächter am Herz der Herrlichen in mir.

Ihre Schemen schwebten in der Halle. Sie hielten ihren Kopf gesenkt.

Licht quoll so strahlend unter den Kapuzen hervor, als würden sie sich in Sonnen verwandeln.

„Heil Euch, die ihr das Herz der Herrlichen berührt habt. Heil dem König und den Dreimal-Glücklichen-Inseln", hörte ich mächtige Stimmen. Die vier Wächter der inneren Pforte waren erschienen. Der Krieger, der Pilger, der Prophet und die Lilie.

„Und auch ich grüße Euch", hörte ich eine wohlvertraute Stimme. Artus war zurückgekehrt. „Ist es mir erlaubt, näher zu treten?"

Ana lief ihm die Treppen herunter entgegen und umarmte ihn. Dann gingen sie gemeinsam die Stufen herauf. Artus sah bleich und angegriffen aus. Tiefe Schatten lagen um seine Augen. Er trug ein weißes Gewand, auf dem ein mächtiger Drache die Klauen zeigte. Excalibur hing an seiner Seite.

„Ihr lebt. Avalon lebt. Der Drachen ist gerettet", freute sich Ana.

„Ja", sagte Artus traurig, „aber das Gift der Finsternis ist immer noch in seinen Adern. Avalon ist krank. Das Herz des Drachen ist schwarz vor Kummer."

Artus seufzte und hob sein kummervolles Antlitz.

„Er hat die Engel erschlagen. Die Finsternis ist voller Macht."

Ich dachte an die großen verstümmelten menschenähnlichen Wesen mit ihren Flügeln, die ich gesehen hatte, als Merlin Artus nach Avalon rief. Der Anblick, was Zähne und Klauen ihnen angetan hatten, war mir noch gut in Erinnerung.

„Nun denn, genug der Trauer", Artus straffte sich. „Atlantis hat einen König."

Neben Artus flimmerte die Luft. Ein Mann mit weißem Bart erschien: Merlin.

„Ich grüße die Dreimal-Glücklichen-Inseln. Ich habe ein Geschenk für den König."

Er griff in die Luft und holte einen Tiegel aus dem Nichts.

„Der Heilige Balsam. Das Blut der Götter und ihrer Könige. Beugt Euer Haupt, Ender. Ich werde Euch den Segen geben."

Ich senkte den Kopf und Merlin strich mir winzige Spuren der Flüssigkeit auf meine Schläfen und meine Stirn. Ein kaltes Feuer durchloderte mich. Dann wurde es heiß. Und ich sah alles. Die Augen der Fee und Atlantis. Den falschen König und die schwarze Königin, mich und Ana. Es war noch nicht entschieden, und es war nicht nur in mir.

„Erhebt Euer Haupt im Namen der Dreimal-Glücklichen-Inseln", sagte Merlin feierlich. „Erhebt Euer Haupt, König von Atlantis."

Als ich das tat, sah ich, wie Atlantis aus dem Meer auftauchte. Die Herrliche stieg aus Schaum und Wogen empor. Sie war wieder in der Welt. Das war nicht das Einzige, das ich entdeckte. Das andere war ganz entschieden unerfreulich. Ich sah Albtraumwesen durch die Welten streifen. Sie brachen aus Rissen hervor, die immer zahlreicher und breiter wurden.

Die Grenzen würden nicht mehr lange halten. Kreaturen mit Schlangenhaaren kamen durch die Barrieren. Andere waren nur grünliche Schleimklumpen. Die Lichtwesen, die in die Schatten gegangen waren, versuchten sie aufzuhalten. Sie würden es nicht mehr lange schaffen. Die Kreaturen überrannten sie einfach.

Dann sah ich eine riesige Armee durch die Welten ziehen. Tiermenschen, Wesen mit Fangarmen und andere Geschöpfe einer besonders finsteren Nacht. Die Albtraumwesen verstärkten die Horden. Unaufhörlich strömten sie der Armee zu, die auf Atlantis zog. Ihr Heerzeichen war die dreimal-blutige Sechs. Sie trugen auch Totenschädel, aus denen es funkelte, wie große böse Augen, die die Welt nur betrachten, um sie zu vernichten.

Todesflieger und schwarze Gleiter verdunkelten die Himmel. Wolfsreiter zogen an der Spitze. Ich sah Heydrich ganz vorn. Er saß auf seinem Wolf. Neben ihm ritten der falsche König und seine schwarze Königin. Hinter ihnen flatterte die Fahne mit Wolf, Schlange und Drachen, in der Mitte der Dolch des Verräters.

„Wir müssen hier weg", rief ich. „Die Herrliche ist wieder im Licht, und die Finsternis marschiert durch die Welten auf Atlantis. Heydrich reitet mit dem falschen König und der schwarzen Königin."

„Woher weißt du das?" fragte ein elektrisiert wirkender Nietzsche.

„Er ist der König", sagte Merlin. „Er sieht, was wir nicht sehen. Das Blut der Götter hat ihn berührt. „

„Dafür weiß ich, wie wir hier wegkommen", entgegnete Nietzsche ungerührt.

„Wie?" wollte ich wissen.

„Wir fliegen einfach. Aber zuvor müssen wir uns noch um ein paar Verbündete kümmern."

„Artus und ich werden Euch jetzt verlassen. Wir holen die Feen und Ritter von Avalon. Wir werden sie auf dem Weg durch die Welten führen. Das Licht der Herrlichen wird uns leiten."

„Ich glaube auch kaum, dass Ihr Atlantis nicht finden werdet. Die Finsternis ist auf dem Weg dorthin, und es wird mit einiger Sicherheit bald einen Lärm geben, der die Welten beben lässt. Wie viel Kämpfer habt ihr noch?" fragte ich.

„Es sind noch genug, und es sind gewaltige Streiter."

„Geht und kommt schnell zurück." Merlin breitete die Arme aus. Der Zauberer und Artus verschwanden in einem Nebel.

„Gut", sagte ich. „Was können wir hier tun?"

„Lass uns einmal sehen", begann Nietzsche zu rechnen. „Wir haben ein paar angeblich unsterbliche Lichtwesen, die in letzter Zeit die Sterblichkeit entdeckt haben und immer rarer werden. Die Undinen sind da, und die vier gigantischen Wächter der inneren Pforte."

DIE KRIEGER DER SCHLANGE

„Und auch wir sind da", hörte ich eine Stimme. Ein Mann mit einem Federmantel war aus der Wand gekommen. Er hatte glänzendes schwarzes Haar und einen muskulösen, bronzefarbenen Körper.

„Wer seid ihr?"

„Wir sind die Krieger der gefiederten Schlange, o König. Wir haben geschlafen, bis dein Ruf uns weckte. Wir werden mit dir gegen die Finsternis ziehen. Und wir sind zahlreich und begierig zu kämpfen."

Das war ja immerhin schon etwas.

„Ich bitte dich, nenn mir deinen Namen."

„Dereinst wurde ich Quetzalcoatl genannt. Ich habe die Augen der Fee empfangen, die Götter und Menschen als ihr Volk in der Mondnacht aus dem Himmel fiel."

„Das muss lange her sein."

„Ja. Das Volk aus den Sternen schenkte uns ein langes Leben und Jugend, die nicht verging. Dafür wurden wir die Krieger der Schlange. In dieser Pyramide besiegelten wir das Bündnis. Hier wurde der erste König von Atlantis gekrönt. Wir dienten der Herrlichen und ihren Fürsten. Dann legten wir uns zum Schlaf, als Atlantis in die Finsternis tauchte. Wir sind bereit für die Schlacht am Ende der Zeiten."

„Wo sind deine Krieger?"

„Sie erheben sich aus ihrem Schlaf unter der Erde. Wir sind dir ganz nah, König. Sie kommen, wenn du es wünscht."

„Sie sind unter der Pyramide", raunte mir Nietzsche zu.

Ich beschloss, ihn bei Gelegenheit zu fragen, woher er das wusste.

„Nun gut, Fürst. Wir ziehen auf Atlantis", befahl ich.

Quetzalcoatl verneigte sich in meine Richtung. Dann hob er die Arme.

„Höret, Krieger der Schlange, der König zieht in den Kampf. Atlantis will euch für die Schlacht am Ende der Zeiten."

Aus der Tiefe hörte ich Rufe. Dann öffneten sich Falltüren im Boden der Pyramide. Die Standarte mit der gefiederten Schlange verließ die Unterwelt. Krieger kamen aus der Dunkelheit. Das Licht der Sonnen in der Pyramide ließ ihre Federmäntel schillern. Sie trugen Speere, Keulen und Schutzschilde.

Sie stellten sich in Reihen vor die Stufen, die zu den Thronen führten. Es waren hunderte.

„Die Garde erwartet deine Befehle", sagte Quetzalcoatl.

Ich hatte das Gefühl, dass jetzt von mir eine kleine Rede erwartet wurde. Nun gut, wahrscheinlich hatten sie es verdient. Außerdem musste ich in meiner Lage sehr auf Umgangsformen achten. Schließlich brauchte ich Verbündete.

„Ihr seid die Krieger der gefiederten Schlange. Ihr habt der Herrlichen gute Dienste geleistet und ihr wart immer tapfer. Jetzt seid ihr erwacht. Es wird eine Schlacht geben, die die Welten erschüttert. Die Finsternis ist stark und marschiert mit einem gewaltigen Heer auf Atlantis. Und die schwarze Woge wächst. Ständig strömen dem Heer neue Kräfte aus den Schatten zu. Wir müssen uns beeilen. Wir müssen zuerst im Palast auf Atlantis sein. Ich bin der König, mir gehört der Thron. Jetzt wollen wir die größte Schlacht schlagen, die es je gegeben hat in allen Welten. Vorwärts, Krieger der Schlange. Bringt mir das Herz der Finsternis."

Die Garde hörte sich meine Rede an. Dann schlugen sie mit Speerschäften und Keulen auf ihre Schilde. Das donnernde Geräusch überflutete die Halle. Es war so mächtig, als zögen die Giganten der Urzeit in die Schlacht.

Der Donner wurde von den Wänden zurückgeworfen. Er war überall, umhüllte uns und gab uns die Gewissheit uralter, barbarischer Macht.

Ich grüßte die Krieger mit erhobenen Händen. Ana und Nietzsche waren mit mir an den Rand der Stufen getreten. Sie sahen sehr eindrucksvoll, sehr majestätisch und sehr gefährlich aus.

„Du musst auch die draußen begrüßen", sagte mir Nietzsche ins Ohr.

„Wen meinst du?"

„Lass dich überraschen. Einverstanden?"

Ich nickte zustimmend. Nietzsche ging zu meinem Thron und drückte schließlich auf einen Hebel, den ich zuvor noch nicht bemerkt hatte. Langsam hob sich die Plattform, auf der unsere Throne standen.

„Bitte Platz nehmen", grinste mich ein gut gelaunter Nietzsche an. „Wenn du nichts dagegen hast, übernehme ich die Steuerung."

Die Plattform erhob sich weiter in die Luft. Dann öffnete sich ein Teil der Pyramide. Wir schossen darauf zu und waren draußen. Nietzsche musste Gas gegeben haben. Aber dann brauchte ich meine ganze Aufmerksamkeit, um das Bild der Krieger zu genießen. Ein Heer wartete vor der Pyramide auf uns. Die Schlangenstandarten funkelten im Licht.

Als sie uns sahen, hoben sie ihre Waffen. Jubel donnerte uns aus zehntausenden Kehlen entgegen. Ich hatte schlagartig ein ganz gutes Gefühl, was meine Verabredung mit Heydrich auf Atlantis zur Endschlacht anging. Die Finsternis würde sich hüten müssen.

„Sie haben deine Rede gehört", sagte Nietzsche. „Ich habe sie nach draußen übertragen lassen."

„Wo kommen die her?"

„Sie waren nicht nur unter der Pyramide."

„Woher wusstest du von ihnen?"

„Sagen wir, ich habe sie vergraben", grinste Nietzsche ausgesprochen vergnügt.

Dann flog er noch einen Bogen über unsere Armee. Überall sah ich ausgebreitete Arme. Ich grüßte die Krieger der Schlange. Jubel brandete immer wieder zu uns hinauf. Schließlich kehrten wir zurück in die Pyramide.

„Wir müssen nach Atlantis", sagte ich zu Nietzsche. „Was meintest du vorhin mit: Wir fliegen hin."

„Ich meinte das wörtlich. Die Pyramide bringt uns hin."

„Normalerweise können Pyramiden nicht fliegen."

„Normalerweise sind sie auch keine Raumschiffe."

Jetzt war er endgültig durchgeknallt.

„Er hat Recht", sagte Ana. „Die Pyramide ist eines der Schiffe, mit dem die Völker der Fee über den Abgrund sprangen. Mit ihr ging die fünfte Sonne des Quetzalcoatl auf."

„Du und Nietzsche, wart ihr damals an Bord?"

Ana schaute Nietzsche an. Der nickte. Dann lächelte sie.

„Wir müssen dir ein Geständnis machen", sagte meine Schöne.

„Nur zu."

„Wir waren damals an Bord. Artus und Merlin übrigens auch, wenn sie auch mit einem anderen Schiff kamen. Sie waren vom Clan des Drachen. Und Merlin war der Hüter des Gewaltigen. Da brauchten sie natürlich viel Platz, um den Drachen über den Abgrund zu führen. Sie waren die Erde in den Augen der Fee. Später gründete der Clan das Reich von Avalon."

„Welchem Clan gehörst du an?"

„Der gefiederten Schlange. Wir waren das Himmelsvolk und der Wind in den Augen der Fee. Wir gingen nach Atlantis."

„Und Nietzsche?"

„Er ist vom Clan der Wölfe. Sie beherrschten die See und die unendlichen Weiten in den Augen der Fee. Jäger waren sie, Entdecker und Krieger. Sie gründeten das wilde Thule."

„Die Dreimal-Glücklichen-Inseln", sagte ich. „Wieso war Atlantis das Zentrum?"

„Wir haben gelost", entgegnete Ana. „Und das Himmelsvolk hat gewonnen. Wir hatten nicht unbegrenzte Möglichkeiten, alle Inseln so zu rüsten wie Atlantis. Außerdem machte es damals kaum einen Unterschied. Wir wechselten zwischen den Welten."

„Was ist mit Heydrich: Er nannte dich Schwester."

„Er ist mein Bruder und Artus ist unser Vater. Und wir haben auch eine gemeinsame Mutter."

Ana unterbrach einen Moment.

„Wie heißt sie?"

„Morgana la Faye, die schwarze Königin in den Augen der Fee."

„Lass mich raten: Lange schwarze Haare, pechschwarze Augenbrauen, dunkle Augen, bleiche Haut, ein auffallend roter Mund und makellose weiße Zähne, die vorne etwas spitz sind."

„Das war sie? Wo hast du sie gesehen?" wollte sie wissen. „Sie sollte schon lange tot sein."

„Bevor wir uns auf dieser Insel trafen. Aber wen hat Heydrich jetzt neben sich?"

„Wir werden es erst wissen, wenn wir sie umgebracht haben", meldete sich Nietzsche zu Wort. „Es könnten wandelnde Hüllen sein. Vielleicht sind sie echt. Vielleicht ist es ein Ablenkungsmanöver, und er hat sein Königspaar noch gar nicht. Er liebt solche Spiele. Wir können das hier nicht klären."

„Du hast Recht", entschied ich. „Wir sollten uns auf dem Weg machen. Lass uns fliegen."

„In Ordnung", sagte er. „Zum Vorgehen: Wir haben nicht unbegrenzt Platz. Wir können die Garde der Schlangenkrieger mitnehmen. Ich schlage vor, dass der Rest durch die Welten zu uns stößt."

„Wir treffen uns vor Atlantis, wenn es Zeit ist", hörte ich die Wächter der Inneren Pforte. „Bis dahin, lebt wohl."

Sie vergingen in gleißenden Lichtern.

„WIR WERDEN MIT DEN SCHLANGENKRIEGERN DURCH DIE WELTEN GEHEN. WIR KENNEN DIE WEGE. WIR FÜHREN DIE ARMEE NACH ATLANTIS."

„Sag ja", raunte Ana mir zu. Ich nickte und sprach mit den Lichtwesen.

„GEHT UND EILT EUCH. WIR WERDEN DIE HERRLICHE SEHEN. MÖGE DIE FINSTERNIS IM LICHT VERBRENNEN."

„GUTE WORTE, ENDER. MÖGE DIE FINSTERNIS IM LICHT VERBRENNEN."

Ich sprach mit dem Fürsten der Krieger und erzählte ihm, was wir vereinbart hatten. Quetzalcoatl war einverstanden und gab die Befehle gleich weiter. Boten liefen aus der Pyramide.

„Ich denke, wir haben Lautsprecher", sagte ich zu Nietzsche.

„Wir haben sogar noch etwas viel Besseres. Aber das ist nun einmal ihre Art."

Dann tanzten nur für kurze Zeit wieder die kleinen Silberfontänen in mir. Die Gesänge der Undinen erklangen von weit weg.

„Verzeiht, Ender, unseren raschen Aufbruch. Wir eilen nach Atlantis. Mit unseren Brüdern durchqueren wir die Meere. Wir werden uns sehen, bevor die Finsternis fällt."

„Ich bereite den Start vor", sagte Nietzsche.

Er gab mir eine Art Helm, der aussah wie eine silberne Glocke.

„Was ist das?"

„Damit finden wir Atlantis. Du bestimmst den Kurs, du hast die Verbindung mit der Insel. Alles wird direkt in das Navigationssystem eingespeist. Du stehst in Verbindung mit dem Schiff. Setz dich."

Ich nahm auf meinem Thron Platz. Ana und Nietzsche setzten sich ebenfalls. Die Schlangenkrieger waren wieder in den Wänden verschwunden. Nietzsche bewegte einen Hebel, Kontrollpulte erschienen vor ihm und Ana.

„Wir starten", rief Nietzsche.

Eine Computerstimme zählte. Dann lief ein Beben durch die Pyramide. Sie ruckte und zerrte, als müsste sie sich auf dem Weg nach oben durchgraben. Das entsprach sogar fast den Tatsachen, wie ich später erfahren sollte. Dann kamen wir in Schwung.

Ich sah Atlantis und feine Finger tasteten in meinem Hirn nach dem Bild. Es war ein kaum merkliches Kribbeln.

„Kurs klar", hörte ich Nietzsche. „Geben wir Gas."

Das Schiff machte einen gewaltigen Satz. Ich wurde in den Sitz gepresst. Nietzsche war immer gut für Höchstgeschwindigkeiten. Er hätte auch in der intergalaktischen Formel 1 mit Sicherheit immer ziemlich weit vorn gelegen. Allerdings war er auch der klassische Typ für lebenslange Sperren, weil er bei jedem Rennen Planeten aus der Umlaufbahn schubsen würde. Und wahrscheinlich würde er auch Rennen fahren, wenn sie offiziell gar nicht stattfanden.

„Wir machen übrigens noch einen kleinen Umweg", hörte ich Nietzsche sagen. „Ich muss dringend etwas abholen. Wir werden es gut brauchen können."

Dann kippte er das Schiff aus dem Kurs. Er hatte noch einen Zahn zugelegt.

„Wonach suchen wir?"

Nietzsche zeigte mir einen blinkenden Punkt auf dem Radarschirm.

„Dort sind noch ein paar Schätzchen."

Das war das letzte, was er für eine ganze Weile sagte. Ich war schon sehr gespannt auf seine „Schätzchen". Kurven und Zacken tauchten auf dem Schirm auf. Das Profil einer massiven Gebirgskette. Was immer Nietzsche suchte, der blinkende Punkt war eindeutig unter dem Gestein.

Schließlich drosselte Nietzsche die Geschwindigkeit. Die Pyramide wurde langsamer, blieb dann fast in der Luft zu stehen. Dann setzte sie sehr sanft auf. Nietzsche schaltete einen Außenschirm zu. Es war Nacht. Nietzsche machte ein wenig Licht. Scheinwerferkegel huschten über das Hochplateau, auf dem wir gelandet waren.

Ich sah einige magere Büsche. Gepeinigt und gekrümmt von dem unwirtlichen Leben hier oben. Bizarre graue Felsen tauchten im Licht auf. Nietzsche war scheinbar sehr zufrieden, mit dem, was er sah.

„Immer noch schön einsam hier", sagte er. „Die Infrarotsensoren finden keine Spur von Leben, das uns in die Quere kommen könnte. Ich gehe."

Er schaltete die Scheinwerfer aus, stand auf, stieg die Stufen hinab und verschwand in einer Wand des Schiffes.

„Ana, was sucht er?"

„Ich habe keine Ahnung. Aber es wird uns mit Sicherheit helfen."

„Ich bin draußen", meldete sich Nietzsche. „Es ist nicht sehr weit."

Dann hörte ich ein Aggregat aufheulen. Auf dem Außenschirm sah ich einen huschenden schwarzen Schatten. Dann verloren ihn auch die Infrarotsensoren. Er war weg. Wir warteten.

„Ana, deine Mutter ...?"

„Ja."

„Wie war sie?"

„Sie war schön und sie war stolz. Sie war die Fürstin der Feen, die Königin des Himmelsvolks. Und sie war weise und gerecht. Ihr Reich blühte. Wir lebten in großen Zeiten. Frieden herrschte in den Augen der Fee. Sie wurde verehrt. Und als mein Vater sie liebte, feierten wir die Hochzeit von Erde und Himmel. Die Undinen verkündeten die Botschaft in den Welten. Auch das Volk des Wassers und der Ebenen lobte diesen Bund. Nie waren die Augen der Fee glücklicher gewesen. Und der Segen der Welten ruhte auf ihnen. Sie bekamen Kinder, meinen Bruder und mich. Wir sind Zwillinge. Wir hatten die blau-grünen Augen. Von jeder Farbe eines. Die Völker der Fee feierten unsere Geburt als gutes Zeichen. Wir waren das Doppelgestirn. Wir waren bestimmt, Fürsten zu werden."

„Warum ist dann alles schief gegangen?"

„Der Fluch kam über uns. Unsere Mutter war eines Tages mit ihrem Schiff in einen Photonensturm geraten. Wir suchten nach ihr und fanden sie nicht. Wir durchkämmten den Raum, aber sie blieb verschwunden. Eines Tages kehrte sie zurück. Sie stand eines Morgens im Palast. Sie sah verändert aus. Ihre Haut war bleicher geworden, ihre Lippen hatten die Farbe frischen Blutes. Als wir auf sie zustürmten, lächelte sie uns kalt an. Dabei sah ich ihre Zähne, sie waren spitz, als hätte sie den Weg der Menschenwesen verlassen und wäre zurückgekehrt auf dem Pfad der Bestien. Das sehe ich heute so. Damals war ich gnädiger."

„Hat sie euch gesagt, wo sie war?"

„Damals hat sie sich herausgeredet. Später war klar, dass sie den Verborgenen Tempel gesehen hatte. Eine uralte Legende. Es hieß, dass der Tempel war, als die Augen der Fee geschaffen wurden. Und er würde wieder auftauchen, wenn sie in den Staub fallen und in das nächste Leben gehen. Sie hat den Tempel betreten."

„Was sah sie?"

„Den Raum des Anfangs und des Endes. Die Geburt der Sonnen und ihr Verlöschen. Tod und Wiederkehr. Aber auch Tod ohne Wiederkehr. Sie sah das Nichts und dann den Mann. Er trug eine Kutte mit Kapuze. Daher konnte sie sein Gesicht nicht sehen. Er hielt den Kopf gesenkt. Lichtstrahlen drangen aus den Rändern seiner Kleidung. Er hieß die Königin willkommen."

„Die Lichtwesen?“

Ana antwortete mir nicht.

„Er führte sie an einen schwarzen Teich, in dem die Welten aufblühten und verwelkten. Planeten wurden geboren, Reiche kamen und gingen, schließlich verschwanden sie alle und mit ihnen die Planeten und Sonnen. Und dann sah sie die Augen der Fee.“

Ana hörte einen Moment auf zu reden, als lauschte sie Worten, die über den Abgrund der Jahrtausende zu ihr drangen.

„Sie sah, wie ihre Welten starben. Ihre Völker vergingen unter Qualen. Das Himmelsvolk, das Volk der Erde, das Volk des Wassers und der Ebenen. Ein Krieg überzog ihre Galaxis. Bizarr geformte Schiffe brachten Tod und Vernichtung. Verrat hatte ihnen den Weg geöffnet. Planeten vergingen in Feuerstürmen. Ein schwarzer Schatten fraß die Seelen. Schließlich erlosch das Doppelgestirn. Die Augen der Fee waren nicht mehr. Sie hatte den Verräter gesehen, es war Artus. In diesem Augenblick zerbrach ihr Herz. Und als ihr Herz gebrochen war, zog der Mann seine Kapuze zurück. Er war unglaublich schön für sie. Er ging auf sie zu und nahm meine bebende Mutter in seine Arme.“

„Was geschah dann?“

„Ich werde es dir zeigen.“

Ana setzte sich zurecht und legte die Hände auf die Lehnen ihres Throns. Dann schloss sie die Augen.

Die Frau und der Mann wuchsen aus der flimmernden Luft. Er küsste sie zärtlich. Sie umarmten sich wie für die Ewigkeit im Verborgenen Tempel, der keine Ewigkeit kannte. Dann sahen sie sich an. Und ich erkannte Ana und mich.

„Nein“, hörte ich Anas Schrei. „Geh weg. Ich will nicht.“

Sie warf sich auf ihrem Thron hin und her. Tränen liefen über Anas Wangen. Sie schien gegen einen unsichtbaren Feind zu kämpfen. Mit einem Satz war ich bei meiner Fee und riss sie aus ihrem Thron. Die Projektion verblasste.

Ana atmete langsam wieder ruhiger. Schließlich öffnete sie ihre Augen.

„Du hältst mich im Arm“, bemerkte sie. „Übrigens, ich bringe dich um, wenn du mich loslässt.“

Das hatte ich bestimmt nicht vor. Wir hielten uns wie für die Ewigkeit. Schließlich setzten wir uns an den Fuß meines Throns und ließen einander nicht los.

„Ana, was geschieht hier?“

„Morgana la Faye hatte im Verborgenen Tempel ihre Liebe getroffen. Sie ging mit dem Mann. Meine Mutter hatte das Ende ihrer Welten gesehen. Sie hatte Artus Verrat gesehen. Was sollte ihr noch geschehen? So wurde sie die schwarze Königin und die Gemahlin des großen Enders am Ende der Zeiten.“

„Du meinst den falschen König.“

„Das ist nur eine seiner Erscheinungsformen. Er war der wahre Herr des Verborgenen Tempels in den Augen der Fee. Die weisen Wächter, die dereinst hier über Werden und Vergehen wachten, hat er erschlagen oder vertrieben und sich an ihre Stelle gesetzt. Einst waren die Lichtwesen die Herren dieser Stätte. Damals waren die Ender in ihren Diensten. Sie vernichteten, aber sie achteten auch das Leben. Tod und Wiederkehr waren eins. Sterben und Leben kein Widerspruch. Er liebt nur das Nichts und die Finsternis. Alles vergeht, wenn er herrscht. Zuletzt er selbst. Er hinterlässt schwarze Löcher.“

„Was sollte das mit Artus Verrat?“

„Eine Falle. Der Ender war geschickt, er nutzte eine alte Prophezeiung aus unserer Familie. Eine Frau aus unserem Geschlecht würde durch die Liebe zu einem Ender die Welten ins Licht führen am Ende der Zeiten. Sie wird seine Königin, gekrönt in einem Tempel. Und in ihrem Reich wird alles Böse gut. Dann gab es noch einen Satz: Aber hütet euch vor dem falschen König, der das Chaos in eure Welten bringt. Sie hat geglaubt, dass Artus dieser König wäre. Morgana lieferte dem Ender die Augen der Fee aus. Sie verriet unsere Verteidigungsstellungen, gab unsere Magie preis. So eroberte die Finsternis unsere Welten, die jedes Licht löscht. Unsere Sterne gingen in den dunklen Abgrund.“

„Auch ich bin ein Ender am Ende der Zeiten.“

„Das bist du, und ich bin Ana. Die Tochter Morganas. Die Frau, die den Fluch aufheben muss, der auf unserem Geschlecht liegt. Durch Morgana herrschte die Finsternis in den Welten der Fee. Und sogar die Prophezeiung wurde wahr. Sie herrschte in einem Reich, in dem das Böse zum Guten wurde."

„Die größten Momente unseres Lebens liegen darin", hörte ich Nietzsche, „unser Böses in unser Bestes umzutaufen. Umwertung der Werte, ganz einfach. So ist es gelaufen."

„Was kannst du tun?" fragte ich Ana.

Sie schaute mich an. Ihre Augen wirkten wie von Schleiern verhangen.

„Ich bin Morgana la Faye. Ich bin dein Schicksal. Ich bin die Fee. Ich bin der Schoß eines jeden Hains. Ich bin die Flamme auf jedem Hügel. Ich bin die Königin eines jeden Bienenstocks. Ich bin der Schild für jeden Kopf. Ich bin das Grab aller Hoffnung."

Dann schüttelte sie den Kopf und sah mich aus traurigen Augen an.

„Das sind Morganas Worte. Ich bin ihre Tochter. Ich bin die Fee. Ich versuche, die Prophezeiung zu einem guten Ende zu führen. Das ist alles."

„Ich bin das Grab aller Hoffnung klingt nicht nach einem guten Ende", warf ich ein.

„Das war Morgana. Vielleicht werde ich das Grab öffnen."

„Fein, dann feiern wir die Exhumierung der begrabenen Hoffnungen."

„Nein, mein Wolff. Dann feiern wir das Ende der Finsternis."

„Und zwar", mischte sich Nietzsche ein, „mit einem ganz wunderbaren Massaker. Ich habe gefunden, was ich gesucht habe."

Er griff in seinen Mantel und zeigte uns, was er dort verborgen hatte.

„Sieht aus wie ein Hammer", bemerkte ich. „Ich will mich nicht unbeliebt machen, aber ich glaube nicht, dass Heydrich Angst vor Heimwerkern hat."

„In dem Fall vielleicht doch", sagte Nietzsche. „Du hast vielleicht schon von Thors Hammer gehört. Das hier ist der gewaltige Zerstörer. Der Hammer des Donnergottes."

„Und du bist Thor, was?"

„Richtig geraten", grinste Nietzsche.

Er schlug den Stil des Hammers auf den Boden. Gewaltige Blitze schossen aus ihm. Nietzsche wirbelte ihn durch die Luft. Ein kleiner Sturm toste durch die Pyramide. Dann warf er ihn, und der Hammer kehrte in Nietzsches Hand zurück.

„Es scheint, dass ich unter die Götter geraten bin."

„Das kannst du so sehen", freute sich Nietzsche. „Aber es ist auch viel Hightech."

„Wer wird den Krieg gewinnen?" wollte ich wissen.

„Schwer zu sagen", antwortete Nietzsche. „Es steht mittlerweile bestenfalls auf der Kippe. Heydrich hat noch einiges in der Hinterhand, und wir wissen noch nicht einmal, ob wir dir trauen können. Aber es ist schon besser geworden: Vor kurzem hatten wir noch keine Chance."

„Ich weiß auch nicht, ob ich euch trauen kann", bemerkte ich.

„Siehst du", sagte ein vergnügter Nietzsche. „Eben das macht die Sache ja so spannend."

Auf seinen Humor war wirklich Verlass.

„Wir sollten jetzt weiter", sagte Ana. „Wir haben noch eine Prophezeiung zu testen."

„Ja", freute sich Nietzsche. „Das wird bestimmt ein Riesenspaß."

Nietzsche warf sich auf seinen Thron. Ich setzte mir den Silberhelm auf. Und konzentrierte mich auf Atlantis. Es war ganz einfach zu finden. Ebenfalls nicht zu übersehen waren Heydrichs Horden, für die offenbar die Höllen aller Welten zusammengelegt hatten. Es waren verdammt viele. Und er hatte jetzt einige Wesen dabei, die mit Sicherheit weit über dem einfachen Durchschnittsdämon anzusiedeln waren. Einige waren groß wie Wohnhäuser und so hässlich, dass sie sogar bei der dämonischen Entsprechung eines Schönheitswettbewerbes nicht einmal an den Kassenhäuschen vorbeigekommen wären.

„Heydrichs Armee ist noch größer geworden", bemerkte ich.

Ana schwieg teilnahmslos, als ginge sie das alles nichts an. Nietzsche grinste fröhlich und zuckte mit den Schultern. Entweder waren sie verdammt abgebrüht oder vollkommen verrückt. Und etwas in mir ahnte sofort, dass wahrscheinlich beides zutraf.

Dann startete Nietzsche das Schiff. Wir hoben ab. Natürlich waren wir jetzt noch schneller als vorher, schließlich hatten wir Zeit aufzuholen. Mitunter schien es mir, als hörte ich im Schiff metallisches Ächzen und Stöhnen. So als würde jemand ihm sehr weh tun. Ich konnte es wirklich gut verstehen.

Plötzlich gab es einen gewaltigen Ruck und noch einen. Unser Schiff rammte etwas. Auf einem Monitor vor mir sah ich schwarze Schlieren, die auftauchten und sofort wieder verschwanden. Ich sah allerdings auch, wie gewaltige Peitschen nach uns schlugen. Nietzsche drückte ein paar Knöpfe. Explosionen dröhnten. Laserstrahlen zischten. Draußen rollten Bälle aus Feuer. Wir rasten durch lodernde Flammenwände. Schließlich war Ruhe.

„Was war das?“ wollte ich wissen.

„Das waren ein paar große böse Jungs, die auch noch zu Heydrich wollten“, antwortete Nietzsche.

„Wieso bist du dir so sicher?“

„Es hört sich vielleicht nicht gut an, aber fast alles, das hier unterwegs ist, will zu Heydrich. Was macht Atlantis?“

„Sieht noch ganz gut aus. Wann sind wir da?“

„Wir schaffen es noch vor Heydrich“, sagte Nietzsche. „Jedenfalls hoffe ich das. Er kommt zu langsam voran mit seiner riesigen Armee. Das ist für uns ausnahmsweise mal ein Vorteil.“

„Rechnet er nicht mit dem Schiff?“

„Das müssen wir abwarten. Vielleicht ist er zu beschäftigt. Ehrlich gesagt, habe ich nicht allzu viel Hoffnung, dass er die Pyramide vergessen hat.“

„Bisher hat er uns jedenfalls nicht aufgehalten.“

„Nein, aber das kann noch kommen. Und wenn er uns einfach durchlässt, könnte auch das zu seinem Plan gehören. Aber hier und jetzt werden wir das alles nie erfahren. Wir müssen nach Atlantis.“

Da konnte ich ihm nur Recht geben. Wir lehnten uns schweigend zurück. Nietzsche war mit irgendwelchen Manövern beschäftigt, Ana hatte die Augen geschlossen. Auf ihrem Gesicht lag ein wunderbar entspanntes Lächeln. Wo immer sie auch sein mochte, es schien ihr gut zu gehen.

Dann sah ich, wie Atlantis vor uns auftauchte. Nietzsche hatte einen riesigen Monitor zugeschaltet. Wir kamen schnell näher. Das Meer war blau und grün.

Die Insel wuchs, bis sie den Schirm ausfüllte. Ich sah den Hafen und den Palast. Schneeweiße Gebäude tauchte die Sonne in goldenen Glanz, als wollte sie die Herrliche ehren. Die Statue der gefiederten Schlange ragte in den Himmel. Dann setzten wir auf.

„Wir sind da“, sagte Nietzsche. „Lasst uns loslegen. Wir haben einiges zu tun.“

Ana öffnete die Augen. Sie hatten einen seltsamen Glanz, den ich vorher noch nie bemerkt hatte. Langsam stand sie auf und schritt die Stufen herab. Auf dem Rücken trug sie ihre gekreuzten Schwerter. Ihr langes Haar wurde nur durch den Silberreif gebändigt. Es bewegte sich bei jedem Schritt, als wäre es ein treibendes Meer, das alles umklammert und in seinen Tiefen tötet. Nietzsche und ich folgten ihr. Das Schwert und das Zepter nahm ich mit. Schließlich wartete dort draußen ein Palast auf mich.

DER PALAST

Wir verließen das Schiff und die Krieger der Schlange folgten uns. Dann standen wir auf einem riesigen Platz. Lichte, helle Gebäude standen an seinem Rand. Sie ähnelten den griechischen Tempeln der Antike. Nur waren sie wesentlich größer. Gewaltige Dächer ruhten auf schier endlosen Reihen mächtiger Säulen. Sie sahen aus wie Häuser, die für Götter bestimmt waren. Götter, die auch wirklich in ihnen wohnten. Wer auch immer hier gebaut hatte, wollte Zeichen für die Ewigkeit setzen.

Wir gingen über den Platz und näherten uns dem Palast. Unsere Füße schritten über kunstvolle Mosaike. Manche zeigten Menschen, die in weißen Togen über den Platz wandelten. Andere zeigten fröhliche Feste, Theaterspiele, aber auch sportliche Wettkämpfe.

Ich sah keine gebrechlichen Menschen, weder durch Krankheit, noch durch Alter. Aus allem sprach eine so große Heiterkeit, als hätte das Glück hier die Geschicke gelenkt. Die Dreimal-Glücklichen-Inseln, auf denen vergnügte Götter ihr Lachen hören ließen. Das hier musste eine von ihnen sein.

Ich dachte an die Bilder der Zerstörung, die ich gesehen hatte, als der Schatten der Finsternis auf Atlantis fiel. Etwas sehr Großes war zerstört worden. Glück, das für die Ewigkeit bestimmt war. Damals hatte mich mein Doppelgänger im Palast erwartet. Seither war viel geschehen. Ich war jetzt König von Atlantis. Würde ich es auch zerstören?

Der Palast war noch eindrucksvoller, als ich ihn in Erinnerung hatte. Das schwere rote Dach lag auf verzierten weißen Säulen. Wir stiegen weiße Stufen hinauf. Im Portal standen die Statuen der Drei: Wolf, Schlange und Drachen. Das Tor war weit geöffnet. Wir gingen hinein. Wir standen auf einem Fußboden aus Marmor. Statuen von Menschen, die wie Götter aussahen, standen in Nischen. Springbrunnen plätscherten. Von einer Wand floss ein kleiner Wasserfall in ein Bassin. Es sah sehr verlockend aus.

Der nächste Raum war eine Halle mit Tribünen. Die Plätze stiegen in Reihen steil nach oben an. Über uns wölbte sich eine gewaltige Kuppel.

Der dritte Raum war der Thronsaal. Silberne und goldene Rüstungen waren an seinen Wänden. Als wollten die toten Ritter für ihren lebendigen König Spalier stehen. Dann entdeckte ich den Thron, den ich schon damals gesehen hatte. Er stand auf einem Podest und war aus weißem Marmor, ausgeschlagen mit rotem Samt. Es sah aus wie Blut und Schnee. Daneben stand ein zweiter Thron, den ich damals nicht gesehen hatte. Dort wartete eine Königin auf mich.

Ihr langes schwarzes Haar bildete einen reizvollen Kontrast zum roten Samt. Sie erhob sich und kam mit ausgebreiteten Armen auf mich zu. An ihrem Hals schaukelte ein blitzendes Amulett, silberne Ringe funkelten an ihren Fingern. Flatternder Stoff deckte knapp die Wölbung ihrer Oberschenkel. Ihr schwarzer Umhang flatterte, obwohl ich keinen Hauch spürte.

Und dann zeigte sie mir eine wunderschöne Reihe spitzer weißer Zähne, als sie ihren roten Mund öffnete. In der Hand hielt sie den roten Umhang des falschen Königs. Ich verstand nicht, warum die anderen nicht einschritten. Es war, als wäre ich ganz allein mit ihr. Dann legte sie mir den roten Umhang um und küsste mich.

„Ich habe lange auf dich gewartet“, sagte sie. „Jetzt wird der Rabe wieder fliegen.“

Sie machte eine rasche Bewegung und auf ihrer Hand saß der schwarze Vogel. Die wunderschöne Frau lächelte mich an.

„Du musst es auch wollen“, sagte sie.

Ich wusste, was sie wollte, und ich wusste, was geschehen würde, wenn der Rabe flog. Und ich gab mich dem hin: Nichts in mir war dagegen.

Ich nickte und fühlte den wilden Triumph des Räubers. Wir würden die Welten vernichten.

Sie würden Blut weinen, bis sie endgültig in der Finsternis versinken dürften. Platz für ein neues Geschlecht, schön und grausam wie junge Götter.

Ein lauter Fluch riss mich wieder in eine andere Welt zurück. Ich sah, wie Ana mit gezogenen Schwertern auf ein Palastfenster zustürmte. Der schwarze Rabe auf dem Sims erhob sich, ihre Klingen sausten durch die leere Luft. Dann flog das Tier davon.

Ich musste mir bei Gelegenheit wirklich einmal darüber Gedanken machen, warum die schwarze Königin immer massiver auftrat. Es wäre allerdings mit Sicherheit besser, diese Gedanken gegenüber den anderen zu verschweigen. Schließlich war ich sterblich, so oder so.

Ana kam zurück. Die Waffen hielt sie weiter in der Hand. Sie schaute mich an.

„Wie war ich auf dem Thron?“ fragte sie mich.

„Du sahst wirklich toll aus“, sagte ich nach einer winzigen Bedenkpause.

Etwas war hier absolut nicht in Ordnung. Aber das konnte warten. Nietzsche schritt ziemlich tatendurstig durch den Raum und unterhielt sich mit den Kommandanten der Garde. Rege Betriebsamkeit herrschte im Thronsaal. Mir war nicht ganz klar, was ich jetzt tun sollte. Also fragte ich Nietzsche.

„Mach einfach gar nichts“, empfahl er. „Ich kenne den Ort und die Waffen. Lass mich die Sache organisieren.“

Ich hatte keine Ahnung, was ein gelernter König jetzt tun würde. Vermutlich aber dasselbe wie ich. Ich überließ alles Nietzsche.

Ich setzte mich auf den Thron und sah das vertraute Bild. Der Hafen mit der gefiederten Schlange. Eine Spur von Leben konnte ich nirgendwo entdecken. Das war mit Sicherheit auch besser so. Ich hatte die düstere Ahnung, dass die erste Form von Leben aus Heydrichs Truppen bestehen würde. Wobei der Begriff Leben nicht unbedingt alles umfasste, was da auf uns zumarschierte.

Laute Geräusche aus dem Thronsaal unterbrachen meine Gedanken. Die Garde war dabei, sich die Rüstungen anzulegen. Es war allerdings nicht für alle Schlangenkrieger eine da.

Nietzsche kam durch den Raum auf mich zu. Vor dem Thron machte er eine Art Verbeugung, die aussah wie ein nicht ganz ernst gemeinter Kratzfuß.

„Die Rüstungen werden uns weiterhelfen. Wir bauen jetzt die Verteidigungsstellungen um den Palast auf. Mehr können wir nicht schützen, weil wir zu wenig sind. Ich werde allerdings noch ein paar Sachen weiter draußen hinterlassen, die Heydrich beschäftigen werden."

„Was ist mit dem Hafen? Die Undinen kommen durch das Wasser."

„Da haben wir ein paar kleine Überraschungen. Aber, wenn es hart auf hart kommt, müssen die Undinen sehen, wie sie durchkommen. Wir müssen den Palast halten. Wenn Heydrich den Thron hat, sieht es ganz schlecht für uns aus."

„Fangt an. Tut, was ihr müsst. Und, Nietzsche ... Macht es gut."

Nietzsche schaute mich an und ließ mich ein strahlendes Lächeln sehen. Er nahm den schweren Hammer in die Hand.

„Warte ab, was sich damit so alles machen lässt."

Dann legte er die Hand an einen imaginären Mützenrand, knallte mit den Hacken, drehte sich um und marschierte zackig durch den Thronsaal. Ana kam auf mich zu und setzte sich auf dem Thron neben mich. Gedankenverloren schaute sie aus dem Fenster.

„Ich war schon einmal hier", sagte sie. „Es war vor sehr langer Zeit, und ich musste fliehen, weil ein König uns verriet."

Sie schaute mich fest an.

„Ich war seine Königin. Diesmal will ich bleiben."

Ich konnte für sie nur hoffen, dass sich ihr Wunsch erfüllte.

Draußen baute die Garde ihre Verteidigungsstellungen. Aus dem Schiff transportierten sie unablässig schwere und sehr unfreundlich wirkende Gegenstände. Sie frästen mit Laserstrahlen tiefe Gräben in den Platz. Schwere Waffen wurden aufgestellt.

Scheppernde Schritte dröhnten über den Platz. Etwas sehr Großes und sehr Hässliches marschierte.

„Kampfroboter", freute sich meine Schöne. „Sie werden den äußeren Ring bilden. Einige wird er verstecken. Sie können teilweise fliegen und wirklich sehr ekelhafte Sachen anstellen. Ich mag sie nicht besonders, aber sie schaffen einiges weg."

Gleiter kamen aus dem Bauch des Schiffes. Auf einen schwang sich Nietzsche. Die Maschine war nicht viel größer als ein Motorrad. Sie hatte sogar Ähnlichkeit mit einem Chopper. Es sah ziemlich eindrucksvoll aus, wie Nietzsche mit flatterndem schwarzen Mantel durch die Luft donnerte. Er beaufsichtigte die Schanzarbeiten, war unermüdlich unterwegs. Dann sprach er mit einer Handvoll Schlangenkriegern. Gemeinsam verschwanden sie im Schiff.

Nietzsche kam allein zurück. Kurze Zeit später flimmerte die Luft um das Schiff. Es wurde durchsichtig und verschwand.

„Er bringt es in Sicherheit", erklärte mir Ana. „Wir können es holen, wenn wir es brauchen."

„Warum greifen wir nicht damit an?"

„Es ist nicht in Bestform. Wir könnten es zu leicht verlieren."

Unter diesen Umständen war es bestimmt besser, sich mit dem Schiff noch einen Fluchtweg offen zu halten. Bis vor kurzem hielt ich Raumschiffe noch für reine Fantasterei. Mittlerweile mochte ich die Ufos schon wegen ihrer hohen Geschwindigkeit sehr.

Hohe Geschwindigkeit war eben auch hohe Fluchtgeschwindigkeit, wenn es darauf ankam. Wenn man so oft abhauen musste, wie ich schon in meinem früheren Leben als Privatdetektiv, lernte man so etwas zu schätzen.

Schließlich kam Nietzsche zurück. Genauer gesagt, donnerte er mit seinem Chopper durch das Palastfenster. Bis dahin hatte ich nicht bemerkt, dass es verglast war.

Nietzsche barst durch die Scheiben. Es sah aus, als wäre er durch Kristall gebrochen. Ein funkelnder Scherbenregen fiel in den Thronsaal. Der Fürst der Felseninsel gab noch ein wenig Gas und stoppte dann sehr gekonnt an den Stufen des Throns.

„Hättest du nicht durch die Tür kommen können?" wollte ich wissen.

„Ja, aber das Glas war sowieso im Weg. Wir bauen hier etwas Größeres auf. Außerdem, wenn Heydrich erstmal hier ist, brauchst du dir darüber keine Gedanken mehr zu machen. Wie auch immer unser Treffen ausgeht. Wer danach Atlantis übernimmt, braucht einen großen Bautrupp."

Ich hatte keinen Grund, an seinen Worten zu zweifeln. Ich war mir nur nicht ganz sicher, ob er die Aussicht auf eine nette Trümmerlandschaft nicht sogar ganz gut finden würde.

Gardisten in Rüstungen kamen in den Palast. Eine Art Stalinorgel glitt auf Rollen vor ihnen über den Boden. Sie bugsierten das Ding zu den Palastfenstern.

„Die Jungs passen auf dich auf", sagte Nietzsche zu mir. „Wir wollen schließlich unseren König nicht verlieren. Es sei denn, du bist der Falsche, dann passen sie auch auf dich auf."

„Und sorgt dafür, dass ihr ganz schnell einen König verliert."

„Ach, weißt du. Es ist ja eigentlich Heydrichs König."

Nietzsche zwinkerte mir kaum merklich zu. Dann nahm er den Hammer und stieg auf seinen Gleiter.

„Wir haben auf dem Dach Abfanggeschütze", erklärte Nietzsche. „Was wir an Gleitern und Robotern dafür haben, wird in den Luftkampf gehen. Von den Raketenwerfern haben wir auch ein paar. Wir müssen sehen, wie lange wir klar kommen. Ich fliege noch einmal raus und sehe mir alles an."

Er donnerte aus dem Fenster und verschwand sofort aus der Sicht. Wahrscheinlich inspizierte er die Stellungen auf dem Dach.

Plötzlich zogen dunkle Wolken über den strahlend blauen Himmel. In kürzester Zeit würde sich zwischen das Licht und Atlantis eine Barriere der Finsternis schieben. Schließlich würde er schwarz und blutrot sein. Ich wusste, was das hieß.

„Heydrich kommt", sagte ich zu Ana.

Sie nickte nur. Dann sah sie mich lächelnd an.

„Enttäusche mich nicht, mein Wolff."

Die Wolfszeit naht, hatte mein Doppelgänger damals in Atlantis gesagt. Ich erinnerte mich sehr genau. Aber auch das verschwieg ich besser. Wir würden ohnehin bald herausfinden, was das zu bedeuten hatte.

DER BLUTIGE TANZ

Dann hörte ich ferne Explosionen. Schreie kamen aus allen Richtungen. Sie waren noch weit entfernt, aber sie kündeten von einer furchtbaren Qual.

„Nietzsches erste Überraschungen", erklärte Ana. „Er hat die Grenzen zwischen den Welten vermint. Das wird sie ein wenig aufhalten."

„Wie hat er das in so kurzer Zeit geschafft?“ fragte ich sie.

„Das war nicht so schwer. Es sind fliegende Minen, die sich selbst eingraben oder einfach verbergen. Zwischen den Welten gibt es viele dunkle Stellen. An anderen wabern dichte Nebel in allen Farben. Widerliches Giftgrün, schmutziges Grau oder schlichtes Weiß. Gute Verstecke. Natürlich findest du dort auch noch andere Farbtöne. Aber alle Nebel sind lebendig. Sie leben von gefressenen Seelen. Deswegen hörst du die Schreie bis hier. Einfach sterben hätte dafür nicht gereicht. Nietzsche will Heydrichs Truppen auch ein wenig demoralisieren. In so etwas ist er auch ziemlich gut.“

Da war ich mir ganz sicher. Ich glaubte fest daran, dass Nietzsche auch eine Armee von ausgewachsenen Dämonen demoralisieren konnte. Und das hatte er offenbar auch vor. Wobei die richtig fiesen Sachen wahrscheinlich erst noch kommen würden.

Der Himmel verdunkelte sich weiter. Ein eiskalter Wind kam aus den Wolken. Sie rückten näher. Langsam, aber unaufhaltsam.

Ana und ich schauten uns lange an. Dann umarmten wir uns, als müssten wir für immer Abschied nehmen. Meine Fee trat einen Schritt zurück. Mit einer federnden Bewegung zog sie ihre Schwerter. Sie musterte die Klingen.

Die ersten roten Schleier tanzten auf dem Metall. Blutrote Schlieren zogen durch den schwarzen Himmel, spiegelten sich auf dem Metall. Auch auf ihrem Silberreif glommen die düsteren Farben. Die Hochzeit von Nacht und Tod kündete sich hoch über uns an. Bald würde der blutige Brauttanz beginnen.

„Ana“, sagte ich.

„Ja?“

„Spricht etwas gegen einen kleinen Kuss, bevor der Zauber losgeht?“

Sie kam auf mich zu. Die blutigen Schlieren tanzten noch machtvoller auf ihrem Silberreif. Düsteres Feuer spielte auf ihrem Haar. Sie sah aus wie eine tödliche Heilige mit einem Schein aus Blut.

Ihr Mund war voller und roter geworden in dem Schein, der vom Himmel fiel. Ana sah mich aus ihren blaugrünen Augen an. Der schwarzrote Himmel spiegelte sich in ihnen. Die Vorboten der Hochzeit von Nacht und Tod trieben durch die Augen der Fee.

Als sie ihren Mund zum Kuss öffnete, sah ich, dass ihre Zähne spitzer geworden waren. Bevor ich noch weiter darüber nachdenken konnte, küsste sie mich. Und dann hatte ich wirklich Wichtigeres zu tun, als mich, um ein paar spitze Zähne zu kümmern.

Unsere Umarmung endete in einem Feuerwerk. Das war wörtlich zu verstehen. Raketen donnerten durch die Luft und explodierten. Laserstrahlen zischten. Das Gebrüll der Verwundeten erfüllte die Luft.

Ana und ich sahen aus dem Palastfenster. Der Himmel war endgültig in Schwarz und Blutrot getaucht. Blitze schlugen in die weißen Gebäude ein.

Ich sah eine wimmelnde schwarze Horde über Atlantis hereinbrechen. Das Bild kannte ich schon, aber diesmal stießen sie auf Gegenwehr. Pilze aus Rauch und Feuer stiegen zwischen ihnen auf. Die Angreifer schmolzen in der Hitze zu formlosem schwarzen Schleim.

Andere zerbarsten in Fontänen aus Blut, Fleisch und Dreck. Dann kamen die Todesflieger. Ich hörte das knarzende Geräusch ihrer ledrigen Schwingen. Sofort waren Gleiter in der Luft.

Allen voran Nietzsche. Er hielt den schweren Hammer mit einer Hand über seinen Kopf. Sein schwarzer Mantel flatterte im Wind. Blitze warfen ihr Zackenlicht auf ihn. Er sah aus wie eine Fledermaus aus der Hölle. Und so wütete er auch.

Ich sah, wie er mitten auf die Todesflieger zuhielt. Der Hammer schwang durch die Luft. Dann verschwand Nietzsche zwischen den ledrigen Reptilienkörpern. Es war trotzdem nicht schwer herauszufinden, wo er gerade war. Die Kadaver der Todesflieger stürzten zu Boden, wo er mit dem Hammer blutige Ernte hielt.

Sie trudelten zu Boden. Sie waren schon tot, bevor sie aufprallten. Ihre Schädel waren zertrümmert oder das Genick gebrochen. Bei anderen waren die Flanken eingequetscht, als ob sie versucht hätten, einen Panzerzug auszubremsen.

Während Nietzsche im Zentrum aufräumte, griffen unsere Gleiter die Flanken an. Ihr Raketen- und Laserangriff fegte wie eine Feuerwalze durch die Horden der Todesflieger. Schließlich drehten die Gleiter ab, gingen in Wartestellung.

Sie machten Platz für die meterhohen Kampfroboter. Die Maschinen sparten ihre Laserwaffen und Raketen für später auf. Rotierende Sicheln waren an ihren Seiten erschienen. Sie mähten sich durch die Todesflieger. Abgetrennte Flügel, Köpfe und Klauenfüße stürzten vom Himmel. Wenig später folgten ihre Besitzer. Ich sah, wie Nietzsche sich aus dem Pulk löste und in den Himmel stieg. Er wusste offenbar sehr gut, wann er aus dem Weg zu gehen hatte.

Manche lebten noch eine kurze Zeit. Sie zuckten im Todeskampf. Andere waren noch etwas lebendiger. Sie versuchten, sich mit nur einer Schwinge in die Luft zu erheben. Schließlich kam der Tod auch über diese Kreaturen.

Unsere Fußsoldaten brachten sie alle um. Ein stinkender schwarzer Saft regnete vom Himmel. Das Blut der Bestien. Große ekelhafte Lachen wuchsen auf dem Platz. Der Luftkampf war schon bis hierher vorgedrungen. Überall lagen die Kadaver der Todesflieger.

Unser Angriff schien die Kreaturen überrascht zu haben. Sie wandten sich zur Flucht. Unsere Gleiter stellten ihnen nach. In dem Feuer, das sie durch den Himmel jagten, verging die Nachhut der Todesflieger. Dann drehten sie bei.

Nietzsche donnerte auf den Palast zu. Kurze Zeit später sprang er von seinem Gleiter. Er machte eine etwas spöttische Verbeugung in meine Richtung.

„Majestät, wir haben ihnen den Arsch versohlt."

„Warum habt ihr die Verfolgung abgebrochen?"

„Wir müssen immer mit einer Falle rechnen. Heydrich macht es nichts aus, wenn er Teile seiner Armee dafür verheizt. Außerdem haben wir nicht unbegrenzt Munition für unsere Waffen. Das könnte auch unser größtes Problem werden. Das eben war nur ein kleines Tänzchen im Vergleich mit dem, was uns noch erwartet."

„Wie lange können wir sie noch aufhalten?"

„Schwer zu sagen", antwortete mir Nietzsche. „Es kommt ganz entscheidend auf die Gangart an, die Heydrich jetzt einlegt."

„Was ist dein Tipp?"

„Er gibt Vollgas. Es ist nur die entscheidende Frage, wie schnell er das tun kann."

„Wann kommen unsere Verbündeten?"

„Nicht einzuschätzen", sagte Nietzsche und zuckte mit den Schultern. „Wir wissen nicht, welche Probleme sie unterwegs haben. Vielleicht müssen sie sich mit Heydrichs Partisanentrupps herumschlagen. Möglicherweise geraten sie auch an andere unerfreuliche Dinge. Wir müssen das einrechnen. Kannst du sie nicht sehen?"

Ich schloss die Augen und konzentrierte mich. Aber ich sah nur schwarz-rote Schlieren.

„Ich kann die Finsternis nicht durchdringen."

„Es gibt zwei Möglichkeiten", sagte Nietzsche. "Entweder die liegt wie eine Glocke über uns und wir können sie nicht durchdringen, oder ..."

„Oder?"

„Sie ist einfach schon überall. Und unsere Verbündeten werden nie mehr kommen."

„Dann gute Nacht", bemerkte ich.

„Ja", sagte Nietzsche. „Aber in diese Nacht werden wir nicht allein gehen. Was dann auch immer nach uns kommt, es sollen so wenig wie möglich ihren Spaß daran haben."

„Ich glaube, Heydrich greift bald wieder an. Und ich bin bestimmt kein Prophet", sagte ich.

„Es kann sein, dass du kein Prophet bist", meinte Nietzsche. „Aber ein Optimist bist du bestimmt auch nicht."

„Dafür bin ich einfach schon zu lange mit euch zusammen."

Nietzsche hielt das offenbar für einen guten Witz. Lachend schlug er mir auf die Schulter.

„Ich finde, er taut auf", sagte ich zu Ana. „Bald werden wir mit ihm richtige Menschen besuchen können."

„Davon rate ich ab", lächelte meine Fee. „So richtig heiter wird er erst bei Blutbädern von kosmischen Ausmaß. Er kann nichts dafür. Sein ganzer Clan ist so."

„Aber er ist der Fürst", warf ich ein.

„Na gut", gestand Ana. „Er ist doch schlimmer als die anderen."

„Übrigens sagtest du, sein ganzer Clan ist so", bemerkte ich. „Ich denke, sie sind auf Thule hingeschlachtet worden."

„So ganz totzukriegen sind sie eben nicht“, sagte meine Fee. „Es gibt noch Wölfe in den Schatten.“

„Ich dachte, dass die Mächte der Finsternis und Schlimmeres in den Schatten wandeln.“

„Wer sagt dir denn“, sagte Nietzsche mit sehr leiser Stimme. „Dass die Wölfe nicht das Schlimmere sind.“

„Sagt mir nur eins, haben wir noch mehr Verbündete, von denen ich nichts weiß?“ fragte ich.

Ich wollte im Augenblick einfach möglichst viel hören, was zu meiner Aufheiterung beitragen konnte. Ein Unterzahlspiel gegen Heydrichs Monster wirkte ansonsten nicht gerade beflügelnd. Allerdings hatte ich schon nicht viel Hoffnung, als ich die Frage stellte. Ich sollte mich nicht täuschen.

„Wir können nicht einmal genau sagen, ob sie unsere Verbündeten sind. Die Wölfe in den Schatten sind schon zu lange von uns getrennt“, sagte Ana.

„Könnten sie vielleicht auch gegen uns marschieren?“

Nietzsche schaute mich sehr nachdenklich an.

„Ich bin ihr Fürst. Sie werden mich erkennen. Schwer zu sagen, was dann passiert. Vielleicht bringen sie mich um. Oder sie tragen mich auf Schultern.“

Das hörte sich nicht besonders zuverlässig an.

„Werden sie überhaupt kommen?“

„Ich bin mir ziemlich sicher“, meinte Ana. „So ein Blutbad lässt sich doch Nietzsches Verwandtschaft nicht entgehen.“

Fragte sich nur, in wessen Blut sie baden würden. Bevor ich mich so richtig in meinen düsteren Gedanken verlieren konnte, brach draußen die Hölle los. Ich hörte wieder Raketenwerfer und das Fauchen der Laserwaffen. Die Waffen rissen Lücken in eine Front aus schmutzig-weißen schlangenartigen Leibern, die sich auf unsere Stellungen zuschoben.

Jedes Loch wurde von den Angreifern sofort wieder gestopft. Ich schaute sie durch ein Fernglas an. Die Kreaturen mussten an die drei Meter hoch sein. Kiemenartige Büsche wuchsen an ihren Seiten. Sie gingen aufrecht auf ihren kurzen, kräftigen Beinen. Vorne hatten sie winzige Stummelärmchen.

Ich konnte keine Augen sehen. Die Wesen schienen blind zu sein. Aus ihren Mäulern schoss eine gespaltene Zunge, die sie fächelnd bewegten. Sabber tropfte auf ihre Brust und den Boden. Immer, wenn ein Speichelfaden die Erde erreichte, stiegen giftig-grüne Schwaden auf.

„Säure", sagte Ana zu mir. „Sie ist so stark, dass sie Metall auflöst. Die stärkste Waffe der Lemuren."

„Sie sehen widerlich aus", bemerkte ich.

„Sie sehen besser aus, wenn sie tot sind", sagte Nietzsche.

Dann schwang er sich auf seinen Chopper und donnerte los. Die Gleiter und die Kampfroboter folgten ihm. Sie kamen nicht weit. Todesflieger tauchten auf, und verschwanden im Schwarm, als hätte es sie nie gegeben.

Die Lemuren hatten sich dichter an unsere Stellungen herangeschoben. Sie spuckten ihre Säure in dicken Strahlen. Ich sah, wie sich Krieger der Garde in dampfendes Nichts auflösten. Andere verloren ihre Arme und Beine.

Die Lemuren rückten noch weiter vor. Die Garde zog sich langsam zurück. Die Laserstrahlen und Raketenwaffen zeigten weiter furchtbare Wirkung. Aber das Abwehrfeuer war nicht mehr so konzentriert. Es sah verdammt mies aus für uns.

Die Angreifer erreichten den ersten Verteidigungsring. Die Lemuren krochen durch den Graben. Unsere Stellungen überzog ein wimmelndes schmutziges Weiß. Die Garde ging im zweiten Verteidigungsring in Deckung. Unaufhaltsam rückten die Lemuren näher. Bald würde ihre Säure wieder auf unsere Krieger niedergehen.

Aus dem Himmel stürzte einer unserer Gleiter. Er war leer. Wenig später folgte sein Pilot. Er war schon ein blutiges Bündel Fleisch, bevor er aufprallte.

Unablässig feuerten die Stellungen vom Dach in den Schwarm. Getroffene Todesflieger fielen vom Himmel. Nur Tropfen auf den heißen Stein. Der Schwarm schien sich trotzdem nicht zu lichten.

Es war klar, dass wir uns auf Dauer nicht halten konnten. Ich dachte einen Augenblick an das Werkzeug der Ender. Wenn ich den schwarzen Kraken rufen würde, wäre bald Schluss mit Heydrichs Armee. Möglicherweise aber auch mit allen anderen. Etwas in mir sträubte sich, den Seelenfresser loszulassen.

Während ich noch darüber nachdachte, hörte ich plötzlich Schreie, die direkt aus dem heißesten Sud der Hölle kommen mussten. Und das war gar nicht so weit hergeholt. Irgendjemand briet die Lemuren. Der Boden, auf dem sie standen, war rotglühend.

Sie vollführten einen absurden Veitstanz auf ihren stämmigen Beinen. Dann platzten die ersten und brutzelten wie Spiegeleier auf einer Herdplatte. Andere wälzten sich schreiend, bis schwarzer Rauch aufstieg. Das Letzte, was von ihnen gesehen wurde.

Einigen gelang die Flucht, aber nicht sehr lange. Hinter den Lemuren tauchte eine Feuerwand auf. Die schmutzig-weißen Leiber verbrannten. Widerlicher Gestank von Säure und gebratenen Lemuren zog durch die Luft. Überall waren dichte Schwaden.

Todesflieger, die damit in Berührung kamen, stürzten schreiend vom Himmel. Bevor sie unten waren, hatte sich das Fleisch schon von den Knochen gelöst.

Über unseren Köpfen ballten sich schwarze Gewitterwolken. Der Schwarm verschwand in ihnen. Mächtige Blitze zuckten. Der Donner krachte so laut, als könnte er allein mit dem Lärm die Erde torkeln lassen.

Aus den schwarzen Wolken schossen Nietzsche und der Rest unserer Luftkampftruppe. Nietzsche war klatschnass. Sein Mantel klebte an ihm. Wasser rann aus den Haaren über sein Gesicht. Dann hob er den Hammer in die Luft. Zackenblitze schossen aus ihm in die Wolken.

Blaues Licht tanzte an ihren Rändern. Dann zogen sich die Wolken zusammen. Aus ihnen hörte ich irre Schreie. Das Blut der Todesflieger rann aus dem Himmel, wie der Saft einer Frucht in einer sich zupressenden Faust. Und die Wolken wurden noch dichter.

Nietzsche zerquetschte die Reptilien, er zermalmte ihre Körper. Die schwarze Masse zog sich immer weiter zusammen. Unablässig rann der Lebenssaft der Todesflieger aus dem Himmel.

Lachen bildeten sich auf dem Boden. Ich hörte erstickte Schreie, Knochen knirschten und knackten. Dann schloss sich die gigantische Wolkenfaust. Immer spärlicher tropfte der schwarze Saft zu Boden. Schließlich war ganz Schluss damit.

Nietzsche schwang den Hammer, und die Wolken stoben in Wirbeln auseinander. Sie rissen einen schwarzen Klumpen mit sich, die ausgepressten Reptilienleiber der Todesflieger.

Es war bestimmt nicht angenehm, so zu sterben. Angenehm war es auch nicht, wie die Lemuren, gebraten zu werden. Es ist nie schön, über die große schwarze Schwelle zu treten. Aber, wenn Nietzsche etwas Zeit hatte und dann hinüberhalf, war es besonders widerlich oder jedenfalls ziemlich spektakulär.

Wenn es in der Unterwelt keinen Garderobenwechsel gab, ließ sich Nietzsches Handschrift bestimmt immer wieder erkennen. Alles, was so von ihm kam, war auch durch das beste Bügeleisen nicht mehr in Form zu bringen.

Natürlich tötete er auch ganz rasch und unkompliziert. Schwer zu sagen, was er lieber mochte. Wahrscheinlich war es der Mix aus Todes-Quickies und längeren Nummern. Er unterbrach meine Betrachtungen, als er im Sturzflug in den Palast donnerte.

„Weißt du was, Nietzsche", empfing ich ihn. „Du machst das wirklich gut. So gut, dass sich neutrale Beobachter jetzt schon die Seele aus dem Hals kotzen würden. Aber, ehrlich gesagt, ich fange an, mich zu langweilen."

„Tja", sagte Nietzsche. „Langeweile ist das Los der Könige."

„Ich würde aber auch gern irgendjemand umbringen. Dazu muss ich ja nicht nah rangehen. Aber, ich würde mich einfach wohler fühlen, wenn ich etwas tun könnte."

„Du kannst noch nicht eingreifen", sagte Ana. „Du musst unsere Verbündeten suchen. Nur du kannst das. Erst, wenn du sie gefunden hast, können sie durch die Finsternis dringen."

„Du bist so eine Art Leuchtturm", meinte Nietzsche. „Durch dich schlägt das Herz der Einen wieder. Und sie sehen dich, bevor sie die Herrliche sehen."

Das hörte sich überzeugend an. Es verschaffte mir eine hübsche kleine Sonderrolle. Jeder, der nicht mitschießen wollte, war damit bestens bedient. Aber ich wollte ja.

„Ist das mit dem Lichtbringer gemeint?" wollte ich wissen.

„Er hat schnell gelernt, nicht wahr", sagte Nietzsche zu Ana. „Die Krone von Atlantis lässt seinen Geist fliegen."

Ana musterte den Fürst der Felseninsel.

„Er ist, der er ist. Der Wolff trägt die Krone, nicht sie ihn."

Plötzlich hob sich die Decke aus schwarz-roten Schlieren an den Rändern. Ich sah Avalons Heer, die Undinen und ihre Brüder im Meer, die Lichtwesen kamen, und in den Himmeln flogen die Vier. Auf dem Meer fuhren Boote. Ihre Segel schmückte der Kopf des Wolfes. Es war eine Flotte.

„Ich sehe sie", rief ich. „Unsere Armeen marschieren. Avalon und die anderen kommen. Und ich sah auch Schiffe im Zeichen des Wolfes."

„Ich habe es dir doch gesagt", freute sich Ana. „Nietzsches Verwandtschaft lässt sich so ein Blutbad nicht entgehen."

„Wollen wir hoffen", bemerkte ich. „Dass sie noch zu ihrem Fürsten stehen."

„Das wollen wir uns doch sehr wünschen", sagte meine Fee.

„Es mag nicht besonders aufmunternd klingen", erklärte Nietzsche. „Ich habe ihnen nie so richtig getraut."

„Ich bin mir ganz sicher, dass sie genau das über dich sagen würden", mischte ich mich ein.

Natürlich traf das wieder Nietzsches Verständnis von Humor. Er lachte so laut, als hätte ich gerade den besten Witz seines Lebens erzählt.

„Du kannst dir ganz sicher sein, dass sie genau das über mich sagen würden."

Wir konnten das Gespräch nicht zu Ende führen. Plötzlich wankte der Palast unter gewaltigen Schlägen. Ich sah die Flugbahnen von Raketen und Laserstrahlen. Heydrichs Artillerie griff an. Trümmer fielen von der Decke des Thronsaals. Ich sah, wie Feuerwalzen unsere Stellungen zermalmten. Fäuste aus Hitze und Tod droschen auf unsere Garde ein.

„Jetzt will er es langsam wirklich wissen", sagte Ana. „Bald kommen seine Wolfsreiter und die schwarzen Gleiter."

„Warum hat er nicht schon früher so angefangen?" wollte ich wissen.

„Vielleicht hat er uns unterschätzt", meinte Nietzsche. „Vielleicht wollte er auch die Lemuren und Todesflieger loswerden. Oder es hat ihm einfach Spaß gemacht. Er ist einfach kein sehr fürsorglicher Vorgesetzter."

„Wie lange können wir uns jetzt noch halten?“

„Wir werden sehen“, sagte Nietzsche. „Noch haben wir ein paar Überraschungen.“

„Welche?“ fragte ich.

Nietzsche schaute mich an und grinste fröhlich. Er hob den Hammer mit einer Hand und streckte ihn von sich. Ein gewaltiger Blitz schoss quer durch den Thronsaal aus dem Palastfenster. Er verfehlte die Garde und ihren Raketenwerfer nur knapp. Genauer gesagt, waren sie mit einem Panthersprung in Deckung gegangen. Nietzsche war offenbar auch kein sehr fürsorglicher Vorgesetzter.

Ich auch nicht. Ich spürte das Gewicht der Magnum und fühlte ihre wilde Energie. Der Lichtbringer wollte abgefeuert werden. Ich zögerte, denn ich spürte den Verrat.

„Trau nie dem Lichtbringer“, fielen mir die Worte meines Doppelgängers ein. Wen würde sie in den Untergang reißen, wenn ich die Waffe abfeuerte? Und wen würde ich in den Untergang reißen. Ich traute dem Lichtbringer nicht, weil ich mir nicht traute. Wir waren eins.

Auf Heydrichs Seite der Front stieg ein roter Glutball in den Himmel. Danach gab es eine gewaltige Explosion.

„Klasse“, gab ich zu. „Mach doch gleich weiter.“

DER FLAMMENFRESSER

Wer aber weitermachte, war Heydrich. Die Explosion schien ihn stinksauer gemacht zu haben. Feuer fiel aus dem Himmel. Der Palast wankte. Brennende Balken krachten in den Thronsaal.

Und dann sah ich den Himmel. Ein gewaltiges Loch klaffte im Dach. Durch die Öffnung tropfte eine schwarze Flussigkeit. Ich beachtete sie nicht weiter, weil ich mich mit einem gewaltigen Sprung vor einem herabstürzenden Balken retten musste.

Das Holz krachte knapp neben mir auf den Boden. Glühende Funken versengten meine Haut.

Bevor ich mich allzu sehr damit beschäftigen konnte, hörte ich Schreie, die das Blut gefrieren ließen. Krieger der Garde standen in Flammen. Sie wälzten sich auf dem Boden, um die Flammen zu ersticken. Andere wollten ihnen helfen. Das Feuer war nicht zu löschen. Dann sah ich, wie die schwarze Flüssigkeit auf einen Krieger zukroch, als wäre sie lebendig. Sie schwappte über seinen Fuß. Sofort stiegen Flammen auf. Es stank nach verbranntem Fleisch.

Der Mann schrie vor Schmerzen und versuchte, die schwarze Masse abzuschütteln. Sie kroch immer weiter an ihm hoch, bis sie seinen Körper bedeckte. Nur den Mund ließ sie frei. Als würde sie sich an den Schreien der Opfer ergötzen wollen.

Die Krieger in den Rüstungen starben noch langsamer. Der schwarze Mantel umhüllte sie. Manchmal schimmerte ein Stück weißglühendes Metall durch. Sie wurden langsam in ihren Rüstungen geröstet. Ihre Schreie wurden bald zu einem furchtbaren Wimmern. Die schwarze, dicke Flüssigkeit eroberte den Thronsaal. Sie schien bald überall zu sein. Feurige Tentakel griffen nach den Kriegern.

Dann tropfte der schwarze Schleim durch das Dach auf meinen Thron.

„Raus“, brüllte Nietzsche. „Er schickt den Flammenfresser.“

„Komm“, sagte Ana zu mir. „Wir müssen zu Nietzsches Gleiter.“

Mit Riesensätzen liefen wir die Stufen herab. Die schwarze Flüssigkeit folgte uns. Sie ergoss sich zäh hinter uns die Treppe herab. Wir erreichten knapp vor der brodelnden Masse Nietzsches Gleiter.

Er warf sich auf die Maschine. Bedauerlicherweise konnte nur einer sitzen. Wir klammerten uns mit den Händen an Metallkufen fest. Nietzsche gab Gas. In diesem Augenblick erreichte uns die schwarze Masse. Nietzsche zog den Gleiter hoch. Wir mussten unsere Füße einziehen, als er durch das Palastfenster donnerte.

Dann raste er auch schon im Zickzack auf unsere Stellungen zu. Laserstrahlen und Raketen wühlten den Platz um. Es war nicht einfach, sich festzuhalten. Andererseits hatten wir keine echte Alternative. Nach einer kurzen Höllenfahrt erreichten wir unsere Linien. Wir sprangen ab und liefen auf die Deckung zu.

Nietzsche und Ana verschwanden kurz vor mir im Graben. Mir half eine nette kleine Druckwelle in rekordverdächtiger Zeit über die letzten Meter. Nietzsches Chopper war explodiert. Ich landete ziemlich unsanft im Dreck, wurde aber von helfenden Händen wieder auf die Füße gestellt.

Die Garde hatte ihrem König aufgeholfen.

„Klasse Sprung“, brüllte mir Nietzsche ins Ohr. Er hob einen Daumen hoch. Vielleicht sollte ich ihn einfach an die Wand stellen lassen. Ich war überhaupt nicht überrascht, als ich feststellte, dass der Gedanke in mir echte Begeisterung auslöste. Aber im Augenblick brauchte ich Nietzsche noch. Vielleicht würde Heydrich ihn ja umbringen oder sein mit Sicherheit blutrünstiger Clan. So schlecht standen die Chancen dafür nicht. Aber, wenn ich nicht aufpasste, sprang ich dabei vielleicht auch über die Klinge. Ich seufzte tief und meinte das ganz ernst. Wir waren aneinander gekettet.

Plötzlich wurde es still. Als ich es wagte den Kopf zu heben, begriff ich, warum Heydrich mit der Kanonade aufgehört hatte. Hinter uns schwappte der schwarze Brei aus dem Palastfenster und ergoss sich auf den Platz. Es war nicht schwer, sich vorzustellen, was hier bald los sein würde. Heydrich räucherte uns aus. Und wenn er damit fertig war, würde sich ihm nichts mehr in den Weg stellen. Ascheschlacken kämpfen nicht mehr besonders gut.

Die schwarze Flüssigkeit berührte die Kadaver der Todesflieger. Sie gingen in Flammen auf. Stinkende schwarze Rauchsäulen stiegen in den Himmel. Die Flüssigkeit wuchs weiter zu einem ekelhaften schleimigen Berg.

„Er wird noch größer sein, wenn er uns alle auch noch verbrannt hat“, sagte Nietzsche. „Geschmortes Fleisch macht ihn fett.“

„Ich möchte aber nicht als Grillgut für ein Wesen mit so zweifelhaften Manieren enden“, warf ich ein. „Sowas ist nichts für Könige.“

„Zier dich nicht so“, freute sich der Fürst der Felseninsel. „Irgendwie passt ihr doch zusammen.“

Der Flammenfresser schwoll weiter an. Er wälzte sich auf unsere Stellungen zu. Laserstrahlen und Raketen stoppten ihn nicht. Sie verschwanden wirkungslos in der Masse. Der schwarze Berg aus Schleim wälzte sich unhaltbar auf uns zu. Es stank nach verschmortem Fleisch und noch Widerwärtigerem. Als hätte die Hölle ihren Parfümschrank geöffnet.

„Er stinkt“, bemerkte ich.

„Vielleicht nicht mehr lange“, sagte Nietzsche. „Wir haben noch eine Hoffnung.“

„Was hast du vor?"

„Ich werde den Bastard auslöschen."

„Klappt das?"

„Ich habe keine Ahnung", zuckte er mit den Schultern. „Es hat einfach noch keiner geschafft."

„Laser und Raketen steckt er weg."

„Wir versuchen es einfach mit Wasser. Schließlich macht er einen ziemlich feurigen Eindruck."

„Was immer du vorhast. Beeil dich."

Der Flammenfresser kam näher. Und auch auf Heydrichs Seite war Bewegung. Seine Truppen rückten vor. Eine unabsehbare Masse bis zum schwarzen Horizont.

Nietzsche hielt den Hammer mit beiden Händen. Die Augen hatte er geschlossen. Langsam hob er den Hammer höher. Es schien, ihm Kraft zu kosten. Kleine Adern schwollen an seinen Schläfen. Dann schlug er den Stiel mit einem gewaltigen Schrei auf den Boden. Die Erde riss auf. Der Platz sah aus wie zersprungenes Glas, feine Risse durchzogen ihn. Dann wurden aus den Rissen klaffende Spalten.

Geysire schossen in die Höhe. Zwischen uns und der schwarzen Masse stand ein dichter Vorhang aus fauchenden Fontänen. Es klang, als würde die Erde wie ein Raubtier brüllen. Und die entfesselte Bestie griff den Flammenfresser an. Ich hörte die Schreie der Kreatur. Uralt und böse. Der Schleim warf Blasen, die mit lautem Knall explodierten. Die schwarze Masse verdampfte, wenn das Wasser sie voll traf. Oder sie schmolz in kleinen blubbernden Lachen.

Die schwarze Flüssigkeit pulsierte. Die Schreie wurden noch lauter. An manchen Stellen wurde sie milchig-weiß. Dann versuchte sie, dem Wasser zu entkommen. Aber auch hinter ihr und an den Seiten brach die Erde auf. Der Flammenfresser war von den fauchenden Fontänen umringt. Das Wasser ergoss sich über die Kreatur. Schließlich verschwand alles hinter den Wänden aus Wasser.

Nietzsche betrachtete das Schauspiel in aller Ruhe. Er hatte sich auf den Hammer gestützt.

„Scheint zu klappen", brüllte ich Nietzsche ins Ohr.

Er reagierte nicht. Ich schaute mich um. Die Männer der Garde lehnten an den Wänden unseres Grabens. Ihre Kameraden waren in gewaltigen Feuerwalzen verbrannt. Bestien hatten sie mit Säure überschüttet oder schlicht geschmort. Sie wirkten trotzdem erstaunlich gelassen. Die Männer überprüften ihre Waffen. Sie würden sich nie ergeben.

Aber um uns stand es nicht besonders gut. Vor uns waren die Gräben mit den Leichen unserer Leute gefüllt. Ich sah Beine über den Rand ragen. Abgerissene Köpfe lagen in Sichtweite. Ein Volltreffer von Heydrichs Artillerie.

Hinter uns im Palast sah es auch nicht viel besser aus. Dort waren nur noch Aschehäufchen übrig. Auf dem Dach des Palastes sah ich bizarre Klumpen verschmorten Metalls. Vereinzelt ragten verbogene Geschützrohre daraus hervor.

Was von unseren Gleitern und Kampfrobotern noch übrig war, konnte ich nicht sagen. Allerdings waren mir einige Trümmerhaufen auf dem Platz nicht entgangen.

Dann sah ich, wie die Fontänen langsam versiegten. Der Vorhang aus Wasser existierte bald nicht mehr. Es war still. Ich war vom dröhnenden Lärm zuvor allerdings noch immer halb taub. Vom Flammenfresser gab es keine Spur mehr. Ana sagte etwas. Ich konnte sie nicht verstehen, sah aber, wie sie ihre Lippen bewegte. Ich ging zu ihr.

Sie schaute mich mit den Augen der Fee an. Das blau-grüne Feuer loderte in ihr. Ana ergriff meinen Kopf mit beiden Händen und führte ihre Lippen an mein Ohr. Sie biss sanft hinein und sprach dann. Ich verstand jedes ihrer Worte, obwohl ich noch immer halb taub war.

„Die Erde hat den Flammenfresser vernichtet. Er hatte kein Recht, hier zu sein. Sie hat ihn von ihrem Antlitz getilgt. Die Erde erträgt Heydrichs Beleidigungen nicht mehr. Sie kämpft auf unserer Seite."

Ich hatte bisher zwar geglaubt, dass es wieder einmal Nietzsches Vernichtungswerk gewesen war. Aber meinetwegen. Wer auch immer es war, er war mir willkommen.

„Schau mal durch."

Nietzsche drückte mir eine Art Fernglas in die Hand und deutete auf Heydrichs Truppen. Es war ziemlich ernüchternd. Seine Armee wirkte wegen ihrer ungeheuren Größe schon aus der Ferne beeindruckend. Aus der Nähe betrachtet, sah sie zusätzlich auch noch sehr widerwärtig und ungemein gefährlich aus.

Neben den bekannten Scheußlichkeiten hatte er sich noch ein paar neue einfallen lassen. Wesen mit nur einem Fuß, der direkt aus dem Kopf wuchs. Kreaturen, die aussahen wie der schleimige Auswurf eines Lungenkranken. Und einige wirkten wie angeschimmelte Pizza oder aufgeplatzte Eiterbeulen. Er musste auch noch die Mülleimer der Hölle geleert haben.

Dann sah ich haarige Tiere von der Größe mehrerer Elefanten. Sie waren gepanzert. Auf ihrem Rücken trugen sie Türme, aus denen Geschützrohre ragten. Zwischen ihnen gingen Trolle und Riesen. In den Händen hielten sie mächtige Keulen und Streitäxte. Ich gab das Fernglas zurück.

„Ist dir etwas aufgefallen?“ fragte Nietzsche.

„Sie sehen wirklich richtig hässlich aus. Woher hat er nur diesen ganzen Müll?“

„Das meine ich nicht“, sagte der Fürst der Felseninsel. „Hast du die Wolfsreiter oder die Gleiter gesehen?“

Ich schüttelte mit dem Kopf. Tatsächlich hatte es keine Spur von Heydrichs schwarzer Garde gegeben.

„Wo stecken sie?“

„Ich habe keine Ahnung“, sagte Nietzsche. „Aber ich habe kein sehr gutes Gefühl bei der Sache. Versuch, unsere Verbündeten zu erreichen.“

DIE SONNE DER BESTIE

Ich schloss die Augen, konzentrierte mich und versank in einem schwarzroten Ozean. Nur manchmal klärte sich die Sicht. Ich sah die Schemen des Heeres von Avalon. Blutrotes Licht flackerte. Wie ein Stroboskop des Todes. Feuerbälle stiegen in den Himmel. Rotes Licht spiegelte sich auf zerborstenen Rüstungen.

Die Marschkolonnen der Schlangenkrieger waren auseinander gebrochen. Ich sah nur noch kleinere Trupps und weiße Lichtsäulen.

Um die Undinen herum schien das Meer zu kochen. Ungeheure Erschütterungen bewegten die Wassermassen. Gelegentlich hörte ich einen dumpfen Knall. Und dann sah ich einen Leviathan.

Gegen die vier Wächter schien ein gelblicher Himmel zu kämpfen. Sie kamen nur mühsam voran, als würde die Luft immer zähflüssiger, wurden immer langsamer, und bald wären sie gefangen wie Insekten im Bernstein.

Nur zu den Wolfs-Schiffen und den vier Wächtern bekam ich keinen Kontakt. Urplötzlich brachen auch alle anderen Verbindungen ab. Der schwarz-rote Vorhang zog sich wieder zu.

„Ich habe sie gesehen", sagte ich. „Das war der klarste Kontakt bisher. Sie müssen nahe sein, und sie werden angegriffen. Es sieht schlecht aus. Bei den Undinen schwamm ein Leviathan. Die anderen haben auch Probleme. Nur die Wolfs-Schiffe konnte ich nicht entdecken."

„Es gibt mindestens zwei Möglichkeiten", erklärte Nietzsche. „Entweder, es stimmt, was du gesehen hast, oder es war einer von Heydrichs Tricks. Dann will er uns einfach weichkochen."

„Wie auch immer", sagte ich. „Auf jeden Fall weiß er, dass unsere Verbündeten auf Atlantis marschieren."

„Ich denke", meinte Nietzsche. „Es ist auf jeden Fall zu spät, unsere Taktik zu ändern."

„Wir haben eine Taktik?"

„Ja", strahlte er mich an. „Wir bringen so viele wie möglich um. Und dann hoffen wir, dass wir am Ende übrig bleiben."

„Das hört sich einfach an."

„Die einfachen Sachen klappen oft am besten", behauptete Nietzsche.

Von Heydrichs Truppen drang ein infernalischer Lärm zu uns herüber. Es hörte sich an wie fernes Grunzen, Quieken, Fauchen und jenes Platschen, wenn ein Eimer Schleim aus großer Höhe fällt. Das Ganze wurde untermalt durch metallisches Scheppern und ein Geräusch, als würde ein Affe Geige spielen und gleichzeitig hunderte Krallen und Fingernägel an Tafeln entlangkratzen.

„Was ist das?"

„Ich glaube, sie machen Musik", sagte der Fürst der Felsensinsel.

„Wenn du mir einen Gefallen tun willst ..."

„Ja?"

„Bring das ganze Orchester um. Und wenn du damit fertig bist, bring auch noch den um, der die Musik bestellt hat."

„Ich werde mein Bestes tun“, versprach Nietzsche.

Er gab einige Befehle. Die Garde zielte mit ihren schweren Waffen auf die heranrückende Horde.

„Wir lassen sie ganz nahe herankommen“, erklärte mir mein finsterer Feldherr. „Dann haben wir alle mehr davon.“

Und sie kamen näher. Jetzt konnte ich sie nicht nur sehen und hören, ich roch sie auch. Ein widerwärtiger Gestank wehte vor ihnen her, wie ein Banner der Verwesung und des Moders aus dem Abgrund.

Ich schaute mein Schöne an. Sie lächelte. Dann küssten wir uns.

„Nur, falls wir das hier nicht überleben", sagte ich. „Und Ana, ich liebe ...“

Sie legte mir ihren Zeigefinger auf die Lippen.

„Ich weiß, mein Wolff. Lass es die Götter nicht hören, sie könnten eifersüchtig werden.“

Ihre Augen funkelten amüsiert. Ich umarmte sie. Sie war wirklich ganz reizend. Jedenfalls dann, wenn man sich von gekreuzten Schwertern auf dem Rücken nicht weiter stören lässt.

Als ich sie losließ, konnte ich die Feinde schon mit bloßem Auge ziemlich gut erkennen. Sie waren wirklich verdammt hässlich. Nietzsche ließ sie immer näher kommen.

Der Gestank und der Lärm wurden langsam unerträglich. Es schepperte, grunzte und quietschte in allen Tonlagen. Ich hatte das Gefühl, dass jemand mein Gehirn durch eine Schweinesuhle zog und dabei eine Kreissäge und eine Schrottpresse unermüdlich laufen ließ.

Nietzsche ließ immer noch nicht das Feuer eröffnen. Dabei hätte er diesmal mit Sicherheit alle einigermaßen zivilisierten Wesen des Universums auf seiner Seite gehabt. Ich vermutete sogar, dass selbst die Einzeller Beifall klatschen würden, wenn sie nur Hände hätten.

Dann erreichten die ersten Voraustrupps von Heydrichs Armee den Platz. Es waren Tiermenschen. Sie blieben stehen, als sie uns sahen.

Immer mehr sammelten sich. Die Tiermenschen gestikulierten aufgeregt und deuteten in unsere Richtung. Dann liefen sie mit einem Aufschrei los. Krallenfüße zertraten die Mosaiken auf dem Boden. Eine gewaltige Horde schoss auf uns zu. Ich sah Sabber von Hauern tropfen. Es wurde langsam wirklich mulmig.

Dann gab Nietzsche den Befehl zum Feuern. Die ersten Angreifer liefen in eine weißglühende Wand aus Laserstrahlen. Sie verschwanden einfach.

Sie konnten den Schwung ihres eigenen Angriffs nicht abbremsen. Die hinteren schoben die vorderen Reihen ins Verderben. Damit der Schwung auch nicht erlahmte, schlugen weiter hinten Raketen ein. Wer stehen blieb, war tot, und wer ihnen entkommen wollte, musste nach vorn. Nietzsche hatte sich wirklich wieder einmal etwas einfallen lassen.

Es sah ganz gut aus für uns, bis die Erde aufbrach. Riesige weiße Würmer tauchten plötzlich mitten in unserer Stellung auf. Ich sah gleich fünf Männer neben mir in einem Maul verschwinden. Nietzsche warf etwas hinterher in den Schlund. Als der Wurm abtauchen wollte, hörte ich eine gedämpfte Explosion.

Das Tier richtete sich schreiend auf. Es musste 30 Meter groß sein. Dann explodierte es in einer Kettenreaktion, die sich irgendwo in seinen Eingeweiden abspielen musste. Schleim schwappte wie zäher Regen vom Himmel.

Ein anderes Tier hatte nur noch ein gähnendes Loch, wo sein Kopf gewesen war. Eine schlecht gelaunte Ana betrachtete angeekelt den Schleim auf ihren Klingen.

Unter ihr brach ein Wurm durch den Boden. Ana sprang zu spät. Er zog sie wie ein Staubsauger in seinen Schlund. Ich war wie versteinert.

Bis ich sah, dass zwei Klingen von innen knapp unter dem Schlund durch seinen Leib stießen. Kurze Zeit später stand eine noch schlechter gelaunte Ana wieder auf dem Boden des Grabens. Während der Wurm versuchte, mit der Tatsache klar zu kommen, dass er tot war.

Die Männer der Garde gingen zum Gegenangriff über. Ihre Laserwaffen gruben sich in die Wurmkörper. Weißes Fleisch verkochte. Die Giganten tauchten ab, kamen aber immer wieder. Weiter verschwanden Männer in der Tiefe. Sie wurden herabgerissen in den Sog, der plötzlich unter ihren Füßen auftauchte.

Vom Rand des Platzes ertönte ein hämmernder Lärm. Heydrichs Bastarde schlugen die Waffen auf ihre Schilde. Offenbar machte es ihnen Spaß, was sie hier sahen. Dann rückten sie vor. So langsam, als könnten wir ihnen nicht mehr entkommen.

Und dann waren Nietzsches Gleiter da. Es waren drei. Sie donnerten über unsere Köpfe hinweg. Der Lärm der Waffen auf den Schilden der Angreifer wurde plötzlich übertönt. Ich hörte Schreie und sah einen Riesen, der sich die Hände vor die Augen hielt. Blut floss zwischen seinen Fingern.

Anderen ging es auch nicht besser. Kleine Minen sprangen in die Luft, bevor sie explodierten. Ein Regen aus Metallsplittern ging auf die Angreifer nieder. Die Gleiter klinkten die tödliche Fracht aus und zogen himmelwärts.

Sie flogen eine Schleife und kamen zurück. Sie flogen tief. Ihre Laserwaffen brachten Tod und Vernichtung in die Reihen der Angreifer. Und sie flogen Welle auf Welle. Brüllend schlugen die Riesen nach den Gleitern. Die tödlichen Hornissen aus Stahl stachen weiter.

Bewegung kam in Heydrichs Truppen. Schreiend wandten sich die Tiermenschen zur Flucht. Andere folgten ihrem Beispiel. Sie kamen nur bis zum Rande des Platzes. Dort schossen Männer in schwarzen Uniformen die Fliehenden zusammen.

Raketen flogen auf unsere Gleiter zu. Die Piloten flogen Ausweichmanöver. Aber die Geschosse folgten ihnen. Unsere Maschinen wurden langsamer, als ginge ihnen die Energie aus.

„Haut ab“, brüllte Nietzsche.

Aber es war zu spät. Drei Glutbälle wuchsen in den Himmel. Nietzsches Kaumuskeln mahlten. Mit einem gewaltigen Schrei schlug er den Hammer auf den Boden. Die Erde bebte wieder.

Aus dem Boden wuchs eine gewaltige Scheibe aus Feuer. Erst langsam, dann immer schneller raste sie auf Heydrichs Truppen zu. Mit jeder Umdrehung schien sie zu wachsen. Als sie ankam, gab es ein hässliches Geräusch. Sie fraß sich wie eine brennende Kreissäge durch das Fleisch der Angreifer.

Nietzsche gab einen Befehl und farbige Nebel stiegen zwischen uns und Heydrichs Armee auf. Im Graben sah es hoffnungslos aus. Noch immer kämpften die Männer gegen die Würmer.

„Wir hauen ab“, brüllte mir Nietzsche ins Ohr. „Zurück zum Palast.“

Ich winkte Ana heran. Nietzsche gab den Männern ein Zeichen. Sie verstanden und sprangen aus dem Graben. Es waren vielleicht noch zwanzig. Verwundete gab es nicht. Alle trugen Rüstungen. Sie nahmen uns in die Mitte. Wir gingen mit ihnen. Die Männer sicherten aufmerksam nach allen Seiten. Wir waren unterwegs. Vor uns brach ein Wurm durch das Pflaster. Flammenzungen fraßen ihn.

Durch die rötlichen Schwaden hörte ich wieder das Geräusch der Waffen, die auf die Schilde geschlagen wurden. Sie würden kommen, und diesmal konnten wir sie nicht mehr aufhalten.

Aus allen Richtungen drang das triumphierende Heulen gigantischer Wölfe. Ich ahnte, wer da auf dem Schlachtfeld eingetroffen war.

„Lauft", brüllte Nietzsche. „Das Rudel jagt uns."

Ich hörte, wie Krallen über Stein schabten. Ein sehr leises und böses Klicken. Dann tauchte ein gewaltiger Kopf aus dem Nebel auf. Die gelben Augen leuchteten in den blutroten Schwaden. Die Sonne der Bestie war aufgegangen. Und ich liebte ihr Licht. Ich hörte das Metall der Rüstungen unter gewaltigen Zähnen brechen. Aus dem Rudel stieg eine Kraft auf, die mich durchdrang. Ich schmeckte Blut und spürte, wie meine Zähne Fleisch durchtrennten und Knochen zermalmten. Ein wildes Gebet aus Geruch und Gier. Schön und furchtbar und unstillbar gefräßig wie das Leben. Und ich kannte die Worte von Anbeginn.

„Gebet an den Grauen Gott
Lass uns leben, Bruder, als wären wir noch eins
Lass unsere Seele böse sein
Und unseren Hunger unstillbar
Lass das Fleisch unserer Beute gut sein
Und ihr Blut köstlich
Lass uns so grausam sein
Dass wir erkannt werden als die, die das Leben achten"

Ich hatte sie gesucht, und sie hatten mich gefunden. Das Rudel jagte, und ich würde bei ihm sein. So war es bestimmt vom Anbeginn der Zeiten. Die Wolfszeit war nahe.

Anas Stimme riss mich aus der Versenkung.

„Komm“, brüllte sie.

Ana und Nietzsche zogen mich mit sich. Wir erreichten das Tor. Hinter uns hörte ich die Krallen klicken. Dann waren wir durch und das Tor schwang krachend zu.

FRONTTHEATER

Die Springbrunnen plätscherten immer noch, und der Wasserfall ergoss sich in das Bassin. Aber es sah nicht mehr verlockend aus. Was von der Wand floss, war rot und zäh wie nicht mehr sehr frisches Blut. Im Bassin war es schon fast schwarz und zu einem widerlichen Brei geworden. Es stank wie im Schlachthaus.

Die Statuen der Götter waren rotverschmiert. Dicke schwarze Fliegen klebten in Schwärmen an ihnen. Ich hoffte jedenfalls, dass es Fliegen waren. Wir hielten uns nicht lange genug dort auf, um das sicher sagen zu können.

Die Tribünen im nächsten Raum waren nicht mehr leer. Auf den Plätzen entdeckte ich die silbernen und goldenen Rüstungen der Schlangenkrieger wieder. Das Metall war feuchtrot. Blut tropfte aus den Harnischen.

Neben ihnen saßen unsere toten Feinde. Wie schlaffe Gliederpuppen. Bei manchen fehlte der Kopf, andere hatten anstatt ihrer Gliedmaßen nur noch Stümpfe. Dazwischen waren noch mehr blutverschmierte Götterstatuen. Schwarze Fliegenwolken umschwirrten die Leichen. Es mussten hunderte Tote sein.

Ein unsichtbares Orchester fing an, eine Melodie zu spielen. Es war ein französischer Chanson, den ich kannte: Chagrin d’ Amour. Liebeskummer.

Es wurde dunkel. Scheinwerfer huschten über die Leichen. Die Lichtkegel tanzten leichtfüßig über die stummen Zuschauerreihen.

Auf einen Schlag sprangen die Visiere der Rüstungen auf. Es waren unsere Gefallenen. Aus leeren Augenhöhlen starrten sie auf die Bühne.

Der Tanz der Scheinwerferkegel wurde immer wilder. Dann ruhten die Spots auf der Bühne. Ich sah steife Ritter auf Pferden. Sie waren mit Stangen an die Kadaver ihrer Tiere genagelt worden. Über ihren durchbohrten Schädeln flatterte das Banner Avalons im Luftzug einer Windmaschine.

Halb verkohlte Schlangenkrieger wurden auf einem Gestell hereingerollt. An den Stäben flatterten die Kutten der Lichtwesen.

Wale hingen an Haken aufgespießt als grausiges Mobile von der Decke. Zwischen ihnen glitzerten die Spiegelflächen einer gigantischen silbernen Kugel, die sich langsam drehte.

Applaus dröhnte durch den Raum. Die Toten auf den Rängen bewegten sich in Zuckungen, als hielte es sie kaum noch auf den Plätzen.

Die Toten auf der Bühne vollführten wilde, eckige Bewegungen. Die Ritter ruckten die Linien unsichtbarer Rechtecke entlang. Groteske, steife Gestalten, über denen die Banner von Avalon im stärker werdenden Wind flatterten.

Vom Gestell winkten die Schlangenkrieger. Die ruckartigen Bewegungen ließen die verkohlten Leichen tanzen.

Die Wale an der Decke drehten sich immer schneller. Der französische Chanson leierte weiter. Es klang, als hätte die Platte einen Sprung.

Immer schneller wurde der groteske Tanz der Toten auf der Bühne. Die Ritter wankten auf ihren Reittieren, als würde es sie dort nicht mehr lange halten.

Das Gestell ächzte und knarrte. Tote Schlangenkrieger hingen nur noch mit einem Fuß fest. Sie wurden hinterhergeschleift.

Auf der Tribüne fielen Leichen Glieder und Köpfe ab. Walfleisch löste sich vom Haken und begrub mit lautem Klatschen tote Zuschauer unter sich.

Dann barst die Silberkugel mit einem gewaltigen Knall. Die Splitter drangen in totes Fleisch. Aus dem Kopf eines Ritters ragte eine große Spiegelscherbe wie eine obszöne Krone.

Anstelle der Silberkugel erschien ein riesiger gelber Klumpen. Er war durchsichtig. In seinem Innern war einer der Wächter eingeschlossen. Plötzlich durchzogen Risse den Klumpen. Dann barst auch er und mit ihm der Wächter.

Die Musik brach jäh ab. Das Licht ging aus. Ein einzelner Scheinwerferkegel tastete sich durch den Raum. Schließlich fiel sein Licht auf die Bühne. Ein Mann in schwarzer Uniform trat vor und verbeugte sich ruckartig. Dann ging er zum Mikrofon. Es war Heydrich.

„Danke. Es war wieder gut, bei euch zu sein. Ihr seid ein fantastisches Publikum."

Die Toten verfielen in Raserei. Der Mann verbeugte sich immer wieder und warf Kusshändchen.

„Danke", rief er. „Danke. Danke."

Als er eine gebieterische Bewegung mit den Händen machte, brach der Lärm sofort ab.

„Meine Freunde", sagte er. „Wir haben Gäste. Und ich glaube, sie wollen die ganze Show sehen. Heißen wir unsere Gäste willkommen."

Applaus dröhnte. In dem Augenblick zog Nietzsche eine großkalibrige Waffe und drückte ab. Er traf Heydrich in den Kopf. Der Mann in der schwarzen Uniform taumelte nach hinten. Mit einem Ruck kam sein Oberkörper wieder nach vorn. Oberhalb des Mundes fehlte das halbe Gesicht.

Heydrich machte eine kleine Pause. Dann gab er ein Zeichen und sprach in die Stille hinein. Ich sah, wie sich seine Lippen mechanisch bewegten. Auf der Bühne stand eine Puppe.

„Und sie sollen die Show haben. Meine Damen und Herren: die Krönung des falschen Königs."

Mit einem lauten Knall schwangen die Türen des Thronsaals auf. Er war hell erleuchtet.

„Okay", sagte Nietzsche. „Wir gehen rein."

Ana und Nietzsche warfen sich durch die Tür und rollten sich ab. Es war keiner zu sehen, den sie umbringen konnten. Ich ging zu ihnen.

Plötzlich klatschten zwei Hände einen dünnen Applaus. Das Geräusch kam von den Thronen. Heydrich saß dort.

„Feiner Auftritt", sagte er. „Erst erschießt ihr eine Puppe und dann überseht ihr mich. Ihr seid ziemlich eingerostet."

„Was sollte die Vorstellung da draußen?" fragte Nietzsche.

„Nennen wir es Fronttheater", antwortete Heydrich. „Hat es euch gefallen?"

„Deine Darsteller sind ein wenig hölzern", bemerkte Nietzsche. „Sie wirken geradezu leblos. Da muss noch viel getan werden."

„Allerdings", ließ sich meine Schöne hören. „Sind deine Leute tot eindeutig angenehmer. Sie haben dann einfach bessere Manieren."

Heydrich lachte. „Du hast ganz Recht. Einige von ihnen benehmen sich ganz unverzeihlich schlecht. Aber ich kann leider nicht überall sein und auf sie Acht geben."

„Haben sich die Lemuren und die Todesflieger auch unverzeihlich schlecht benommen?" wollte Nietzsche wissen.

Ein feines böses Lächeln wanderte wie ein kleiner Schatten über Heydrichs Gesichtszüge.

„Genug geplaudert", entschied er dann. „Ihr wisst, dass ihr verloren habt."

„Du weißt ganz genau", entgegnete Nietzsche, „dass wir das nie so genau wissen."

„Ja", seufzte Heydrich. „Es ist wirklich ein Kreuz mit euch."

„Wie auch immer, was machen wir nun?" fragte der Fürst der Felseninsel.

„Lass mich überlegen", sagte Heydrich. „Du könntest versuchen, mich umzubringen. Ana würde dir bestimmt helfen."

Er sah erwartungsvoll auf die beiden. Sie rührten sich nicht.

„Nein, das würdet ihr jetzt nicht tun wollen. Ihr wisst ja nicht einmal, ob ich wirklich hier bin. Ein anderer Vorschlag: Ich lasse die Gefangenen frei, die ich in letzter Zeit gemacht habe."

„Seit wann machst du Gefangene?" fragte Ana.

„Es ist wirklich ein Ärgernis", lächelte Heydrich. „Wir kennen uns zu gut. Aber, ich habe mich geändert."

„Hilft uns das jetzt?" wollte Nietzsche wissen.

„Ich glaube kaum", sagte Heydrich. „Übrigens denke ich, dass unser schweigsamer Freund vielleicht weiterhelfen könnte. Wir sind unhöflich, schließlich ist der König unter uns."

„Ich warne dich", sagte Ana zu mir. „Was jetzt auch immer kommt, ist gelogen."

„Du darfst es meiner Schwester nicht übel nehmen, wenn sie so spricht", erklärte Heydrich. „Sie hatte eine schwere Kindheit und hat ihrer Mutter kaum Freude gemacht. Böses Mädchen, das hat keine Mutter verdient."

„Sie ist darüber hinwegkommen", entgegnete Ana. „Tote sind da nicht so empfindlich."

„Eine Mutter lebt immer auch in ihren Kindern weiter", sagte Heydrich und lächelte böse. „Besonders natürlich in der Tochter. Und du wirst ihre

Erbin sein. Du hast den Ruf der schwarzen Königin gehört. Es ist in dir. Du kannst dem nicht entkommen. Du bist Morgana La Faye."

„Nein", schrie Ana. „Du lügst."

„Du weißt, dass ich Recht habe, Schwester", sagte Heydrich. „Du bist das Schicksal. Du bist das Grab jeder Hoffnung."

Mir fiel alles wieder ein. Die spitzen Zähne in ihrem Mund, die ich beim Kuss gespürt hatte. Wie ich sie an Morganas Stelle gesehen hatte, als sie den Ender im Verborgenen Tempel küsste. Den Mann, der ich war. Und wie sie laut geschrien hatte, als sie die Macht Morganas in sich spürte.

Und ich erinnerte mich daran, wie die Farben der Finsternis sie verwandelt hatten. Nacht und Tod waren durch ihre Augen getrieben. Ein Schein aus Blut hatte sie wie eine tödliche Heilige aussehen lassen. Die Finsternis hatte ihre Königin geehrt. Sie war Morgana La Faye. Die Todesfee war auf Atlantis.

„Hör den Raben, Schwester", hörte ich Heydrichs Stimme. „Er will wieder fliegen."

Ich hörte ein wildes Krächzen. Mit machtvollen Flügelschlägen flog ein riesiger Rabe durch die Pforten des Thronsaals. Er umkreiste Heydrich und ließ sich auf der Thronlehne nieder. Das Tier schlug mit den Flügeln. Seine Federn schimmerten schwarz-grün. Der Vogel musterte uns aus Augen, die so dunkel waren wie die Abgründe, aus denen es keine Wiederkehr gibt. Dann hatte der Rabe nur noch Augen für Ana.

„Komm zu mir, Schwester", sagte Heydrich.

Und sie ging. Wie in Trance setzte sie ihre Füße voreinander. Dabei sprach sie die rituellen Worte.

„Ich bin Morgana la Faye. Ich bin dein Schicksal. Ich bin die Fee. Ich bin der Schoß eines jeden Hains. Ich bin die Flamme auf jedem Hügel. Ich bin die Königin eines jeden Bienenstocks. Ich bin der Schild für jeden Kopf. Ich bin das Grab aller Hoffnung."

Der Rabe starrte sie an. Er öffnete den Schnabel und krächzte leise. Es wirkte, als würde er mit Ana sprechen. Beschwörungsformeln aus einer Zeit, als die Welten dem Chaos gehörten. Ana war auf dem Weg zu Heydrich. Bald würde eine schwarze Königin auf dem Thron sitzen.

Ich schaute zu Nietzsche und deutete mit den Augen in Richtung Ana.

Er schüttelte den Kopf. Offenbar konnte er nicht eingreifen.

Ana war an den Stufen angekommen und stieg hinauf. Das Licht der Finsternis hüllte sie ein. Ein Kokon aus Schwärze, über den die blutroten Schlieren flimmerten. Und ich war mir sehr sicher, dass aus diesem Kokon kein Schmetterling kommen würde. Wir sahen sie nur noch schemenhaft.

Schließlich war sie bei Heydrich. Der dichte Kokon wurde durchsichtiger und verschwand schließlich ganz. Anas Haar war nicht länger blond. Es fiel schwarz über ihre Schultern auf den Umhang mit der Farbe der Nacht. Der lichte Ozean war zu einer dunklen Flut geworden.

Flatternder Stoff bedeckte knapp die Wölbung ihrer Oberschenkel. Ich wusste, was jetzt kam. Sie würde mir den roten Umhang über die Schultern legen.

Sie winkte mir zu, und ich ging. Heydrich und meine Schöne erwarteten mich. Sie sahen sehr eindrucksvoll aus, wie sie da nebeneinander standen. Schön wie der Tod und das Chaos. Schwarz wie die ewige Nacht, in die zornige junge Götter die Welten stießen.

Das Amulett funkelte am Hals der schwarzen Königin. Silberne Ringe blitzten. Ihre Augen waren wie tiefe schwarze Seen.

„Komm zu mir, mein Wolff", sagte sie.

Ich tat es und sah eine Reihe wunderschöner etwas spitzer weißer Zähne in ihrem roten Mund, als sie mich küsste. Sie hatte den Weg der Menschenwesen verlassen und war zurückgekehrt auf den Pfad der Bestien. Das hatte Ana über ihre Mutter gesagt. Und jetzt ging sie selbst auf diesem Weg und ich mit ihr.

„Aus unserem Blut werden die neuen Atlanter geboren", sagte sie fest. „Bist du bereit für die Krone der Welten?"

Ich war es. Sie legte mir den Umhang auf die Schultern. Ihre Arme lagen auf mir. Ihr Mund war ein roter Mond über einer Welt der Versuchung. Die bleiche Haut war wie Schnee auf Fleisch und Blut. Ich versank in den schwarzen Seen ihrer Augen. Und stürzte in den Grund der Zeiten. Dort war sie. Als sie mich küsste, fühlte ich den Tod warm durch meine Adern rinnen. Wir würden ewig leben.

Wir sahen uns an. Sanft streichelten wir uns mit der Zärtlichkeit aller Bestien. Der Rabe breitete seine Schwingen aus und flog aus dem Palastfenster. Ich hörte Heydrichs Horden johlen. Wieder das Gehämmer ihrer Waffen, die sie auf die Schilde schlugen.

Ich sah zu Nietzsche. Der Fürst der Felseninsel stand finster und drohend im Palast. Aber er rührte sich nicht. Es war fast, als hätten wir ihm einen Gefallen getan. Dann verschwand er in einem Blitz aus weißem Licht. Außer mir schien sich niemand darum zu kümmern.

„Gib ihm die Krone der Welten", sagte Heydrich.

Die schwarze Königin gab mir einen Kuss auf die Stirn. Dann hob sie ihren Umhang und hüllte uns ein. Ich fiel in einen schwarzen Sog. Brennende Welten zogen an mir vorbei. Gigantische Kriegsflotten kämpften im All. Feuerbälle explodierten.

Dann sah ich die blaue und die grüne Sonne. Ich stürzte in die Augen der Fee und durch sie hindurch. Planeten zogen vorbei, die aussahen wie erstarrtes Eis. Andere wie bizarre schwarze Lava. Durch den Gürtel der Leblosigkeiten fiel ich auf ein Licht zu. Es war blendend weiß.

Ich sah die Säulen eines riesigen weißen Tempels. Er schwebte in einer durchsichtigen Blase. Der Sog riss mich durch das Portal. Dann wurde ich langsamer.

DER VERBORGENE TEMPEL

Ich war in einem Raum. Ein Mann mit einer Kutte und einer Kapuze stand an einem schwarzen Teich. Welten blühten und verwelkten in dem dunklen Wasser. Es war der Raum des Anfangs und des Endes. Ich war im Verborgenen Tempel.

Eine Frau trat in den Raum. Sie hatte langes blondes Haar. Ihre Augen schimmerten blaugrün. Der Mann in der Kutte nahm die Frau in seine Arme. Als er seine Kapuze zurückzog, sah ich mir ins Gesicht. Und dann war ich er. In meinen Armen hielt ich Ana.

„Hallo, mein Wolff", sagte sie.

„Du bist nicht mehr, du hast dich in die schwarze Königin verwandelt", erwiderte ich. „Sie wird über Atlantis herrschen. Du bist nicht mehr wirklich."

„Sie wird nicht herrschen. Ich bin die Fee", sagte Ana. „Und ich bin im Verborgenen Tempel."

„Warum die Verwandlung?"

„Morgana kannte den Weg hierher. Und sie wusste, wie sie dich hierher bringen kann, ich nicht. Deshalb musste ich werden wie sie. Meine Mutter trägt eine ungeheure Schuld. Unser Clan muss frei davon werden. Hier fing es an. Hier soll es enden. Und dazu brauche ich den Ender.."

„Ein Ender hat euch ins Unglück gestürzt. Was soll meine Aufgabe sein?"

„Du musst mit dem falschen König kämpfen. Ein Ender eroberte den Verborgenen Tempel. Nur ein Ender kann den Tempel befreien."

„Ana, was soll mich daran hindern, gemeinsam mit der schwarzen Königin viel Spaß zu haben? Immerhin ist die Krone der Welten nicht überall zu haben."

„Du wirst die Finsternis von den Welten nehmen", hörte ich plötzlich eine andere Frauenstimme. „Du wirst mit meiner Tochter herrschen. Und durch euch wird die Schuld getilgt. Ihr werdet den Fluch aufheben, der auf den Welten liegt."

„Wer war das?" wollte ich wissen.

„Morgana."

„Ana, warum sollte sie das sagen? Sie ist die schwarze Königin."

„Aber sie war auch die Fee."

„Und das war eben vielleicht nur ein Trick von dir."

„Sieh her", zeigte sie auf den schwarzen Teich.

Als sie ihre Hände bewegte, erschienen Bilder im schwarzen Wasser. Ich sah Artus und die Armee von Avalon durch blutrote Nebel marschieren. Merlins Zauber konnte die Schwaden nicht durchdringen. Wolfsreiter griffen die Flanken an. Das Gesicht des Königs war voller Kummer.

Undinen, Lichtwesen, Schlangenkrieger, sogar die mächtigen Wächter irrten in den Schwaden umher. Die Gesänge der Undinen waren traurig. So mussten sie auch geklungen haben, als sich die Augen der Fee in der Finsternis für immer schlossen.

„Nur du kannst sie nach Atlantis führen. Sie brauchen dein Licht. Vernichte den falschen König."

„Wieso greift Heydrich eigentlich nicht ein?"

„Das frage ich mich auch", hörte ich eine Stimme.

Ein Mann mit Kutte und Kapuze stand im Raum.

„Wer bist du?“ fragte ich und ahnte die Antwort schon.

Er schob die Kapuze zurück. Mein Doppelgänger war zurückgekehrt.

„Ich bin du“, sagte er lächelnd. „Ich bin der Herr des Verborgenen Tempels. Und ich hinterlasse gern schwarze Löcher. Ach ja, und ich habe Morgana ziemlich hereingelegt. Das ist es doch, was Ana dir erzählt hat, nicht wahr?“

„Atlantis hast du jedenfalls zerstört.“

„Das war meine Aufgabe. Und auch du bist ein Ender, du kennst die Regeln. Wenn wir kommen, werden die Pfade rar.“

„Aber durch uns kommt Tod und Leben. Du hast die Augen der Fee gebrochen, bis nichts mehr übrig war. Vielleicht hast du dich zu sehr in den Tod verliebt.“

„Ich ließ einige entkommen. Sie konnten es an einem anderen Ort versuchen“, entgegnete er.

„Aber du folgtest ihnen und mit dir kam der Seelenfresser. Ein uraltes Geschöpf aus den Abgründen. Du hast die Tore ins Nichts geöffnet.“

„Aber auch du hast den Seelenfresser gerufen“, sagte mein Doppelgänger. „Wir sind Brüder. Uns gehört die Welt, und wir können tun, was wir wollen.“

„Wozu brauchst du mich?“

„Weil er ohne dich nicht mehr sein könnte“, sagte Ana. „Nur du kannst ihn auf die Welt rufen. Er war ein Ender. Als er im Verborgenen Tempel tötete, kam der Fluch über ihn. Er verwandelte sich langsam. Ich werde es dir zeigen.“

Sie hob beide Hände. Scharfe klickende Lauten kamen aus ihrem Mund.

„Hör auf“, brüllte mein Doppelgänger.

Dann geschah etwas mit seinem Gesicht. Es schien flüssig zu werden und sich aufzulösen. Schließlich nahm es eine Form an, die ich sehr gut kannte. Vor mir stand mein totgeglaubter Freund. Er winkte mir zu.

Ich wollte schon zu ihm gehen, als sein Gesicht jede Gestalt verlor. Es sah aus, als wäre es vor die Mündung einer abgefeuerten Magnum geraten. Ich dachte an seine Botschaft aus dem Cohen-Text: Für eine Leiche bin ganz schön clever. Und ich ahnte, was er mir sagen wollte. Meine Hand wanderte zur Magnum.

Das Geräusch der scharfen klickenden Laute schwoll weiter an. Aus Anas Mund stieg schwarzer Nebel. Der Mann in der Kutte verwandelte sich weiter. Aus den Ärmeln seines Gewandes kamen schwarze Tentakel. Der Stoff riss. Ein schleimiger schwarzer Körper hatte ihn gesprengt. Ich sah die bösen roten Augen des Seelenfressers. Und er wuchs weiter.

Die Fangarme schossen auf Ana zu. Als sie den schwarzen Nebel berührte, zuckte die Kreatur zurück. Die Spitze der Tentakel war verschwunden. Zurück blieben tropfende Stümpfe.

Die Kreatur versuchte es weiter. Wieder peitschten Fangarme durch den Raum. Ich sah Saugnäpfe, die feucht glänzten. Schwarze, stinkende Lachen bildeten sich unter ihnen. Wo sie den Boden berührten, stiegen Rauchschwaden auf. Etwas von der Flüssigkeit berührte Ana. Sie schrie auf. Der Krake wuchs und bedrängte Ana weiter.

„Nein“, schrie ich.

Plötzlich wusste ich, was ich zu tun hatte. Und auf welcher Seite ich stand. Jetzt konnte ich den Lichtbringer einsetzen. Er würde mich nicht verraten. Ich griff nach der Magnum und drückte ab. Ein Lichtblitz aus reiner Energie schlug in den schwarzen Kraken ein. Der Seelenfresser starrte mich an. Dann hörte ich seine Stimme in meinem Kopf. Sie klang wie zerreißender modriger Stoff.

„Warum greifst du mich an?“

„Weil du stinkst.“

Ich feuerte wieder. Knisternd verdampfte das Fleisch des Kraken in reiner Energie. Ich drückte immer wieder ab. Es machte mir wirklich Spaß.

„Weißt du was, du Bastard. Jetzt hole ich dich heim ins Nichts.“

Wenn seine Stimme bei mir im Kopf ankam, war das umgekehrt wahrscheinlich genau so. Und deswegen setzte ich noch einen drauf.

„Ich fresse deine Seele, du verdammter Mistbock.“

Salve auf Salve feuerte ich in die Kreatur und traf auch die Abgründe meiner Seele. Ich sah, wie sich die äonenalten Untermieter in meinen Tiefen unter den Treffern des Lichtbringers krümmten. Ich würde den

Fluch brechen. Die Warnung meines Doppelgängers vor dem Lichtbringer war ein Trick gewesen. Plötzlich wurde der schwarze Krake durchsichtig und verschwand. Ana brüllte vor Wut auf.

„Wo ist er?“ fragte ich sie.

„Irgendwo im Verborgenen Tempel“, sagte Ana.

„Wieso konnte er überhaupt verschwinden. Ich war gerade dabei, ihn für das große Nichts zu zerlegen.“

„Ich konnte ihn nicht länger halten“, erklärte Ana. „Als seine Flüssigkeit mich traf, kroch etwas von ihm in mich. Ich verlor die Kontrolle.“

„Ana, wieso konntest du ihm zum Erscheinen zwingen. Was waren das für Laute?“

„Sie kamen von der schwarzen Königin. Morgana La Faye will Rache. Sie ist in diesem Tempel. Sie sucht den verräterischen König.“

Eine Frau mit langen schwarzen Haaren trat neben Ana. Sie sah der schwarzen Königin ähnlich, die ich im Thronsaal von Atlantis verlassen hatte. Aber sie war es nicht.

„Ich bin Morgana la Faye“, sagte sie. „Ich werde den Seelenfresser zu euch bringen. Halte die Augen der Fee bereit, Tochter.“

Sie ging an den Rand des schwarzen Teichs und sprang hinein. Kurze Zeit später, begann das Wasser zu brodeln. Große schwarze Blasen zerplatzten an der Oberfläche. Ein gewaltiger Fangarm schoss aus der Tiefe. Er umklammerte Morgana la Faye. Die schwarze Königin ließ den schwarzen Nebel über den schleimigen Tentakel tanzen. Aus der Tiefe erscholl ein ungeheures Brüllen. Dann hob sich ein Berg aus dem Wasser. Ich sah die bösen roten Augen des Seelenfressers.

Mit einem Schrei warf Ana ihre Klingen. Sie fuhren tief in die Augen der Kreatur. Der Krake schlug die schwarze Königin gegen eine Wand. Sie ließ sie fallen und griff Ana an.

Modergeruch stieg in meine Nase. Ich hörte die Schreie der verschlungenen Seelen. Und ich wusste, dass ich den Seelenfresser für immer auslöschen konnte. Auch er musste es gespürt haben.

Der Krake blickte in meine Richtung. Schwarze Flüssigkeit schoss auf mich zu. Ich duckte mich, aber nicht schnell genug. Sie traf mein linkes Auge. Es wurde schwarz auf dieser Seite. Dann sah ich damit wie noch nie zuvor. Mein Blick durchdrang die Dunkelheit. Ich sah den Urgrund der Welten und von Leben und Tod. Und ich entdeckte mit dem linken Auge das Herz der Bestie auf dem Boden der Finsternis.

„Sag Hallo zum Nichts", hörte ich meine Stimme. Sie klang sehr zufrieden.

Als ich abdrückte, schoss ein gewaltiger Energiestrahl in das schwarze Herz. Erst schluckte die Dunkelheit das Licht. Das Ende kam, als eine Sonne das schwarze Herz ausradierte und meine äonenalten Untermieter gleich mit.

Ich spürte, wie die verlorenen Seelen über ihren Peiniger herfielen. Sie fraßen den Kraken von innen auf. Die Seelen brachen in gleißenden Wirbeln aus seinem löchrigen Körper hervor.

Die Kreatur verwandelte sich unter Zuckungen. Der zerschossene Kopf meines Freundes thronte auf dem schwarzen Schleim. Ich hörte seine Stimme: „Ganz schön clever, nicht?" Dann verschwand er wieder. Andere Köpfe erschienen. Viele waren nicht menschlich. Ich sah Hauer, Fühler und gewaltige Insektenkiefer.

Die Verwandlungen erfolgten in immer rasenderem Tempo. Als würde sich jede gefressene Seele noch einmal verabschieden wollen. Einzelheiten waren nicht mehr zu erkennen. Der Krake schrumpfte zusammen und schrie. Er sah wirklich aus, als würde ihm jemand die Luft rauslassen.

Ich spürte eine ungeheure Qual. Dann sah ich meinen Doppelgänger wieder. Er winkte mir zu und lächelte.

„Du hast den Fluch gebrochen", sagte er. „Jetzt kann ich gehen."

Der Seelenfresser war nur noch ein schwarzer leerer Schlauch. Dann verschwand auch noch der Rest, als hätte es den Kraken nie gegeben.

Ana holte ihre Schwerter und ging zu ihrer Mutter. Die schwarze Königin sah noch bleicher aus als zuvor. Ein rotes Rinnsal floss aus ihren Mundwinkeln. Schwarze Flüssigkeit lief aus ihrer Nase. Ich ging zu den beiden Frauen.

„Der Seelenfresser ist nicht mehr", sagte Morgana. „Du hast die Kreatur aus dem Abgrund vernichtet. Der Verborgene Tempel ist frei. Die Augen der Fee werden in das nächste Leben gehen. Jetzt erfülle die Prophezeiung. Geh mit meiner Tochter und macht die Welten glücklich. Ana, du hast die schwarze Königin nach Atlantis gebracht. Sie darf dort nicht bleiben. Du weißt, was du tun musst?"

Ana sah ihre Mutter an. Ihre grün-blauen Augen schauten in die schwarzen Augen Morganas. Beide Frauen waren unglaublich schön. Sie schwiegen. Ana hob ihre Klingen. Noch einmal sprach Morgana.

„Sag Artus, ich hätte gern mit ihm die Welten glücklich gemacht."

Sie nickte kaum merklich. Ana schlug zu. Der Kopf der schwarzen Königin rollte über den Boden. Ana musterte mich.

„Dein Auge ist verletzt. Kannst du sehen?"

„Nicht mehr so, wie du meinst."

Sie riss einen Streifen aus Morganas Gewand und verband das verletzte Auge.

„Du siehst aus wie ein Pirat", lächelte sie. „Oder wie der graue Gott."

„Wie wer?"

„Odin, der oberste Gott der Germanen", erklärte sie. „Der Wirker des Bösen, der gute Allvater, der Wandelbare. Der sein linkes Auge für Wissen gab um die tief verborgenen Geheimnisse in allen Welten. Er sah bis auf den Grund von Leben und Tod. Er hüllte sich oft in Grau wie ein Wolf. Und seine Männer kämpften rasend wie Wölfe in der Schlacht. Sie töteten, aber weder Feuer noch Eisen verletzte sie. Denn sie lebten und wurden doch zu den Toten gerechnet. Das war der Berserkergang."

Ich hatte in den Urgrund der Welten und von Leben und Tod gesehen, und ich sagte ihr das.

„Komm", lächelte Ana. „Wir müssen zurück. Es gibt hier nichts mehr zu tun."

Wir umarmten uns. Ein Sog riss uns aus dem Tempel. In einer Spirale aus Licht stürzten wir zurück.

Wir umarmten uns immer noch, als wir wieder im Thronsaal von Atlantis standen. Der Umhang der schwarzen Königin verbarg uns.

Als er fiel, war Heydrich verschwunden. Ich sah wie sich unsere Verbündeten auf seine Armee stürzten. Sie waren angekommen, und sie waren verdammt sauer.

Die Armee unter dem Drachenbanner ritt in die rechte Flanke von Heydrichs Truppen. Die Schlangenkrieger brachen durch die linke Seite. Gleiter schossen die zotteligen Tiere mit den Geschützrohren auf dem Rücken zusammen. Die Kolosse rissen gewaltige Lücken in die Reihen der Riesen und Trolle. Von hinten brachen die Wächter in ihre Reihen. Das gewaltige Schwert des Kriegers mähte die Feinde nieder. Feuer fiel vom Himmel. Rauch und der Gestank von Pestilenz zogen über Heydrichs Heer. Die Armee wurde immer weiter zum Hafen abgedrängt.

Als die ersten Feinde dort ankamen, sah ich, wie Undinen und Wale sie von den Kaimauern fegten.

„Wo ist Heydrich?" fragte ich Ana.

„Er hat das Spiel vorerst verloren. Deswegen ist er verschwunden. Aber er gibt bestimmt nicht auf."

DIE SCHLACHT DER WÖLFE

Sie sollte Recht behalten. Die Wolfsreiter brachen aus den Toren zwischen den Welten hervor, durch die auch unsere Verbündeten gegangen waren. Sie fielen sofort wieder über die Truppen her, die sie bis vor kurzem so blutig verfolgt hatten.

Und ich hörte wieder das Gebet an den grauen Gott, und ich sah in die Finsternis, und erkannte, dass etwas falsch war an ihrem Gebet. Ich roch Blut, ich spürte die Zähne im Fleisch. Aber Heydrichs Tiere aus dem Abgrund dienten nicht dem Leben, wenn sie töteten. Sie waren die Bestien unter dem Hakenkreuz. Was hatte Nietzsche gesagt?

„Es ist schwarz auf weißem Grund. Schwarz ist der Tod, weiß nicht nur Unschuld, sondern auch Unfruchtbarkeit. Das ist die schwarze Sonne, der dunkle Gottessohn im Chaos."

Tod, Unfruchtbarkeit, Vernichtung – eine tote Welt unter schwarzen Strahlen. Das war Verrat am Raubtier. Ich verließ das Rudel. Der graue Gott liebte diese Monster nicht. Sie hatten die heilige Unschuld der reißenden Räuber verraten.

Schwarze Gleiter erschienen plötzlich. Unsere Maschinen nahmen mit ihnen den Luftkampf auf. Heydrichs Männer waren an Zahl weit überlegen. Sie schossen unsere Gleiter zusammen. Brennende Maschinen fielen vom Himmel und zerbarsten in gewaltigen Explosionen.

Heydrichs schon eingeschlossene Truppen fassten wieder Mut und gingen zum Gegenangriff über. Ich hörte wieder die scheußliche Musik. Dann sprachen nur noch die Waffen. Riesen und Trolle prallten mit Wucht auf Avalons Heer und warfen es zurück. Die Fußsoldaten feuerten mit Raketen und Laserwaffen auf die Angreifer. Trotzdem rückten sie immer weiter vor.

Die schnellen Wolfsreiter umkreisten die Ritter. Immer wieder griffen sie an. Die Reihen Avalons lichteten sich. Männer und Frauen kämpften in rotverschmierten Rüstungen. Es war oft ihr eigenes Blut.

Tiermenschen stürzten sich auf die Schlangenkrieger. Ihre Hauer bohrten sich in die Leiber der Kämpfer. Gewaltige Krakenarme schlugen Breschen in die Reihen der Krieger. Eine wimmelnde Horde brachte sie in Bedrängnis. Die Lichtwesen sorgten mit ihren tödlichen Strahlen immer wieder für Luft.

Die Wächter wurden von Reitern mit ledrigen schwarzen Stummelflügeln auf riesigen Skorpionen angegriffen.

Gewaltige Giftstachelschwänze peitschten durch die Luft. Die Wächter wehrten sich mühsam. Ihre Bewegungen wurden langsamer. Gift war aus den Stacheln geträufelt und grüne Schwaden zogen auf die Giganten zu.

Ich sah, wie das Drachenbanner Avalons in den Staub fiel. Der Fahnenträger war gefallen. Ein anderer Ritter riss das Banner wieder hoch.

Triumphierend hoben die Feinde ihre Feldzeichen. Die Dreimal-Blutige-Sechs gedieh gut auf diesem rotgetränkten Boden.

Von der See her hörte ich gewaltigen Donner. Die Thule lief auf den Hafen zu. Ihre Wasserbomben ließen die See kochen. Wale flogen in die Luft und landeten als Kadaver wieder im Meer. Von den Undinen sah ich nichts mehr.

Ein großer Gleiter stieg von der Thule auf. Er glitt über das Schlachtfeld. Als die Maschine am Palastfenster vorbeiflog, erkannte ich Heydrich am Steuer. Dann zog der Gleiter in einer Schleife hoch. Auf dem Unterboden prangten die Blutzahlen.

Andere Maschinen schlossen sich ihm an. Dann donnerten sie heran. Sie sahen aus wie böse schwarze Hornissen, und sie konnten auch stechen. Laserstrahlen und Raketensalven töteten die Schlangenkrieger. Kleinere

Gleiter fuhren rotierende Sicheln aus und gingen tiefer, bis sie auf einer Höhe mit den Kriegern waren. Blut schoss aus Stümpfen. Die Maschinen mähten Schneisen des Todes. Heydrichs Horden drangen in die Lücken.

Nach der Angriffswelle zogen die Gleiter wieder hoch. Sie wollten sich in Formation auf den Gegner stürzen. Nur die Maschine mit der Blutzahl blieb am Himmel stehen. Heydrich wollte wahrscheinlich einfach den Anblick genießen. Und es würde eine Menge für ihn zu sehen geben.

Die bösen schwarzen Dinger kamen näher. Erst langsam, dann drehten sie auf. Sie hielten auf das Drachenbanner zu. Diesmal wollten sie sich Avalons Truppen vornehmen. Gegen die Gleiter gab es auf Dauer kein Mittel mehr. Unsere Verbündeten würden in immer neuen Angriffswellen geschmort, zerfetzt und zerstückelt werden. Ich sagte auf Wiedersehen zu den Mächten des Lichts. Das war es dann wohl.

Aber es kam anders. Plötzlich prallten die Todesmaschinen gegen eine Wand. Genauer gesagt, war es eine Pyramide. Sie stand einfach mitten in der Luft.

Als Gleiter an ihrer Außenwand explodierten, rissen sie dort gewaltige Löcher. Die Pyramide begann zu taumeln. Aber noch hielt sie sich.

Dann begann das Feuerwerk. Raketen schossen aus der Pyramide und jagten die Gleiter, die dem Aufprall entkommen waren. Laserstrahlen zischten in den Himmel. Bei jedem Abschuss wankte die Pyramide stärker. Schließlich kippte sie aus dem Himmel und landete mit einem hässlichen Klatschen auf einem größeren Teil von Heydrich Truppen.

Ich wusste ziemlich genau, was passiert war. Nietzsche hatte das letzte Ufo auf Erden zu Schrott geflogen. Immerhin war Heydrichs Luftwaffe Geschichte. Nur der Gleiter mit der blutroten 666 hing noch kurz am Himmel. Dann zog er hoch und verschwand.

Unsere Truppen nutzten die Verwirrung zu einem Gegenangriff. Sie befreiten sich aus der Umklammerung der Feinde und machten viele Meter gut. Dann blieben sie wieder stecken.

Von der Thule aus flogen Raketensalven zwischen unsere Reihen. Pferde und Menschen traten in Feuerbällen die Himmelfahrt an. Einige Geschosse erwischten auch Heydrichs Truppen. Aber das sah er nicht so eng. Die Feuerkraft der Thule war gewaltig.

Serie auf Serie hämmerte sie in unsere Armee. Es sah schlecht aus. Unsere Reihen gerieten schon ins Wanken.

Plötzlich wurde die Thule wie von einer Riesenfaust aus dem Wasser gehoben und an Land geschleudert. Dort zerbarst sie. Die Undinen hatten wieder in den Kampf eingegriffen.

Trotzdem wurde es bedrohlich. Das Dauerfeuer hatte die Reihen gelichtet. Heydrichs Armee war noch immer sehr stark. Und sie griff wieder an.

Ein Blitz schlug eine blutige Schneise in ihre Reihen. Nietzsche stand auf der obersten Kante der Pyramide.

Aber etwas war auf dem Weg zu ihm, und es sah nicht gut aus. Heydrichs Gleiter stürzte sich aus dem Himmel. Die Maschine raste auf die Pyramide zu. Nietzsche konnte sie nicht sehen.

Heydrich eröffnete das Feuer. Die Laserstrahlen durchsiebten Nietzsche. Aber er blieb stehen, breitete die Arme aus, warf den Kopf in den Nacken und lachte schallend. Offenbar verstand er auch etwas von Projektionen.

Dann drehte er sich zu der Maschine um und hob den Hammer. Ein Blitz raste auf den Gleiter zu. Heydrich kippte ab. Der Strahl ging vorbei. Auch weitere Blitze fanden ihr Ziel nicht. Heydrichs Gleiter tanzte elegant mit dem Tod.

„Wieso kann er ausweichen?" fragte ich Ana.

„Er ist einfach verdammt gut. Und da ist noch etwas: Nietzsche ist es nicht vorherbestimmt, ihn zu töten. Und auch keinem anderen von uns. Wir wissen das, wir haben ihn schon einmal umgebracht. Dachten wir jedenfalls. Aber er kam so schnell zurück, als wäre er durch die Hintertür wieder auf die Bühne gekommen. Bevor du fragst: Nur du kannst ihn töten."

„Warum habt ihr mir das nicht schon vorher gesagt?"

„Wir wussten nicht, auf welcher Seite du stehst."

Ich hatte plötzlich einen ziemlich guten Einfall.

„Ich könnte auch dich wirklich töten und Nietzsche, nicht wahr, und all die anderen. Nur ich kann es so machen, dass ihr nicht wiederkommt. Denn ich bin ein Ender."

Ana schaute mich ernst an.

„Du hast Recht", sagte sie. „Du kannst den Tod für immer bringen."

Zeit zum Handeln. Ich riss den Lichtbringer aus dem Halfter und legte auf Heydrich an. Der Gleiter erschien vor der Mündung. Gleich würde ich den Bastard auf die Reise ohne Wiederkehr schicken. Überraschend drehte Heydrich ab und raste auf den Palast zu, als würde er seinem Tod auf ewig entgegenfiebern. Das konnte er haben. Langsam zog ich den Abzugshahn durch.

Dann sah ich, dass der Bastard mir zuwinkte. Im nächsten Augenblick prallte ein Körper gegen mich und riss mich von den Füßen. Aus den Augenwinkel sah ich armdicke Laserstrahlen dort vorbeischießen, wo ich eben noch gestanden hatte. Ana lag neben mir, sie hatte mich von den Füßen gerissen.

„Er wollte mich umbringen", sagte ich zu meiner Fee.

„Natürlich wollte er das. Schließlich ist er ein Killer. Außerdem warst du nicht der richtige König für ihn."

Ich nahm das persönlich. Ich hatte einen Feind fürs Leben gefunden und für das danach auch noch. Eines Tages würden wir uns wieder begegnen. Nur einer würde überleben. Und ich konnte ihn sogar auf die Reise ohne Rückfahrticket schicken.

Gewaltige Hörner unterbrachen meine schwarzen Rachegedanken. Auf dem Meer sah ich Schiffe in schneller Fahrt. Eine Flotte im Zeichen der Wölfe. Nietzsches Clan war da.

„Der letzte Akt, so oder so", sagte ich. „Die Wölfe sind aus den Schatten gekommen."

Ich wusste, wer sie waren. Und sie kannten mich. Ulfar, Wolfskrieger. Die Berserker griffen an.

Sie kamen schnell näher. Der Lärm ihrer Hörner übertönte die Geräusche der Schlacht. Kurze Zeit später gingen sie an Land. Kräftige Männer mit Schilden, Äxten, Raketen und Laserwaffen. Und dann legten sie los.

Sie schossen, bombten und hieben sich eine blutige Schneise zu der Pyramide. Als die ersten dort ankamen, schlugen sie die Äxte auf ihre Schilde. Nietzsche schwang den Hammer. Jubelnd hoben sie ihre Waffen. Kurze Zeit später war Nietzsche bei ihnen. Das Zeichen des Wolfes erhob sich neben ihm. Dann stürmten sie los.

Es geschah das, was ich bei Nietzsche schon ganz allein erlebt hatte. Es gab eine Menge Tote und nicht alle hatten es auf dem Weg ins Jenseits leicht. Sie verwendeten ebenfalls eine Art Splitterbombe.

Geblendete Riesen wankten schreiend über das Schlachtfeld. Trolle versuchten verzweifelt, die Splitter aus ihren Kopfwunden zu reißen. Nietzsches Verwandtschaft kümmerte sich nicht weiter um die Schwerverwundeten. Sie ließen sie brüllen und taumeln.

Leichtfüßig wichen sie ihnen aus und stürzten sich auf die anderen. Aber sie trieben auch die Verletzten vor sich her, in die Waffen des Feindes. So verschafften sie sich Deckung.

Andere zündeten sie an und jagten sie als lebende Fackeln in die Reihen des Gegners. Sie waren wirklich auch nicht schlecht im Demoralisieren.

Avalon marschierte wieder, und die Schlangenkrieger rückten vor. Die Lichtwesen schossen Strahlen auf die Feinde der Wächter ab. Das genügte, die Giganten befreiten sich aus der Umklammerung. Ein gewaltiges Schwert zerschmetterte die Skorpione. Der Ring um unsere Feinde schloss sich immer enger. Nachdem die Wächter ihren Kampf gewonnen hatten, fielen sie über Heydrichs Truppen her. Die Giganten wüteten.

Die Armee der Finsternis schmolz unter den Angriffen zusammen. Auch die Wolfsreiter bezahlten mittlerweile einen hohen Blutzoll. Die Lanzen von Avalons Rittern bohrten sich in Leiber der Bestien. Die Tiere brachen zusammen.

Dann griff auch noch Nietzsches Clan an. Es gab da wegen Thule bestimmt ein paar alte Rechnungen. Ihre Äxte spalteten die Schädel der Tiere. Sie schlugen die Beine der Reiter ab oder sprangen auf den Rücken der Wölfe und schnitten den Männern in der schwarzen Uniform die Kehlen durch.

Heydrichs Wolfsreiter wehrten sich erbittert. Köpfe fielen unter ihren Krummsäbeln. Nietzsches Clan drängte sie trotzdem weiter ab. Und ich sah auch, wohin.

Die Ritter von Avalon hatten ihre Lanzen zu einer dichten Phalanx geschlossen. Natürlich sahen auch die Männer in den SS-Uniformen auf den Wölfen die Gefahr und versuchten zu entkommen. Sie hatten keine Chance.

Eisenspitzen bohrten sich in den schwarzen Tuchstoff. Die Wolfsreiter zitterten auf den Lanzen. Nietzsches Clan griff sich die letzten Überlebenden und warf sie mit Schwung auf die Spieße.

Nur noch vereinzelt hörte ich Kampflärm. Dann war die Schlacht vorbei. Wir hatten gesiegt. Der Gleiter mit der Blutzahl war verschwunden.

Nietzsche war als erster bei uns. Irgendwo hatte er einen verbeulten Gleiter aufgetrieben. Er war nicht allein. Einer aus seinem Clan stieg mit aus. Er begrüßte mich mit Respekt, dann sprach er.

„Wir durchquerten die Länder und Meere eine lange Zeit, als Thule starb. Dann sahen wir die Zeichen der alten Macht in den Welten. Und wir spürten die Macht in uns. Wir gingen den Weg der Axt und des grauen Gottes. Denn wir sagten: Tod dem falschen König und denen, die mit ihm sind."

Er reichte mir seine blutige Axt. Und trat zurück. Dann sprach Nietzsche zu mir.

„Der Donnergott grüßt Odin."

Er hob den gewaltigen Hammer und zwinkerte mir heimlich zu. Der Mann vom Clan ging, Nietzsche blieb.

„Was soll das eigentlich mit Odin?" fragte ich meine Schöne.

„Du weißt, dass wir uns nicht sicher waren, wie sich der Clan der Wölfe verhält?"

„Ja."

„Sie rechneten sich zu den Toten, seit sie Thule verloren hatten. Und sie wollten im Totenheer des Odin ziehen."

„Von uns kam die Botschaft an sie, dass Odin mit uns kämpft", erklärte Nietzsche.

„Ihr habt sie belogen", stellte ich fest

„Wir brauchten sie", entgegnete Ana und berührte meine Augenklappe. „Und nun sieht es fast so aus, als hätten wir Recht gehabt. Der Wolff hat sich verwandelt."

„Ich will euch den Spaß ja nicht verderben", sagte ich. „Aber: Soweit ich mich erinnere, laufen hier ein paar Sachen ganz und gar nicht wie in den alten Göttersagen."

„Woher weißt du das?" fragte Nietzsche.

„Als ich jung war und für meine Eltern noch ein Hoffnungsträger, habe ich mich dafür interessiert. Sie ahnten das natürlich nicht."

Nietzsche schlug mir vergnügt auf die Schulter: „Wer sagt denn, dass Götter ihre Geschichten nicht ändern dürfen."

Ana sagte nichts, lächelte mich nur freundlich an. Ich gab auf.

Reiter kamen auf den Palast zu. Kurze Zeit später betraten Artus und Merlin den Saal. Wir trafen uns an den untersten Stufen der Treppe zum Thron. Ana umarmte ihren Vater.

„Ich habe Morgana gesehen", sagte Ana zu ihm. „Ohne sie hätten wir den falschen König nie vernichtet. Sie war die schwarze Königin, aber sie war auch die Fee. Sie starb ohne Schuld. Der Fluch ist erloschen."

Artus schaute sie an.

„Ich habe sie getötet, weil sie es wollte. Die schwarze Königin durfte nicht auf Atlantis bleiben. Sie wusste das. Ihre letzten Worte waren: Sag Artus, ich hätte gern mit ihm die Welten glücklich gemacht."

„Deine Mutter war eine große Frau."

„Sie war die Fee."

„Ja", sagte Artus. „Sie war die Fee und jetzt bist du es. Sei eine große Frau. Macht die Welten glücklich."

Wir versprachen es ihm und hielten unser Wort. Atlantis erblühte wieder. Auf Avalon herrschte der Drachenkönig. Und auf Thule saß der Fürst der Felseninsel. Die Welten lagen im Licht.

Undinen und Lichtwesen reisten zu den Sternen. Sie fanden den Verborgenen Tempel und wachten wieder über Werden und Vergehen.

Die Augen der Fee gingen in ihr nächstes Leben.

Und irgendwo da draußen war immer noch Heydrich ...

 Kupferstich zum Gedächtnis von Johann Friedrich Hartknoch d. Ä., 1789

Die Weidmannsche Buchhandlung in Leipzig

Riga den 4 April 1789

Hochzuehrende Herren!

Mit der innigsten Betrübniß muß ich die traurige Pflicht erfüllen, Ihnen von dem den 1sten dieses erfolgten Ableben meines geliebten seeligen Ehegatten **Johann Friedrich Hartknoch** Nachricht zu geben, Ihre dem Seeligen in einer so langen Reihe von Jahren erzeigte Gewogenheit und Freundschaft, für welche ich Ihnen hiemit den verbindlichsten Danck abstatte, läßt mich hoffen, daß Sie an meinen gerechten Schmerz Antheil nehmen und auch mir dieselbe erhalten werden. Nach der Disposition meines Seeligen Mannes werde ich Seine Handlung im Vertrauen auf den Seegen Gottes unter der alten Firma von **Johann Friedrich Hartknoch**, mit meinem ältesten Sohne **Johann Hartknoch**, unter seiner Zeichnung mit unzertrenntem Fond fortsetzen, zu diesem Ende empfehle ich mich sowohl als meinen Sohn Ihrer ferneren Gewogenheit und Freundschaft und habe die Ehre in der angenehmen Hofnung meine Bitte erfüllt zu sehen, mich mit der vollkommensten Hochachtung zu zeichnen

E. E. D. W. Dienerin

Johann Friedrich Hartknoch

Börsenmitteilung zum Tod von Johann Friedrich Hartknoch d. Ä.
von dessen Witwe Albertine, geb. Toussaint, 1789

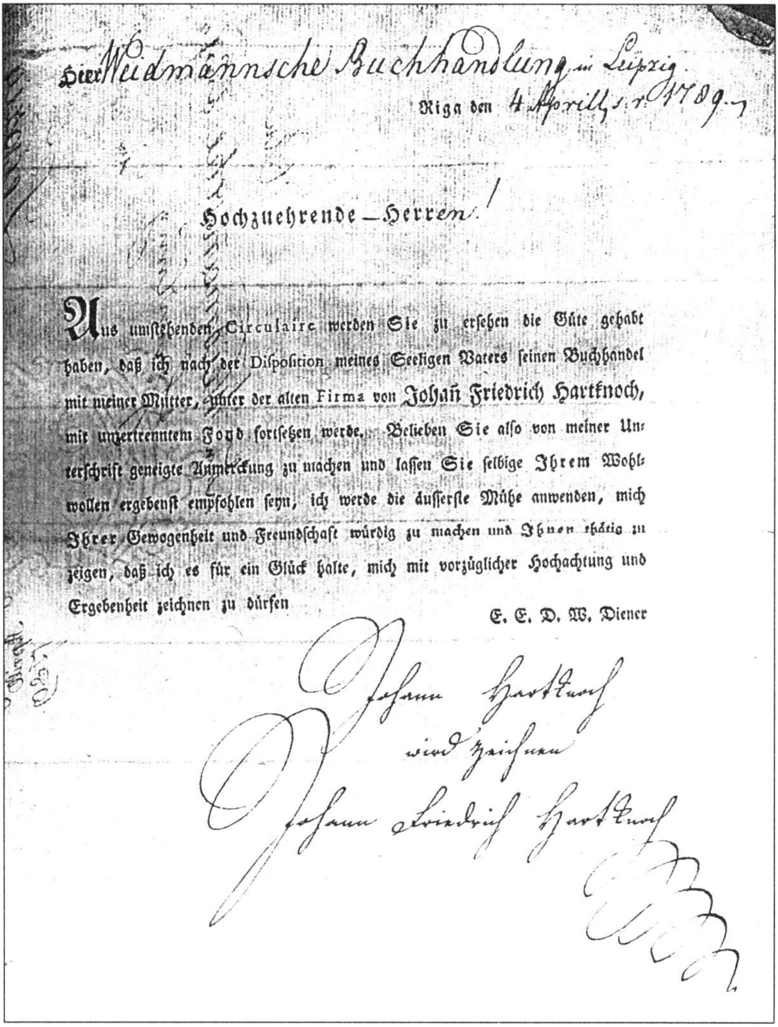

Herr Weidmannsche Buchhandlung in Leipzig

Riga den 4 Aprill 1789

Hochzuehrende Herren!

Aus umstehendem Circulaire werden Sie zu ersehen die Güte gehabt haben, daß ich nach der Disposition meines Seeligen Vaters seinen Buchhandel mit meiner Mutter, unter der alten Firma von Johañ Friedrich Hartknoch, mit unzertrenntem Fond fortsetzen werde. Belieben Sie also von meiner Unterschrift geneigte Anmerckung zu machen und lassen Sie selbige Ihrem Wohlwollen ergebenst empfohlen seyn, ich werde die äusserste Mühe anwenden, mich Ihrer Gewogenheit und Freundschaft würdig zu machen und Ihnen thätig zu zeigen, daß ich es für ein Glück halte, mich mit vorzüglicher Hochachtung und Ergebenheit zeichnen zu dürfen

E. E. D. W. Diener

Johann Hartknoch

wird zeichnen

Johann Friedrich Hartknoch

Börsenmitteilung von Johann Hartknoch anlässlich seiner Geschäftsübernahme, 1789

Die Unsterblichkeit unsers Geistes

bewiesen

durch Gründe, die aus der Natur überhaupt, und aus dem Menschen ins besondere

hergenommen sind.

Vorgetragen den 4 Aprill 1789 in der Trauerloge,

zum Andenken,

Des Brs. Joh. Friedrich Hartknoch,

---

von

dem Sekretair der Loge

J. B. Fischer.

Gedruckt in der Druckerey e.nes Mrs. 1789.

Gedächtnisschrift der Rigaer Freimaurerloge „Zum Schwerdt"
anlässlich des Todes von Johann Friedrich Hartknoch d. Ä., 1789, Titel

Erste Notate zu Hartknoch

„Ich bin weder berühmt noch berüchtigt [...] Aber mein Name ist *bekannt*, da meine und meines verstorbenen Vaters Geschäfte, ihn und mich, mit einem großen Theil des litterarischen Publicums in nähere oder entferntere Verbindung gebracht, und unsere öftern Reisen uns eine ziemlich ausgebreitete persönliche Bekanntschaft erworben haben." Mit diesen Worten umschrieb Johann Friedrich Hartknoch d. J. 1801 die seiner Familie damals schon in der zweiten Generation zugefallene bedeutende Rolle in der literarischen Welt Deutschlands und Osteuropas. Gemessen an der einstigen Bedeutung des Hartknochschen Familienunternehmens ist die hierzu noch fassbare Überlieferung aber eher bescheiden. Diese bedauerliche Konstellation liegt in einem Ereignis des Jahres 1932 begründet.

Vom 14. bis zum 16. April 1932 fand im Leipziger Hotel Sachsenhof, Johannisstraße 1, die Versteigerung der Sammlung von Oskar Planer (1854-1931) statt. Planer, Kaufmann und schwedischer Vizekonsul in Lützen, war nicht nur ein herausragender Kenner der schwedischen Geschichte, was ihm die Berufung zum korrespondierenden Mitglied in die Stockholmer Königlich-Wissenschaftliche-Akademie und die Ehrung als Ritter des schwedischen Wasaordens 1. Klasse einbrachte. Besondere Verdienste erwarb er sich als sachkundiger, vielseitiger und unermüdlicher Sammler. Bereits 1882 hatte er sich, angeregt durch den 250. Jahrestag der Schlacht bei Lützen, dem Sammeln von Autografen, Flugblättern, Büchern, Militaria, Münzen usw. zum Dreißigjährigen Krieg verschrieben. Mit der Zeit weitete sich sein Interesse aus auf den in Poserna nahe Lützen geborenen Johann Gottfried Seume – den berühmten Spaziergänger, Lyriker und politischen Schriftsteller der Spätaufklärung – sowie auf bedeutende (insbesondere auch in Seumes Umkreis zu findende) Persönlichkeiten des 17. bis 19. Jahrhunderts aus Geschichte, Kunst und Literatur. Planers erste Sammlung, die vor allem Objekte zum Dreißigjährigen Krieg beinhaltete, wurde 1907 für 100 000 Mark nach Schweden (Upsala) verkauft. Binnen weniger Jahre konnte er jedoch eine neue bedeutende Sammlung vorweisen, von der wiederum ein Teil, der sich auf Gustav II. Adolf bezog, nach Schweden ging.

Als Planer 1931 hochverschuldet starb, drängten die Gläubiger auf Versteigerung der Seume – sowie der umfangreichen Bücher- und Autografenkollektion, die von den Antiquariaten Hellmut Meyer & Ernst (Berlin) und Adolf Weigel (Leipzig) organisierte wurde. Der aus diesem Anlass von den beiden Veranstaltern herausgegebene illustrierte Katalog umfasst 1552 Nummern. Die Teilnahme von über 200 auswärtigen Interessenten spiegelt wider, welche Beachtung die Sammlung inner- und außerhalb Deutschlands fand. Trotz der regen Anteilnahme von öffentlichen Institutionen, Literatur- und Kunstsammlern an der Auktion, die sich auch in der zeitgenössischen Presse niederschlug, war das Ergebnis aufgrund der wirtschaftlichen Notsituation verheerend. Während Erstausgaben, Originalbildnisse, Porträtstiche, private Gegenstände Seumes wie sein Spazierstock, Ring und Degen sowie Autografen von Maria Stuart, Karl V., Napoleon, Goethe, Schiller und anderen „Größen" teilweise zu Schleuderpreisen verkauft und in alle Richtungen verstreut wurden, fand ein Teil der Bücher und Autographen keinen Käufer und wurde zurückgezogen. Über seinen Verbleib gibt es keinerlei Hinweise, da nur die verauktionierten Bücher, nicht die archivalischen Quellen im Jahrbuch der Bücherpreise 1932 ausgewertet wurden und der zeitgenössischen Presse diesbezüglich keine Informationen zu entnehmen sind.

Unter die vielen für Forschung und Wissenschaft unersetzlichen Verluste gehört auch das unter Nummer 319 verzeichnete Konvolut „Hartknoch und Rothe", dessen Verschwinden die Aufarbeitung der Verlagsgeschichte dieses für die Aufklärungsepoche so bedeutenden Unternehmens enorm erschwert. Das verloren gegangene, den Zeitraum 1791 bis 1868 betreffende Faszikel beinhaltete Akten, Testamente, Kaufverträge und Abrechnungen sowie Briefe und Briefabschriften, die sich auf das geschäftliche und persönliche Leben des Verlagsbuchhändlers Hartknoch, seiner Erben und Nachfolger beziehen. Der anlässlich der Versteigerung festgelegte Schätzpreis belief sich laut Aufstellung auf 50 Reichsmark – eine vergleichsweise unbedeutende Summe. Obwohl der konkrete Umfang desselben aus der Katalogbeschreibung nicht hervorgeht, muss es sich offensichtlich um den echten Nachlass der Firma beziehungsweise Teile desselben gehandelt haben. Dessen Existenz in der Sammlung Oskar Planers war durchaus berechtigt. Sie liegt darin begründet, dass Johann Friedrich Hartknoch d. J. (1769-1819) der Freund und Verleger Seumes war, diesen zu Lebzeiten finanziell großzügig unterstützte und nach dessen Tod das literarische Erbe des Dichters 1810 von der Universität Leipzig „zum Behuf einer neuen Auflage seiner Werke“ erwarb.

Im Gegensatz zur Aufarbeitung der Geschichte anderer großer Verlagshäuser des 18. und 19. Jahrhunderts, genannt seien Cotta, Gebauer, Nicolai, Perthes, Brockhaus, Reimer, Frommann und Bertuch, deren Hinterlassenschaften in konzentrierter Form vorliegen, gestaltet sich die Suche nach den Spuren Hartknochs wesentlich komplizierter. Sie führt nicht nur in bedeutende und unscheinbare deutsche Archive und Sammlungen, wenn der Verlag auch von 1798 bis zu seiner Auflösung um 1878 seinen Sitz in Thüringen oder Sachsen hatte, sondern – basierend auf dem immensen Wirkungskreis des über drei Generationen bestehenden Familienunternehmens – von Zürich bis Sankt Petersburg, also in europäische Dimensionen. Entsprechend dieser sowohl geografischen als auch geistigen und geschäftlichen Ausstrahlung waren es vor allem Wissenschaftler und Publizisten aus Polen, Lettland, Estland, Deutschland und Russland, die sich mit der Entwicklung des Hartknochschen Verlages, oder verschiedener Teilaspekte derselben, befasst haben. Eine umfassende Monografie oder wenigstens annähernd vollständige Bibliografie der von Hartknoch verlegten Bücher ist aus den bereits genannten Gründen noch nicht verwirklicht worden. Im Mittelpunkt der Forschungen stand bis vor wenigen Jahren vor allem der Gründer des Unternehmens: Johann Friedrich Hartknoch d. Ä. Dies trägt der Tatsache Rechnung, dass Hartknoch d. Ä. der unbestritten wichtigste Vertreter des Verlagshauses war, ist andererseits rezeptionsgeschichtlich bedingt und auf das Vorhandensein respektive die Aufarbeitung der hauptsächlich in Riga – bis zur Emigration im Frühjahr 1798 Hauptsitz des Verlages – befindlichen archivalischen und sekundären Quellen zurückzuführen.

Wer aber war dieser ungewöhnliche Mann, den der aus Dorpat (Tartu) stammende Gelehrte und vielseitige Schriftsteller Victor Hehn (1813-1890) als „einen der größten Wohltäter“ des baltischen Raumes bezeichnete, dessen Wirken in Mitau und Riga weit reichende Folgen für das deutsche Geistesleben hatte und der als ein Wegbereiter der deutsch-slawischen Wechselseitigkeit gilt[2].

Johann Friedrich Hartknoch d. Ä. kam als Sohn des Organisten, Stadtmusikanten und Torschreibers Gottfried Hartknoch und dessen Ehefrau Elisabeth geborene Wehle zur Welt und wurde am 28. September 1740 in der „Alten Kirche“ zu Goldap getauft. Das genaue Geburtsdatum konnte bislang nicht ermittelt werden. In seinem Geburtsort, einem kleinen ostpreußischen Städtchen von etwa 2200 Einwohnern, war die Familie zu dieser Zeit schon mindestens zwei Generationen ansässig. Christoph Hartknoch (1644-1687), der namhafteste Historiker des Preußenlandes im 17. Jahrhundert, war der Bruder seines Großvaters. Zusammen mit seinen Geschwistern Johann Christian (*1736) und Gottlieb (*1744) wuchs Hartknoch auf in einer multilingualen, von Menschen verschiedener ethnischer Zugehörigkeit bewohnten Umgebung, die, obgleich geprägt von deutscher Kultur und Sitte, starken polnischen und litauischen Einflüssen ausgesetzt war. Die Verhältnisse, in denen die Familie lebte, waren ärmlich, worauf schon die Ausübung der drei unbeträchtlichen Ämter des Torschreibers, Stadtmusikanten und Organisten durch den Vater hinweist. Rückschlüsse darüber, dass sich die Familie trotzdem einer recht angesehenen gesellschaftlichen Stellung erfreute, lassen sich aus der Wahl der Paten ziehen, die aus dem Kreis der Honoratioren der Stadt stammten. Auch auf die Erziehung und Bildung der Kinder achtete man mit Sorgfalt. Johann Friedrich wurde im Alter von acht Jahren der Aufsicht des Lehrers Seckersdorff übergeben. Er besuchte die örtliche Pfarrschule und muss sich dort durch Fleiß und Talent hervorgetan haben, da ihn der Schuldirektor Schulz bereits im Alter von 16 Jahren für ein Universitätsstudium an der Königsberger Albertus-Universität vorschlug.

Im Winter 1756 kam Hartknoch in Königsberg an. Sein Eintrag in die Matrikel der Universität als Theologiestudent datiert vom 14. Februar desselben Jahres. Während der ersten Zeit seines Königsberger Aufenthaltes wurde er mit Jakob Friedrich Hinz, seinem späteren Mitauer Geschäftspartner, bekannt, der sich am 13. April 1753 in die Universitätsmatrikel eingeschrieben hatte. Gemeinsam mit dem späteren Dirigierenden Bürgermeister von Königsberg und (anonymen) humoristisch-sentimentalistischen Romancier Theodor Gottlieb von Hippel, eingeschrieben unter dem 27. Juli 1756, hörte er Mathematikvorlesungen bei Professor Friedrich Johann Buck. Das Fach Griechisch vertrat Friedrich Samuel Bock. Über Logik las Johann David Kypke; Theologie lehrte Theodor Christoph Lilienthal.

Von seiner Familie konnte Hartknoch keine finanzielle Unterstützung erwarten, was zur Folge hatte, dass er seine Zeit zwischen Studium und Broterwerb teilen musste. Anfangs arbeitete er ein dreiviertel Jahr als Hilfskraft bei dem Kaufmann und Heringswraaker Weissen, später als Amanuensis im Haus seines Gönners Professor F. J. Buck. 1761 war er Erzieher von Johann Friedrich Reichardt (1752-1814), dem er auch Klavierunterricht erteilte. Reichardt, der als musikalisches Wunderkind galt, machte später eine glänzende Karriere am Hof Friedrichs des Großen, der ihn 1775 unerwartet als königlich preußischen Kapellmeister nach Berlin berief. Frühzeitig bemühte sich Hartknoch um Kontakte zu den Freimaurern in Königsberg, wobei ihm möglicherweise Professor Buck behilflich war, der zu den Mitgliedern der seit 1745 wirkenden Loge „Zu den drei Ankern" zählte.

Tief greifende Veränderungen bewirkte der Siebenjährige Krieg im geistigen Leben der Krönungs- und zweiten Residenzstadt der preußischen Monarchie. Im Januar 1758 wurde Königsberg von der russischen Armee besetzt und galt seitdem offiziell (bis 1763) als Stadt des Zarenreiches. Der Preußenadler wurde durch den doppelköpfigen russischen Adler ersetzt. Eine Folge dieser Umstände waren Veränderungen in der Organisation und dem äußeren Erscheinungsbild des regionalen Freimaurertums. Anstelle der aufgelösten Loge „Zu den drei Ankern" etablierte sich im Frühjahr 1760 die Loge „Zu den drei Kronen". Das Symbol der Loge, die drei Kronen – wohl die preußische, die polnische und die russische – dürfte wegen der Herkunft der Mitglieder aus diesen drei Staaten gewählt worden sein. Der kurländische Baron Christoph Heinrich von Schröder wurde zum Meister vom Stuhl gewählt, dem damals knapp zwanzigjährigen Johann Friedrich Hartknoch übertrug man die Pflichten eines Sekretärs.

Aus dieser Zeit stammt die enge Bekanntschaft Hartknochs mit Johann Jakob Kanter (1738-1786), der damals in der Loge zusammen mit Jakob Friedrich Hinz und Theodor Gottlieb Hippel eine bedeutende Rolle spielte und neben der Betreuung der Logenbibliothek, der Veröffentlichung maurerischer Schriften und dem Ausbau von Beziehungen mit auswärtigen Logen wesentlich zur Einführung des templerischen Systems der Strikten Observanz beisteuerte.

Kanter war der jüngste Sohn des Königsberger Buchbinders und erfolgreichen Buchhändlers Philipp Christoph Kanter. Als dieser 1764 starb, erhielt Johann Jakob, der Begabteste unter den vier Söhnen, bei der Teilung der Hinterlassenschaft den Buchhandel und das Verlagswesen des Vaters. Seine Ausbildung zum Buchhändler hatte er in der Wendlerschen Buchhandlung in Leipzig absolviert. Mitten im Siebenjährigen Krieg kehrte er nach Königsberg zurück und ließ sich, nachdem er in der besetzten Stadt von der russischen Regierung das Privileg zum Buchhandel erhalten hatte, im väterlichen Haus in der Altstädtischen Langgasse nieder. In kultureller Hinsicht gilt Kanter als eine der interessantesten und schillerndsten Gestalten des Königsberger Verlagswesens und Buchhandels der zweiten Hälfte des 18. Jahrhunderts. Vom jungen Herder als „Windbeutel und Narr“, von Ferdinand Josef Schneider als „Hans Dampf in allen Gassen“ bezeichnet, von andern im Gegenteil als ernstzunehmender Idealist und Förderer der Wissenschaften gerühmt, war dieser vielseitige Mann durch sein Geschäft mit den wichtigsten Gelehrten- und Literaturkreisen der Stadt Hamanns und Kants vertraut. Durch seinen rührigen Geist vereinigte er einen Großteil des ostpreußischen Buchhandels und Verlagswesens in seiner Hand. Seine Konzilianz, Tüchtigkeit in Geschäften und sein vornehmes Auftreten gewannen dem „Leipziger“, wie man ihn anfangs nannte, schnell die Herzen der jüngeren Generation. Um ihn scharten sich bald viele junge Schriftsteller, darunter Johann Georg Hamann (der „Magus in Norden“), Immanuel Kant, Ludwig Baczko, Johann Gottfried Herder, Johann George Scheffner, Theodor Gottlieb Hippel und Jakob Friedrich Hinz. Seit der Niederlage Friedrichs II. bei Kunersdorf betrachtete er es als seine Pflicht, die kulturelle Bedeutung des besetzten Ostpreußen und die geistige Verbundenheit seiner als „gelehrtes Sibirien" verschrieenen Heimat mit dem übrigen Deutschland zu erhalten – ohne jedoch die Russen zu verprellen.

Kanter verlegte seine Buchhandlung 1764 in das alte Löbenichtsche Rathaus und ließ einen pompösen hölzernen Preußenadler als „Firmenschild" über der Eingangstür anbringen. Die ziemlich skurril anmutende Szene des feierlich arrangierten Umzuges hielt Hippel in einem Brief an den mit ihm befreundeten Johann George Scheffner fest: „Der Schauplatz ist in Kanter's neuem Laden, und der Zug geht durch die krumme Grube. Gestern, können Sie sich's vorstellen, speise ich abends bei Mohr, wo Kanter auch gebeten war, welchen ich gegen 7 abholen wollte. Kaum bin ich im Laden, so kommt der Adler an, mit einem aufgeschlagenen Buch in der Klaue, wo die Worte stehen: Deo, Regi, Populo. Der Adler ist von abscheulicher Größe und eine Posaune ist angebracht, welche die Madam Kanterin des lärmenden Volks ohngeachtet auf den geistreichen Vers brachte: 'Posaunen wird man hören, wo aller Welt ihr Ende'. Sie glauben vielleicht, ich dichte, nein, wahrhaftig keinen Zug."

Das Geschäft wurde zum Treffpunkt der geistigen Elite Königsbergs, wie es in anderen Städten die literarischen Kaffeehäuser waren, und profitierte von der Begabung Kanters, hoffnungsvolle Talente zu entdecken und zur Mitarbeit an seinem Verlag zu bewegen. Neben dem bereits genannten Jakob Friedrich Hinz, Johann Daniel Friedrich, François Théodor de Lagarde, Abraham Jakob Penzel und Christian Ludwig Stahlbaum war es vor allem der akademisch weit gefächert gebildete und hochintelligente Johann Friedrich Hartknoch, den Kanter davon abbrachte, Theologe zu werden und stattdessen innerhalb von zwei Jahren zu einem begeisterten Buchhändler ausbildete.

Leidenschaftliche Liebe zur Lektüre hatte Hartknoch oft in Kanters Buchladen geführt. Dieser übertrug ihm, nachdem er seine buchhändlerische Begabung entdeckt hatte, während eines Besuches der Leipziger Ostermesse im März 1761 die interimistische Leitung der Geschäfte. Die erfolgreiche Durchführung der ihm übertragenen Aufgabe, große Sorgfalt und starke Anteilnahme an dieser Tätigkeit veranlassten Hartknoch zur Beendigung seines Studiums und zum Eintritt in Kanters Buchhandlung. Hier lernte er auch den damaligen Theologiestudenten Johann Gottfried

Herder kennen, mit dem ihn bald ein inniges Verhältnis verband. Für Herders spätere schriftstellerische Tätigkeit erlangte Hartknoch als sein Hauptverleger eine wesentliche Bedeutung. „O, wo sind die Zeiten", resümierte der inzwischen in Weimar etablierte Herder 1778 über diese ersten in enger Vertrautheit mit dem Jugendfreund verlebten Jahre, „da Du mit dem Pack unterm Arm in Königsberg den Schloßberg hinaufliefst oder in Riga gingst um lettische Gesangbuch zu streiten [d.i. Privilegienauseinandersetzung mit dem Rigaer Buchdrucker und -händler G. C. Frölich, CT] u. kamst Abends mir Bericht geben, wie es gegangen? Das Herz möcht Einem brechen – wo sind die Zeiten?"

Die Periode von Hartknochs Mitarbeit bei Kanter war von einem sichtbaren Aufschwung der Firma gekennzeichnet. Nach Gründung der Filiale in Elbing zog das benachbarte, zu Polen gehörende Kurland die Aufmerksamkeit des Unternehmers auf sich. Die rasche Entwicklung des Verlagswesens in Königsberg und eine wachsende Konkurrenz zwangen die dort ansässigen Buchhändler, sich nach neuen Absatzmärkten umzusehen. Kanters Interesse galt in dieser Hinsicht besonders dem benachbarten Kurland und Livland sowie der russischen Hauptstadt St. Petersburg, wobei er seine weitausgreifenden Pläne und buchhändlerischen Geschäfte offenbar vor dem Hintergrund des Beziehungsgeflechts der Königsberger Freimaurerloge entwickelte. Das Projekt, in der kurländischen Metropole eine Filiale zu errichten, fasste Kanter, inzwischen Meister vom Stuhl, bereits 1761 ins Auge. Zur Verwirklichung desselben kam es jedoch erst 1763, nachdem er, bepackt mit neuen Büchern von der Leipziger Ostermesse und einem ausgezeichneten Sortiment großer holländischer Werke, gemeinsam mit seinem Logenbruder und Meister vom Stuhl Baron von Schröders Mitau bereiste und anschließend nach Riga und Petersburg weiterfuhr.

Die Leitung der Geschäfte in Kurland übertrug Kanter seinem Gehilfen Johann Friedrich Hartknoch, der sich am 5. Oktober 1763 mit einem Brief Hamanns an den Rigaer Domschulrektor und Freimaurer Johann Gotthelf Lindner im Gepäck auf den Weg nach Mitau machte. Das Spezialprivileg für die Errichtung einer Buchhandlung hatte Kanter vermutlich vom Herzog erhalten, was aus der Bezeichnung „Hofbuchhandlung" zu schließen ist. Am 22. Dezember 1763 wurde die Öffentlichkeit in den „Rigischen

Anzeigen von allerhand nützlichen Sachen" durch eine Anzeige unter der Rubrik „Waaren und andere Sachen so zu verkaufen" von der Eröffnung der Kanterschen Buchhandlung in Mitau in Kenntnis gesetzt. Auf einen guten Anfang konnte man rechnen, da es weder hier noch im Livländischen eine Buchhandlung gab, die Neuerscheinungen der Leipziger Messe anbot, und der Bedarf an Büchern mit den gewachsenen geistigen Bedürfnissen und der besseren wirtschaftlichen Lage bedeutend gestiegen war.

Neben den bestehenden freimaurerischen Verbindungen erwiesen sich nun auch die engen Beziehungen zum Literatenstand in Königsberg als vorteilhaft. Von Mitau und Kanters erster Niederlage in Elbing aus wurde auch das nahe gelegene Riga mit literarischen Artikeln versorgt. Vom 23. Juni 1764 datiert die erste für die Öffentlichkeit bestimmte Information über eine Filiale der Königsbergschen Buchhandlung in Riga. Hartknoch betrieb das Geschäft in Mitau und Riga zunächst als Gehilfe Kanters, seit 1764 als Teilhaber. Ein Sortimentskatalog Hartknochs von 1766, der nach der Leipziger Michaelismesse gedruckt wurde, erwähnt Kanter nicht mehr als Miteigentümer, sodass davon ausgegangen werden kann, dass die Mitausche Buchhandlung im Herbst 1766 bereits in den alleinigen Besitz von Hartknoch übergegangen war. Finanzielle Unterstützung durch eine nicht näher fassbare Handelsfirma ermöglichte Hartknoch den Schritt in die Selbstständigkeit. Zeitweise arbeitete Hartknoch in Mitau auch mit seinem früheren Studienfreund Jakob Friedrich Hinz zusammen. An diesen und an August Wilhelm Steidel verkaufte er die Mitausche Buchhandlung 1769 für 6000 Taler. Am 21. August 1767 heiratete Hartknoch in Mitau Anna Benigna Mehmel, die Tochter des vermögenden Kupferschmieds und Mitauer Stadtältesten Johann Christoph Mehmel. Im selben Jahr siedelte er endgültig nach Riga über, wo ihn vor allem Herder, dem er zwei Jahre zuvor zu einem Amt an der dortigen Domschule verholfen hatte, freudig erwartete.

Die Rahmenbedingungen für Buchdruck und Buchhandel waren in Riga anders als in Mitau, da hier bereits das Frölichsche Unternehmen existierte. Dessen damaliger Besitzer, Gottlob Christian Frölich, protestierte massiv gegen die Konzessionierung eines zweiten Buchladens, wovon mehrere an den Rat der Stadt gerichtete Eingaben zeugen. Hartknoch fand jedoch dank seiner freimaurerischen Beziehungen Gönner. So wurde ihm Hilfe durch die Kaufmannsfamilie Berens, deren Kreis er sich schon während seines Studiums in Königsberg angeschlossen hatte, zuteil. Ebenso unterstützten ihn die einflussreichen Familien Zuckerbecker und Blankenhagen, letztere nicht zuletzt mittels großzügiger Kredite. Am 26. August 1765 entschied das Kaiserliche Generalgouvernement, dem die juristische Prüfung der Angelegenheit übertragen worden war, zugunsten Hartknochs. Neben dem Bürgerrecht erhielt er die Erlaubnis zur Eröffnung eines Buchladens, musste sich aber, mit Rücksicht auf die bestehenden Privilegien Frölichs, auf den Handel mit „auswärtigen" Büchern beschränken. Am 21. November 1765 eröffnete Hartknoch seine Buchhandlung im Haus des Regimentschirurgen Herold in der Neugasse. Bereits 1768, drei Jahre nach Gründung des Verlages schrieb Anton Friedrich Büsching, gelehrter Berliner Konsistorialrat, Direktor des Gymnasiums zum grauen Kloster und später Autor Hartknochs, an den Staatsrat Gerhard Müller in Moskau, mit dem er während der 1760er Jahre Freundschaft geschlossen hatte: „Hartknoch zu Riga hat jetzt alles, was Rußland angeht, wie gepachtet."

Ein Dezennium später hätte Hartknoch von Riga aus beinahe das Unternehmen seines ehemaligen Prinzipals Kanter in Königsberg erworben, da Kanter aufgrund seines Hanges zu risikoreichen Projekten in hohe Verschuldung geraten war. Die angedachte Geschäftsübernahme lag im Interesse Hamanns, der sich in einem Brief an Herder darüber äußerte: „Wie gut wäre es, wenn Hartknoch mit Kanter einig werden könnte. Vielleicht schreibe ich ihm darüber. Wird der Buchhandel ein Hartung'sches Monopol, so ist es hier aus für Alle, die durch Kanters Gutherzigkeit und wirkliche Großmuth, oder Gleichgültigkeit in Verwaltung eigener und fremder Güter, verwöhnt worden sind zu einem Freytisch und offener Tafel in seinem Buchladen". Hartknoch ging jedoch auf das Angebot Kanters – wohl wissend um die mit der Übernahme verbundenen geschäftlichen Risiken – nicht ein. So überließ Kanter seinem Angestellten Friedrich David Wagner und später Carl Gottlob Dengel aus Berlin die Buchhandlung. Beide gingen mit diesem Geschäft ebenfalls in Konkurs.

Der lebhafte Geschäftsgang zwang Hartknoch Anfang der 1770er Jahre, die Räumlichkeiten im Heroldschen Haus aufzugeben und sich nach einer geeigneten Immobilie für seinen inzwischen etablierten Verlag und Buchhandel umzusehen. Aus diesem Grund erwarb er 1771 das Haus der verwitweten Anna Sophia Voß, geb. Weber, für 2000 Albertustaler.

Hartknochs Wohn- und Geschäftshaus existiert nicht mehr, ist jedoch im Kontext eines Fassadenaufmaßes der Rigaer Innenstadt überliefert, das 1823 seitens der russischen Verwaltung angefertigt wurde und in der St. Petersburger Kunstkammer aufbewahrt wird.

Das zweigeschossige gelbgetünchte Eckhaus mit ziegelgedecktem Satteldach stand am rechten Ende einer aus acht Gebäuden bestehenden Häuserzeile an der Großen Sandstraße/Kleinen Brauerstraße, wobei die kürzere Schaufassade auf die Haupt- und die längere Wirtschaftsfassade auf die Nebenstraße orientiert war. Es gehörte zum zweiten Quartier des I. Stadtteils und trug die alte Hausnummer 162. Spätestens Ende 1771, nach dem Abschluss der notwendigen Umbauten, richtete Hartknoch in diesem Haus Wohnung und Buchhandelsgeschäft neu ein. Das Gebäude war in Anlage, Fassadengliederung und Dekor ein typischer Barockbau, entstanden offenbar im 2. Viertel des 18. Jahrhunderts, in seinen einzelnen Partien jedoch sehr unterschiedlich auf repräsentative Wohn- und Geschäftsnutzung und wirtschaftliche Funktionen (Handel, Lager) ausgelegt.

Die zu drei Achsen konzipierte Schaufassade wurde von einem Dreiecksgiebel bekrönt, in dem eine querrechteckige Kartusche vermutlich eine Inschrift präsentierte. Unten links befand sich ein zweiflügliges Rundbogentor, eingefasst mit einem braunen oder dunkelgrauen Steingewände und bekrönt von einer Kartusche, in der vermutlich eine Jahreszahl oder Initialen präsentiert wurden. Die auffällig großen sprossierten Fenster des Erd- und des Obergeschosses waren mit Steingewänden in der farblichen Gestaltung des am Tor befindlichen eingefasst. Ihren repräsentativen Charakter verdankte die Fassade vor allem der Gliederung jeder der beiden Etagen durch vier Pilaster mit Kapitellen. Ob die Eckrustizierung des Gebäudes aus Stein oder Putz bestand, ist anhand der Zeichnung nicht nachvollziehbar. Zwei Bodenetagen sind anhand von zwei bzw. einem Dachfenster erkennbar. Eine weitere Bodenetage befand sich hinter dem

Dreiecksgiebel. Der Schornstein war über dem Dachfirst, also zentral über der Fassade, angeordnet.

An der Nebenfassade fällt zunächst auf, dass diese im Gegensatz zur Hauptfassade asymmetrisch angelegt war. Die sich unmittelbar an die Hauptfassade anschließende Achse wies keine Fenster auf. Im Gegenzug zur ganz der Öffentlichkeit zugewandten, stark durchfensterten Hauptfassade befanden sich hier offenbar weite Stellflächen. Die folgenden drei Achsen waren im Erdgeschoss mit großen Fenstern wie denen der Hauptfassade, im Obergeschoss mit kleineren rechteckigen Fenstern besetzt. Ein sich anschließendes zweiflügliges Rundbogentor, wesentlich größer als das an der Hauptfassade, diente als Einfahrt ins Gebäude. Ein asymmetrisch darüber sitzendes und zwei weitere, sich rechts anschließende kleine quadratische Fenster lassen auf ein hier befindliches niedrigeres Geschoss schließen. Zum Nebengebäude hin bricht die Fassade erstaunlich planlos ab, was sich aus der Baugeschichte dieser Häuserzeile erklären dürfte. Das Tor und die Fenster der Nebenfassade waren mit denselben Gewänden versehen wie die der Hauptfassade. Die Nebenfassade weist im linken, vorderen Teil, d.h. im Bereich des Wohnhauses, drei Dachfensterreihen auf, da hier die an der Hauptfassade durch den Giebel besetzte Partie als untere Dachetage ausgebildet war.

Wie aus einer Seelenrevisionsliste von 1795 hervorgeht, bewohnte Hartknoch d. J. dieses Haus mit Frau und Kindern, seiner verwitweten Mutter und seiner Schwester, drei Buchhandelsgesellen, einem Burschen aus dem kurz zuvor aufgelösten Erziehungsinstitut der Freimaurer, einem Knecht und vier Mägden. Neben der Unterbringung dieses Personenkreises diente das Gebäude als Standort der Buchhandlung und des Verlages. Die Familie dürfte in den an der Hauptfassade gelegenen Räumen des Obergeschosses, das Personal im Dachgeschoss oder im niedrigen Geschoss über dem Tor der Nebenfassade gewohnt haben, während sich die Buchhandlung hinter der Hauptfassade im Erdgeschoss befunden haben muss. Das Lager war vermutlich im hinteren Bereich des Nebengebäudes untergebracht.

Mit der im letzten Viertel des 19. Jahrhunderts durchgeführten Umbenennung erhielt das Haus die Adresse Große Sandstraße 11/13.

1889 wurde die Nebenfassade des Gebäudes durch eine Neuordnung der Fenstergliederung, ausgeführt vom Maurer J. Bausch, umgestaltet. 1909/10 erfolgte ein Umbau durch den Architekten P. Mandelstamm, bei dem die Hauptfassade um ein drittes Vollgeschoss aufgestockt und mit einem aufwendigen Jugendstildekor versehen wurde. Der dabei gezeichnete Grundriss setzt das zur Großen Sandstraße gehende Vorderhaus durch einen Sprung in der Fassade deutlich gegen das leicht zurückgesetzte Nebengebäude an der Kleinen Brauerstraße ab. Diese Gliederung ist auf dem Plan von 1823 nicht erkennbar, war auch 1889 noch nicht vorhanden und dürfte erst mit der Trennung des Besitzes am Haupt- und am Seitengebäude sowie daraus resultierender Nutzungsveränderungen entstanden sein. Bauherr war die Nordische Gesellschaft gegenseitigen Kredits, die ab 1909 als Eigentümer des Hauses ausgewiesen ist und es offensichtlich von dessen letzten privaten Besitzern, der Familie Vogelsang, erworben hatte. Parallel zur Neugestaltung der Hauptfassade wurde ein Treppenhaus eingebaut, wenig später ein Billardzimmer und im I. Geschoss ein Café eingerichtet. 1925 übernahm die Nordische Bank das Gebäude. Im Zuge der Ende der 30er Jahre großangelegten Umgestaltung des Stadtzentrums, in deren Verlauf viele Häuser und kleine Gassen zugunsten monumentaler Ministerialbauten aufgegeben wurden, erfolgte 1938 der Abriss des ehemaligen Hartknochschen Wohn- und Geschäftshauses. Auf seinem Grund und Boden in der Smilšu iela befindet sich heute das Finanzministerium.

Der Umzug Hartknochs in sein neues Domizil war überschattet von schweren familiären Schicksalsschlägen. Ende September 1769 wurden ihm die Zwillingssöhne Friedrich und Carl geboren, die im Mai und im Oktober des folgenden Jahres verstarben. Am 12. Dezember 1771 verschied Hartknochs Frau Anna Benigna nach der Geburt eines weiteren Sohnes im Alter von 22 Jahren. Auch dieser Sohn verstarb († 28. Januar 1773) und wurde wie seine Mutter und Geschwister in der St. Jakobskirche beigesetzt. So verblieb Hartknoch nur sein erstgeborener, damals fünfjähriger Sohn Johann, der in der Literatur fälschlicherweise oft als Adoptivsohn des Buchhändlers bezeichnet wird.

Ende August/Anfang September 1774 ging Hartknoch eine Ehe mit der fünfzehn Jahre jüngeren Albertine Toussaint ein. Diese war die Tochter des mit Kant befreundeten Königlich Preußischen Kommerzienrates und Kaufmannes Jean Claude Toussaint, Begründer eines Handelshauses. Damit gewann Hartknoch einen der einflussreichsten Männer Königsbergs als Schwiegervater. Als Brautwerber wählte der Buchhändler einen Freund, den Rigaer Bürger und Kaufmann Thomas Zuckerbecker. Der im Vorfeld der Eheschließung vereinbarte Vertrag diente nicht nur der finanziellen Absicherung der Braut, sondern vor allem dem Schutz des in erster Ehe geborenen Sohnes. Johann Friedrich Hartknoch, dessen Gesundheit durch ein schweres Lungenleiden bereits zu diesem Zeitpunkt angegriffen war, ließ im Juli 1774 gerichtlich festlegen, dass seine zukünftige Frau seinen Sohn Johann an Kindes Statt annehme und ihm die gleiche Liebe, Pflege und Erziehung zuteil kommen lasse wie den aus der bevorstehenden Ehe hervorgehenden Kindern. Auch erbrechtlich wurde Johann seinen Geschwistern gleichgesetzt. Aus der Verbindung mit Albertine Toussaint ging im folgenden Jahr die Tochter Albertine hervor, die am 30. August 1775 in Riga getauft wurde. Zwei Jahre darauf wurden zwei Söhne geboren: Jakob, getauft in Riga am 14. April 1777, und Karl, der zwei Wochen nach der Geburt verstarb und am 22. April 1777 beerdigt wurde. Wahrscheinlich verstarb auch der Sohn Jakob früh, da keine Angaben über sein späteres Leben nachweisbar sind. Der jüngste Sohn Friedrich wurde schließlich am 6. Juli 1783 in Königsberg geboren und verstarb, ebenso wie seine Schwester Albertine, 1846 unverheiratet und kinderlos in Riga.

Da das Druckereigewerbe in Riga nicht sehr stark entwickelt war, ließ der Verlag Hartknoch zumeist in Leipzig, gelegentlich aber auch in Berlin, Mitau, Rudolstadt sowie anderen Städten drucken. Das Verlagsprogramm zielte primär auf im deutschen und osteuropäischen Raum, aber auch im Kontext der europäischen Aufklärung anerkannte Autoren und Werke. So findet man unter den verlegten Autoren die Franzosen Diderot („Die Nonne“, 1797), Voltaire („Candide“, 1776) und Rousseau („Duclos“, 1792), die Engländer Samuel Butler („Hudribas“), William Godwin („Caleb Williams“), Ann Radcliffe („Udolphos Geheimnisse“) und James Thomson („Sophonisbe“). An deutschen Literaten wurden u. a. Adolph Freiherr von Knigge („Der Roman meines Lebens in Briefen, 1781-83), Heinrich August Ottokar Reichard („Die Familie auf Isle de France“, 1789), Friedrich

Maximilian Klinger („Reise vor der Sündfluth", 1794) und August von Kotzebue („Leontine", 1808) verlegt, auf philosophischer und theologischer Ebene u. a. Herder, Kant und Bahrdt. Sofern man Werke weniger bekannter Autoren zu veröffentlichen beabsichtigte, wurde zuvor gern der Rat sachkundiger Freunde in Anspruch genommen.

Aus der politisch und ethnisch indifferenten Situation im Baltikum versuchte der Verlag einen positiven und geschäftsfördernden Ansatz abzuleiten, indem er auf Russland bezügliche Schriften in deutscher Sprache anbot, wozu er unter anderem Werke von Lomonossow, Schlözer und Storch, Gadebusch, Hupel und Jannau veröffentlichte. Gern gedruckt wurden offenbar Reisewerke wie die von N. M. Karamsin („Briefe eines reisenden Russen, 1799-1800) und P. P. Sumarokow („Reise durch die Krim und Bessarabien", 1802).

1782 übernahm Hartknoch von einem Berliner Verleger die Reihe „Bibliothek der Romane", redigiert von Heinrich August Ottokar Reichard aus Gotha. Eine andere Reihe mit dem Titel „Historische Gemählde in Erzählungen merkwürdiger Begebenheiten aus dem Leben berühmter und berüchtigter Menschen" wuchs von 1782 bis 1812 auf 20 Bände an.

Gelegentlich publizierte der Verlag auch Lyrik, so 1766 eine „Sammlung der besten Sinngedichte der deutschen Poeten" des 17. Jahrhunderts oder 1769 die „Lyrische(n) Gedichte" von J. Ch. Blum. Zwischen 1767 und 1785 wurden auch Notendrucke verlegt, unter anderem Kompositionen der Söhne von Johann Sebastian Bach, von Johann Friedrich Reichardt, Luigi Boccherini.

Zum Erscheinungsbild der Hartknochschen Buchhandlung gehörte eine ungezwungene und stark kundenorientierte Angebotspolitik. Das Publikum konnte die Bücher in der Buchhandlung ohne Kaufdruck einsehen und lesen. Zudem wurden die Bücher ins Haus der Besteller geliefert und auch auf Kredit verkauft. In Zeitschriften, die beim Verlag erschienen, wie Hupels „Nordische Miscellaneen" und Bacmeisters „Russische Bibliothek" wurden gezielt Rezensionen von Verlagsprodukten eingebracht. Annoncen in den „Rigischen Anzeigen" wiesen auf Neuerscheinungen hin. Der für 1769 belegte Druck von 1000 Exemplaren eines Verlagskatalogs belegt die bedeutende Dimension der Werbung.

Ende der 1780er Jahre verschlimmerte sich der Gesundheitszustand Hartknochs zusehends. Trotzdem verzichtete er nicht auf die zweimal jährlich stattfindenden Reisen zur Oster- bzw. Michaelismesse nach Leipzig, die zwar beschwerlich waren, ihm aber wenigstens für eine kurze Zeit Erleichterung von seinen krankheitsbedingten hypochondrischen Zuständen brachten. Auch im Frühjahr 1789 hatte sich Hartknoch auf den Besuch der Buchmesse vorbereitet und am 30. März hierzu die Bewilligung des Magistrats erhalten. „Wagen und Pferde" – so berichtet sein Angestellter und Biograph Karl Reymann – „waren schon in Bereitschaft", als ein aufgebrochenes Lungengeschwür seinem Leben ein Ende setzte. An seinem Todestag, dem 1./12. April 1789, ließ er am frühen Nachmittag sein mündlich deklariertes Testament von dem Obernotar und Logenbruder Theodor Nicolaus Jankiewitz aufsetzen und im Beisein zweier Zeugen beglaubigen. Hartknoch legte darin fest:

„Erstlich, dass er seine liebe Ehefrau Albertina, geb. Toussaint, seinen Sohn Johann, seine Tochter Albertina, und seinen Sohn Friedrich, Geschwister Hartknoch, zu Universal-Erben seines gesamten beweg- und unbeweglichen Vermögens, es habe Namen wie, und befinde sich wo es wolle, nichts davon ausgenommen, zu denen in den Stadtrechten bestimmten Erbtheilen, dergestalt einsetzen, dass selbige fernerhin in communione bonorum unverrückt verbleiben und aus dem Gewinn welche seine, Herrn Testatoris Buchhandlung alhier einbringen würde, fernerhin auf den Fuß leben und sich ernähren sollen, wie solches bis hiezu geschehen.

Zweitens, verordnen Er, Herr Testator, dass sowohl sein alhier etablirter, als auch auswärtiger Buchhandel, unter seiner bisher geführten Firma: Johann Friedrich Hartknoch, von seinem ältesten, bereits mündigen Sohn Johann Hartknoch, in der bisherigen Art geführet werden soll, jedoch dass dieser Handel unter der Aufsicht und dem Beirath der, seiner Herrn Testatoris Ehefrau zuzulegenden Rathsfreunden und der seinen unmündigen Kindern zu constituierenden Vormündern disponiret werde, als welchen letztern es auch mit Zustimmung seiner, Herrn Testatoris Ehefrau, erlaubt seyn soll, noch einen fremden Disponenten anzunehmen und in diese Buchhandlung auf den Fall einzusetzen, wenn es sich wider Verhoffen hervorthun sollte, dass sein Sohn Johann Hartknoch, aus etwaiger Unkunde, diese Handlung vortheilhaft und mit der erforderlichen regelmäßigen Ordnung zu führen, noch nicht im Stande wäre.

Drittens disponire Er, Herr Testator, dass im Fall sein Nachlaß dereinst zur Theilung kommen müsste, sein Sohn Johann Hartknoch, das sodann vorhandene Bücher-Waaren-Lager, sowohl das hiesige, als das Leipziger, mit allem Verlage und allen dazu gehörigen Debitoren, zu seinen künftigen alleinigen Etablissement und Versorgung, für eine Summa von 20.000. Rthlr: Alb:, schreibe zwantzigtausend Reichsthaler Alb:, annehmen, und dieses Capital in die Theilung zu bringen, verbunden; dagegen aber verpflichtet seyn soll, alle auf diesem Waaren-Lager und auf dieser Buchhandlung ruhende Passiv-Schulden, aus seinen eigenen Erb-Mitteln und aus diesem Waaren-Lager, zu tilgen und zu bezahlen, zu dessen Sicherheit das Erbtheil seines mehrgedachten Sohnes Johann Hartknoch, nebst dessen künftig von ihm zu erwerbenden Vermögen, so wie das Waaren-Lager selbst, seiner Mutter und Geschwistern specielles Unterpfand verbleiben solle.

Viertens setze Er, Herr Testator fest, dass bey einer etwaigen Erbtheilung, seine, Herrn Testatoris liebe Ehefrau, die von Ihren Eltern aus Koenigsberg ererbte, und in die Ehe gebrachte Viertausend Rthlr: Alb: zu ihrer desto bessern Versorgung, aus dem Nachlaß vorausnehme, dieses Capital, in rechtlicher Assistence Ihrer Rathsfreunde, sicher auf Renten unterbringen, und die davon fallende Interessen zeitlebens geniesse, und nach eigenem willkührlichen Gefallen, zu gebrauchen, berechtiget seyn, nach Ihrem Tode aber, dieses Capital der Viertausend Rthlr: Alb:, Ihren Kindern eigenthümlich zu gleichen Theilen zufallen solle.

Fünftens wäre sein ausdrücklicher Wille, dass von denen zweytausend Rthlr: Alb:, welche der Herr Ober-Land-Gerichts-Advokat George Wilhelm Schenck, Ihm, Herrn Testatori, schuldig sey, und welches auf Herrn Debitoris in der Sand-Straße belegenen Hause öffentlich verwahret worden, zur Bezeigung seiner, zu Herrn Ober-Landgerichts-Advocaten Schenck tragenden Freundschaft, und aus dankbarlicher Erkenntlichkeit, weder für die vergangene noch zukünftige Zeit, die in der Obligation verschriebenen Interessen, und zwar bis dahin, daß dieses Capital zurückbezahlt worden, eingefordert werden sollen, weil Er, Herr Testator diese Interessen den beiden gedachten Jungfern Töchtern seines Freundes, des Herrn Advocaten Schenck, zu ihrer künftigen, desto bessern Versorgung dergestalt zugelegt und geschenkt, auch hirmit wohlbedächtig legirt haben wolle, dass erwehnte Interessen in dem Vermögen der Jungfern Schenck Eltern ruhen bleiben, sodann aber diesen beiden unglücklichen Jungfern Schenck, aus dem Nachlasse Ihrer Eltern, als eine darauf ruhende Schuld, vorzüglich und eigenthümlich ausgezahlet werden sollen."

Am 18. April trat die testamentarische Disposition Hartknochs nach öffentlicher Verlesung in Kraft und beeinflusste nicht nur das weitere Schicksal seiner Erben, sondern auch das Schicksal des Verlagshauses. Die gemeinsame Fortführung der Geschäfte unter Leitung des erstgeborenen Sohnes Johann sollte sich in der Folgezeit als äußerst nachteilig erweisen und führte schließlich um 1800, als Hartknochs Witwe Albertine die Auszahlung ihres Firmenanteils einklagte, zum Verkauf der Handlung in Riga. Neuer Schauplatz für das Wirken des Hartknochschen Unternehmens wurde Leipzig, später Rudolstadt, Dresden und ab 1822 erneut Leipzig.

Die öffentlichen Reaktionen auf den Tod Hartknochs waren bemerkenswert. Neben Nachrufen biographischen Charakters im wichtigsten lokalen Presseorgan, der „Rigischen Politischen Zeitung", und in den von August Wilhelm Hupel herausgegebenen „Nordischen Miscellaneen" gedachten vor allem die Freimaurer der Rigaer „Loge zum Schwerdt" ihres verstorbenen Bruders, der schottischer Meister und ältestes Mitglied der Loge war. Drei Tage nach Hartknochs Tod fand eine Trauerloge zu seinem Andenken statt. Die bei diesem Ereignis gehaltene (und im selben Jahr publizierte) Rede des Logensekretärs Jakob Benjamin Fischer ist ein beredtes Zeugnis der Hartknoch entgegengebrachten Wertschätzung und des durch seinen Tod empfundenen schmerzlichen Verlustes: „Er war ein Menschenfreund aus innerem Gefühl, ein Vater der Armen aus Herzensgüte, ein Christ aus Grundsätzen. Wie groß ist nicht sein Verlust für uns, wie groß für unsre arme Jugend, deren erste, deren vornehmste Stütze er war. Mit ihm ist einer der stärksten Grundpfeiler unsrer Erziehungsanstalt hingesunken! – arme Jugend! traure! – weine laut! – du hast deinen Vater verloren! –"

Johann Friedrich Hartknoch wurde auf dem Friedhof der St. Petri- und Domgemeinde beigesetzt. Von seinem Grabdenkmal, das Zeitgenossen gestiftet hatten, ist der Sockel mit Inschriften an drei Seiten erhalten. Der kunstvoll gestaltete Aufsatz hingegen ging verloren. Er bestand aus einer Urne mit aufgesetztem Totenkopf, dem als Auferstehungssymbol ein Schmetterling zugeordnet war. Die Inschriften am Sockel lauten: „Hier ruhen von/ Ihrer Arbeit/ die Gebeine des/ Seeligen Herrn/ Joh. Friedr./ Hartknoch,/ Rigischen Bürgers und/ Buchhändlers." (vorn), „Er ward gebohren/ den 28. Sept. 1740/ und starb den/ 1. Aprill 1789, sein Andenken wird/ seinen Angehörigen/ und Freunden un-/ vergeßlich seyn." (links), „Er entschlief, sie/ gruben Ihn hier ein/ Leiser süsser Trost/ von Gott gegeben/ Und ein Ahnden von/ dem ewgen Leben/ Düft um Sein/ Gebein." (rechts). Der Totenkopf war, wie die „Rigasche(n) Stadtblätter" meldeten, bereits 1881 nicht mehr vorhanden, das Grabmal damals allgemein in bedenklichem Zustand. Eine Teilrestaurierung erfolgte anfangs der 1990er Jahre. Eine weitergehende hat der wiedergegründete Hartknoch-Verlag 2003 bei den Rigaer Behörden angeregt.

Doch wurde Hartknoch im Jahr seines Todes noch eine weitere Ehrung zuteil. Sein Mitarbeiter Karl Reymann, „welcher mehrere Jahre hindurch bey dem sel. Hartknoch sich aufhielt, dessen Buchhandlung mit großer Unverdrossenheit und Treue besorgen half, auch mit ihm in vertrauter Freundschaft lebte", ließ zum Gedenken an seinen Prinzipal einen Kupferstich fertigen. Den Entwurf hierzu schuf der aus einer Dresdner Künstlerfamilie gebürtige und an der dortigen Kunstakademie bei Hutin und Knöffler ausgebildete Bildhauer, Medailleur und Graveur Christian Josef Krüger (1749-1814), seit 1783 Zeichenlehrer an der Domschule in Riga. In Kupfer gestochen wurde das Motiv von dessen Vater Ephraim Benjamin Krüger in Dresden.

Hinter dem romantisch in einem Pappelhain gelegenen Denkmal winden sich Baumwipfel zu einer Laube. Am Sockel des Denkmals kniet ins Gebet versunken ein antikisierend gekleideter Mann, während ein nackter geflügelter Putto mit Hammer und Meißel die Inschrift vollendet. Auf einem Sockel von drei Quaderschichten erhebt sich eine urnenbekrönte Säule mit der Inschrift „HARTKNOCH/ DEM/ MENSCHENFREUND/

STARB, den 12. April/ 1789". Vor dem Denkmal liegen Symbole der Freimaurerei wie der Zirkel und der Winkel. Unter dem Bildmotiv stehen die Widmung „Seinem Nachruhme aus wahrer Dankbarkeit geheiligt", das Epigramm „Wenn eines Fürsten Grabes Monument/ Dem Wanderer all seine Thaten nennt/ So trägt dies Grab die Aufschrift der Natur: Ein wenig Moos – und meiner Thränen Spur." sowie der Verweis auf den Stifter Karl Reymann.

Die Rigaer Bürger der Hartknochschen Zeiten legten sich zu Grabe unter Steinen, die stilisierte (deutsche) Eichen zeigen oder Bienenkörbe, den Zeitgenossen – und bis tief ins Harkortsche 19. Jahrhundert – ein Symbol bürgerlichen Strebens, das der Belohnung durch irdische Güter nicht entgeht. Das eint Hartknoch mit den Verlegern der nächsten Jahrhunderte, aber viel, sehr viel stellt ihn jenseits.

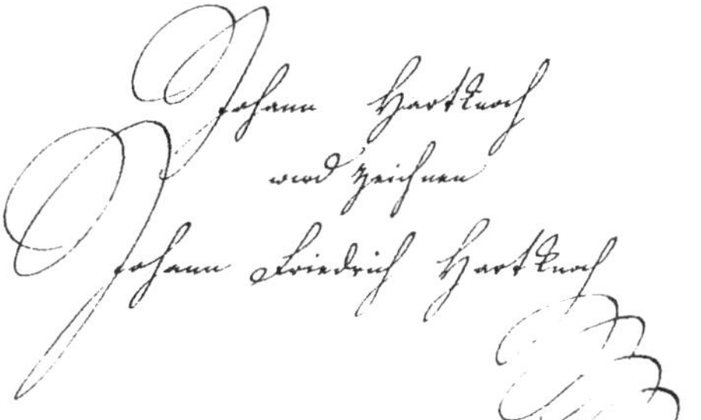